宋本詩集傳

第一册

宋 朱熹撰

宋刻明印本

山東人民出版

南

圖書在版編目（CIP）數據

宋本詩集傳 /（宋）朱熹撰 .— 濟南 : 山東人民出版社 , 2024.3
（儒典）
ISBN 978-7-209-14316-5

Ⅰ . ①宋… Ⅱ . ①朱… Ⅲ . ①《詩經》– 注釋 Ⅳ . ① I222.2

中國國家版本館 CIP 數據核字（2024）第 036347 號

項目統籌：胡長青
責任編輯：張艷艷
裝幀設計：武　斌
項目完成：文化藝術編輯室

宋本詩集傳
〔宋〕朱熹撰

主管單位　山東出版傳媒股份有限公司
出版發行　山東人民出版社
出 版 人　胡長青
社　　址　濟南市市中區舜耕路517號
郵　　編　250003
電　　話　總編室（0531）82098914
　　　　　市場部（0531）82098027
網　　址　http://www.sd-book.com.cn
印　　裝　山東華立印務有限公司
經　　銷　新華書店

規　　格　16開（160mm×240mm）
印　　張　64.5
字　　數　516千字
版　　次　2024年3月第1版
印　　次　2024年3月第1次
ISBN　978-7-209-14316-5
定　　價　154.00圓（全四册）
　　　　　如有印裝質量問題，請與出版社總編室聯繫調換。

《儒典》選刊工作團隊

學術顧問　杜澤遜　李振聚　徐　泳

項目統籌　胡長青

責任編輯　劉　晨　劉嬌嬌　張艷艷

　　　　　呂士遠　趙　菲　劉一星

前言

中國是一個文明古國、文化大國，中華文化源遠流長，博大精深。在中國歷史上影響較大的是孔子創立的儒家思想，因此整理儒家經典、注解儒家經典，爲儒家經典的現代化闡釋提供权威、典范、精粹的典籍文本，是推進中華優秀傳統文化創造性轉化、創新性發展的奠基性工作和重要任務。

中國經學史是中國學術史的核心，歷史上創造的文本方面和經解方面的輝煌成果，大量失傳了。西漢是經學的第一個興盛期，除了當時非主流的《詩經》毛傳以外，其他經師的注釋後來全部失傳了。東漢的經解衹有鄭玄、何休等少數人的著作留存下來，其餘也大都失傳了。南北朝至隋朝興盛的義疏之學，其成果僅有皇侃《論語疏》幸存於日本。五代時期精心校刻的《九經》、北宋時期國子監重刻的《九經》以及校刻的單疏本，也全部失傳。南宋國子監刻的單疏本，我國僅存《周易正義》、《爾雅疏》、《春秋公羊疏》（三十卷殘存七卷）、《春秋穀梁疏》（十二卷殘存七卷），日本保存了《尚書正義》、《毛詩正義》、《禮記正義》（七十卷殘存八卷）、《周禮疏》（日本傳抄本）、《春秋公羊疏》（日本傳抄本）、《春秋正義》（日本傳抄本）。南宋兩浙東路茶鹽司刻八行本，我國保存下來的有《周禮疏》、《禮記正義》、《春秋左傳正義》（紹興府刻）、《論語注疏解經》（二十卷殘存十卷）、《孟子注疏解經》（存臺北『故宫』），日本保存有《周易注疏》《尚書正義》（凡兩部，其中一部被清楊守敬購歸）。南宋福建刻十行本，我國僅存《春秋穀梁注疏》、《春秋左傳注疏》（六十卷，一半在大陸，一半在臺灣），日本保存有《毛詩注疏》《春秋左傳注疏》。從這些情況可以看出，經書代表性的早期注釋和早期版本國内失傳嚴重，有的僅保存在東鄰日本。

鑒於這樣的現實，一百多年來我國學術界、出版界努力搜集影印了多種珍貴版本，但是在系統性、全面性和準確性方面都還存在一定的差距。例如唐代開成石經共十二部經典，石碑在明代嘉靖年間地震中受到損害，明代萬曆初年西安府學等學校師生曾把損失的文字補刻在另外的小石上，立於唐碑之旁。近年影印出版唐石經拓本多次，都是以唐代石刻與明代補刻割裂配補的裱本爲底本。由於明代補刻采用的是唐碑的字形，這種配補本難以區分唐刻與明代補刻，不便使用，亟需單獨影印唐碑拓本。

爲把幸存於世的、具有代表性的早期經解成果以及早期經典文本收集起來，系統地影印出版，我們規劃了《儒典》編纂出版項目。

《儒典》出版後受到文化學術界廣泛關注和好評，爲了滿足廣大讀者的需求，現陸續出版平裝單行本。共收録一百十一種元典，共計三百九十七册，收録底本大體可分爲八個系列：經注本（以開成石經、宋刊本爲主。開成石經僅有經文，無注，但它是用經注本删去注文形成的）、經注附釋文本、纂圖互注本、單疏本、八行本、十行本、宋元人經注系列、明清人經注系列。

《儒典》是王志民、杜澤遜先生主編的。本次出版單行本，特請杜澤遜、李振聚、徐泳先生幫助酌定選目。特此説明。

二〇二四年二月二十八日

目録

詩卷第一　　朱熹集傳

國風一

國者，諸侯所封之域；而風者，民俗歌謠之詩也。謂之風者，以其被上之化以有言，而其言又足以感人，如物因風之動以有聲，而其聲又足以動物也。是以諸侯采之以貢於天子，天子受之而列於樂官，於以考其俗尚之美惡，而知其政治之得失焉。舊說二南爲正風，所以用之閨門鄉黨邦國而化天下也。十三國爲變風，則亦領在樂官，以時存肄，備觀省而垂監戒耳。合之凡十五國云。

周南一之一

周國名南南方諸侯之國也周國本在禹貢雍州境內岐山之陽后稷十三世孫古公亶甫始居其地傳子王季歷至孫文王昌辟國寖廣於是徙都于豐而分岐周故地以爲周公旦召公奭之采邑且使周公爲政於國中而召公宣布於諸侯於是德化大成於內而南方諸侯之國江沱汝漢之閒莫不從化蓋三分天下而有其二焉至子武王發又遷于鎬遂克商而有天下武王崩子成王誦立周公相之制作禮樂乃采文王之世風化所及民俗

之詩被之筦弦以爲房中之樂而又推之以及於鄉黨邦國所以著明先王風俗之盛而使天下後世之脩身齊家治國平天下者皆得以取法焉蓋其得之國中者雜以南國之詩而謂之周南言自天子之國而被於諸侯不但國中而已也其得之南國者則直謂之召南言自方伯之國被於南方而不敢以繫于天子也岐周在今鳳翔府岐山縣豐在今京兆府鄠縣終南山北南方之國即今興元府京西湖北等路諸州鎬在豐東二十五里小序曰關雎麟趾之化王者之

大十六

風故繫之周公南言化自北而南
也鵲巢騶虞之德諸侯之風也先
王之所以教故繫之
召公斯言得之矣
關關雎（七余反）鳩在河之洲窈（烏了反）窕（徒了
反）淑女君子好逑（音求○興也關關雎
雄相應之和聲也雎鳩）
水鳥一名王雎狀類鳬鷖今江淮間有
之生有定偶而不相亂偶常並遊而不
相狎故毛傳以爲摯而有別列女傳以
爲人未嘗見其乘居而匹處者蓋其性
然也河北方流水之通名洲水中可居
之地也窈窕幽閑之意淑善也女者未

嫁之稱蓋指文王之妃大姒爲處子時而言也君子則指文王也好亦善也逑匹也毛傳云摯字與至通言其情意深至也○興者先言他物以引起所詠之詞也周之文王生有聖德又得聖女姒氏以爲之配宮中之人於其始至見其有幽閒貞靜之德故作是詩言彼關關然之雎鳩則相與和鳴於河洲之上矣此窈窕之淑女則豈非君子之善匹乎言其相與和樂而恭敬亦若雎鳩之情摯而有別也後凡言興者其文意皆放此云漢康衡曰窈窕淑女君子好仇言能致其貞淑不貳其操情欲之感無介乎容儀宴私之意不形乎動靜夫然後

可以配至尊而爲宗廟主此綱紀
之首王教之端也可謂善說詩矣○參初金反差初宜反荇行孟反菜左右流之窈窕
淑女寤寐求之求之不得寤寐思服叶蒲北反
悠哉悠哉輾哲善反轉反側興也參差長短不齊
之貌荇接余也根生水底莖如釵股上
青下白葉紫赤圓徑寸餘浮在水面或
左或右言無方也流順水之流而取之
也或寤或寐言無時也服猶懷也悠長
也輾者轉之半轉者輾之周反者輾之
過側者轉之留皆卧不安席之意○此

章本其末得而言彼參差之荇菜則當左右無方以流之矣此窈窕之淑女則當寤寐不忘以求之矣蓋此人此德世不常有求之不得則無以配君子而成其內治之美故其憂思之深不能自已至於如此也

○參差荇菜左右采（叶此履反）之窈窕淑女琴瑟友（叶羽己反）之參差荇菜左右芼（莫報反 叶音邈）之窈窕淑女鍾鼓樂（音洛）之（興也采取而擇之也芼熟而薦之也琴五弦或七弦瑟二十五弦皆絲屬樂之小者也友者親愛之意也鍾金屬鼓革屬樂之

大者也樂則和平之極也○此章據今始得而言彼參差之荇菜既得之則當采擇而亨芼之矣此窈窕之淑女既得之則當親愛而娛樂之矣蓋此人此德世不常有幸而得之則有以配君子而成內治故其喜樂尊奉之意不能自已又如此云

關雎三章一章四句二章章八句

孔子曰關雎樂而不淫哀而不傷愚謂此言爲此詩者得其性情之正聲氣之和也蓋德如雎鳩摯而有別則后妃性情

之正固可以見其一端矣至於寤寐反側琴瑟鍾鼓極其哀樂而皆不過其則焉則詩人性情之正又可以見其全體也獨其聲氣之和有不可得而聞者雖若可恨然學者姑即其詞而玩其理以養心焉則亦可以得學詩之本矣○康衡曰妃匹之際生民之始萬福之原婚姻之禮正然後品物遂而天命全孔子論詩以關雎為始言太上者民之父母后夫人之行不侔乎天地則無以奉神靈之統而理萬物之宜自上世以來三代興廢

未有不由此者也

葛之覃兮施以豉反于中谷維葉萋萋黃鳥于飛集于灌木其鳴喈喈叶居奚反○賦也葛草名蔓生可爲絺綌者覃延施移也中谷谷中也萋萋盛貌黃鳥鸝也灌木叢木也喈喈和聲之遠聞也○賦者敷陳其事而直言之者也蓋后妃既成絺綌而賦其事追叙初夏之時葛葉方盛而有黃鳥鳴於其上也後凡言賦者放此

○葛之覃兮施于中谷維葉莫莫是刈

魚廢反是濩胡郭反爲絺恥知反爲綌去逆反叶去畧反
反服之無斁音亦叶弋灼反○賦也莫莫茂密貌刈斬濩煑也精
曰絺麤曰綌斁厭也○此言盛夏之時
葛既成矣於是治以爲布而服之無厭
蓋親執其勞而知其成之不易所以
心誠愛之雖極垢弊而不忍厭弃也○
言告師氏言告言歸薄汙我私薄澣戸管
反我衣害戸葛反澣害否方九反歸寧父母
莫後反○賦也言辭也師女師也薄猶
少也汙煩撋之以去其汙猶治亂而曰

亂也澣則濯之而已私燕服也衣禮服也害何也寧安也謂問安也○上章既成絺綌之服矣此章遂告其師氏使告于君子以將歸寧之意且曰盍治其私服之汙而澣其禮服之衣乎何者當澣而何者可以未澣乎我將服之以歸寧於父母矣

葛覃三章章六句

此詩后妃所自作故無贊美之詞然於此可以見其已貴而能勤已富而能儉已長而敬不弛於師傅已嫁而孝不衰於父母是皆德之厚而人所難也

小序以爲后妃之本庶幾近之
采采卷上聲耳不盈頃音傾筐嗟我懷人寘
彼周行叶户郎反○賦也采采非一采
也卷耳枲耳葉如鼠耳叢生如
盤頃欹也筐竹器懷思也人蓋謂文王
也寘舍也周行大道也○后妃以君子
不在而思念之故賦此詩託言方采卷
耳未滿頃筐而心適念其君子故不能
復采而寘之大道之旁也○陟彼崔徂回反嵬五回反我
馬虺呼回反隤徒回反我姑酌彼金罍維以

不永懷叶胡隈反○賦也陟升也崔嵬土山之戴石者虺隤馬罷不能升高之病姑且也罍酒器刻爲雲雷之象以黄金飾之永長也○此又託言欲登此崔嵬之山以望所懷之人而往從之則馬罷病而不能進於是且酌金罍之酒而欲其不至於長以爲念也○陟彼高岡我馬玄黄我姑酌彼兕徐履反觥古横反叶古黄反維以不永傷賦也山脊曰岡玄黄玄馬而黄病極而變色也兕野牛一角青色重千斤觥爵也以兕角爲爵也○陟彼砠七餘反矣我

馬瘏（音塗）矣，我僕痡（音敷）矣，云何吁矣。賦也。石山戴土曰砠。瘏，馬病不能進也。痡，人病不能行也。吁，憂嘆也。爾雅注引此作盱，張目望遠也。詳見何人斯篇。

卷耳四章，章四句。此亦后妃所自作，可以見其身靜專一之至矣。豈當文王朝會征伐之時，羑里拘幽之日，而作歟？然不可考矣。

南有樛（居虯反）木，葛藟（力軌反）纍（力追反）之。樂

音洛只之氏反君子福履綏之興也南南山也木下曲曰
樛藟葛類纍猶繫也只語助辭君子自
衆妾而指后妃猶言小君內子也履祿
綏安也○后妃能逮下而無嫉妒之心
故衆妾樂其德而稱願之曰南有樛木
則葛藟纍之矣樂只君子則福履綏之矣○南有樛木葛藟
荒之樂只君子福履將之興也荒奄也將猶扶助也
○南有樛木葛藟縈烏營反之樂只君子
福履成之興也縈旋成就也

樛木三章章四句

螽音終斯羽詵詵所巾反兮宜爾子孫振振音眞兮比也螽斯蝗屬長而青角長股能以股相切作聲一生九十九子詵詵和集貌爾指螽斯也振振盛貌○比者以彼物比此物也后妃不妬忌而子孫衆多故衆妾以螽斯之羣處和集而子孫衆多比之言其有是德而宜有是福也後凡言比者放此

○螽斯羽薨薨兮宜爾子孫繩繩兮比也薨薨羣飛聲繩繩不絶貌

○螽斯羽揖

揖（側立反）兮宜爾子孫蟄蟄（直立反）兮（比也揖揖會聚也蟄蟄亦多意）

螽斯三章章四句

桃之夭夭（於驕反）灼灼其華（芳無呼瓜二反）之子于歸宜其室家（古胡古牙二反）○興也桃木名華紅實可食夭夭少好之貌灼灼華之盛也木少則華盛之子是子也此指嫁者而言也婦人謂嫁曰歸周禮仲春令會男女然則桃之有華正婚姻之時也宜者和順之意

室謂夫婦所居家謂一門之內○文王之化自家而國男女以正婚姻以時故詩人因所見以起興而歎其女子之賢知其必有以宜其室家也○

桃之夭夭有蕡浮雲反其實之子于歸宜其家室興也蕡實之盛也家室猶室家也○

桃之夭夭其葉蓁蓁側巾反之子于歸宜其家人興也蓁蓁葉之盛也家人一家之人也

桃夭三章章四句

肅肅兔罝子斜反又子余反與夫叶椓之丁丁陟耕反

赳赳武夫公侯干城興也肅肅整飭貌罝罟也丁丁椓杙

聲也赳赳武貌干盾也干城皆所以扞外而衛內者○化行俗美賢才衆多雖罝兔之野人而其才之可用猶如此故詩人因其所事以起興而美之而文王德化之盛因可見矣

○肅肅兔罝施于中逵赳赳

武夫公侯好仇叶渠之反○興也逵九達之道仇與逑同康衡

引關雎亦作仇字公侯善匹猶曰聖人之耦則非特干城而已歎美之無已也

下章
放此○肅肅兔罝施于中林赳赳武夫

公侯腹心興也中林林中腹心同心同德之謂則又非特好仇而已

也

兔罝三章章四句

采采芣音浮苢音以薄言采叶此履反之采采芣

苢薄言有叶羽已反之賦也芣苢車前也大葉長穗好生道旁采

始求之也有既得之也○化行俗美家

室和平婦人無事相與采此芣苢而賦

其事以相樂也采之未詳何用或曰其子治難產○采采芣苢薄言掇都奪反之采采芣苢薄言捋力活反之賦也掇拾也捋取其子也○采采芣苢薄言袺音結之采采芣苢薄言襭戶結反之賦也袺以衣貯之而執其衽也襭以衣貯之而扱其衽於帶間也

芣苢三章章四句

南有喬木不可休息吳氏曰韓詩作思漢有游

女不可求思漢之廣叶古曠反矣不可泳叶干

詐反思江之永叶弋亮反矣不可方叶甫妄反思而興

比也上竦無枝曰喬思語辭也篇內同

漢水出興元府嶓冢山至漢陽軍大別

山入江江漢之俗其女好遊漢魏以後

猶然如大堤之曲可見也泳潛行也江

水出永康軍岷山東流與漢水合東北

入海永長也方桴也○文王之化自近

而遠先及於江漢之閒而有以變其淫

亂之俗故其出游之女人望見之而知

其端莊靜一非復前日之可求矣因以

喬木起興江漢爲比而反復詠歎之也

○翹翹祈遥反錯薪言刈其楚之子于歸言秣其馬叶蒲補反漢之廣矣不可泳思江之永矣不可方思興而比也翹翹秀起之貌錯雜也楚木名荆屬之子指游女也秣飼也○以錯薪起興而欲秣其馬則悅之至以江漢爲比而歎其終不可求則敬之深○翹翹錯薪言刈其蔞力俱反之子于歸言秣其駒漢之廣矣不可泳思江之永矣不可方思興而比也蔞蔞蒿也

葉似艾青白色長數寸生水澤中駒馬之小者

漢廣三章章八句

遵彼汝墳伐其條枚叶莫悲切未見君子惄乃歷反如調張留反飢賦也遵循也汝水出汝州天息山逕蔡穎州入淮墳大防也枝曰條幹曰枚惄飢意也調一作輖重也○汝旁之國亦先被文王之化者故婦人喜其君子行役而歸因記其未歸之時思望之情如此而追賦之也

○遵彼汝墳伐其條肄以自反既

見君子不我遐棄賦也斬而復生曰肄遐遠也○伐其枚而又伐其肄則踰年矣至是乃見其君子之歸而喜其不遠棄我也

○魴符方反魚赬敕貞反尾王室如燬音毀雖則如

燬父母孔邇比也魴魚名身廣而薄少力細鱗赬赤也魚勞則尾赤魴尾本白而今赤則勞甚矣王室指紂所都也燬焚也父母指文王也孔甚邇近也○是時文王三分天下有其二而率商之叛國以事紂故汝墳之人猶以文王之命供紂之役其家人見其勤苦而勞之曰汝之勞既如此而王室之

政方酷烈而未已雖其酷烈而未已然文王之德如父母然望之甚近亦可以忘其勞矣此序所謂婦人能閔其君子猶勉之以正者蓋曰雖其別離之久思念之深而其所以相告語者獨有尊君親上之意而無情愛狎昵之私則其德澤之深風化之美皆可見矣○說父母甚近不可以懈於王事而貽其憂亦通

汝墳三章章四句

麟之趾振振音眞公子叶獎履反于音吁下同嗟麟兮興也麟麕身牛尾馬蹄毛蟲之長也趾足也麟之足不踐生草不履生蟲

振振九曰黻皆繡於裳文王后妃德脩於身而子孫宗族皆化於善故詩人以麟之趾興公之子言麟性仁厚故其趾亦仁厚文王后妃仁厚故其子亦仁厚然言之不足故又嗟歎之言是乃麟也何必麕身牛尾而馬蹄然後爲王者之瑞哉

○麟之定都佞反振振公姓于嗟麟兮

興也定額也麟之額未聞或曰有額而不以抵也公姓公孫也姓之爲言生也

○麟之角叶盧谷反振振公族于嗟麟兮

興也麟一角角端有肉公族公同高祖祖廟未毀有服之親

麟之趾三章章三句序以爲關雎之應得之

周南之國十一篇三十四章百五十九句按此篇首五詩皆言后妃之德關雎舉其全體而言也葛覃卷耳言其志行之在己樛木螽斯美其德惠之及人皆指其一事而言也其詞雖主於后妃然其實則皆所以著明文王身脩家齊之效也至於

桃夭兔罝芣苢則家齊而國治之效漢廣汝墳則以南國之詩附焉而見天下已有可平之漸矣若麟之趾則又王者之瑞有非人力所致而自至者故復以是終焉而序者以爲關雎之應也夫其所以至此后妃之德固不爲無所助矣然妻道無成則亦豈得而專之哉今言詩者或乃專美后妃而不本於文王其亦誤矣

召南一之二

召實照反後同。召地名召公奭之采邑也

舊說扶風雍縣南有召亭即其地今雍縣析爲岐山天興二縣未知召亭的在何縣餘巳見周南說

維鵲有巢維鳩居叶姬御反**之之子于歸百兩**如字又音亮**御**五嫁反叶魚據反**之**

興也鵲鳩皆鳥名鵲善爲巢其巢最爲完固鳩性拙不能爲巢或有居鵲之成巢者之子指夫人也兩一車也一車兩輪故謂之兩御迎也諸矦之子嫁於諸矦送御皆百兩也○南國諸矦被文王之化能正心脩身以齊其家其女子亦被后妃之化而有專靜純

一之德故嫁於諸侯而其家人美之曰維鵲有巢則鳩來居之是以之子于歸而百兩迎之也此詩之意猶周南之有關雎也○維鵲有巢維鳩方之之子于歸百兩將之興也方有之也將送也○維鵲有巢維鳩盈之之子于歸百兩成之興也盈滿也謂衆媵姪娣之多成成其禮也

鵲巢三章章四句

于以采蘩于沼于沚于以用之公侯之

事叶上止反○賦也于於也蘩白蒿也沼池也沚渚也事祭事也○南國被文王之化諸侯夫人能盡誠敬以奉祭祀而其家人叙其事以美之也或曰蘩所以生蠶蓋古者后夫人有親蠶之禮此詩亦猶周南之有葛覃也○于以采蘩于澗之中于以用之公侯之宮賦也山夾水曰澗宮廟也或曰即記所謂公桑蠶室也○被皮寄反之僮僮音同夙夜在公被之祁祁薄言還歸賦也被首飾也編髮爲之僮僮竦敬也夙早也公公所也祁祁舒遲貌去

事有儀也祭義曰及祭之後陶陶遂遂如將復入然不欲遽去愛敬之無已也或曰公亦即所謂公桑也

采蘩三章章四句

喓喓於遥反草蟲趯趯託歷反阜螽未見君子憂心忡忡敕中反亦既見止亦既覯止我心則降戸江反叶乎攻反○賦也喓喓聲也草蟲蝗屬奇音青色趯趯躍貌阜螽蠜也忡忡猶衝衝也止語辭覯遇降下也○南國被文王之化

諸侯大夫行役在外其妻獨居感時物之變而思其君子如此亦若周南之卷耳也○陟彼南山言采其蕨未見君子憂心惙惙張劣反亦既見止亦既覯止我心則說音悅○賦也登山蓋託以望君子蕨鱉也初生無葉時可食亦感時物之變也惙憂貌○陟彼南山言采其薇未見君子我心傷悲亦既見止亦既覯止我心則夷賦也薇似蕨而差大有芒而味苦山閒人食之謂之迷蕨胡氏

曰疑即莊子所謂迷陽者夷平也

草蟲三章章七句

于以采蘋南澗之濱于以采藻于彼行潦音老○賦也蘋水上浮萍也江東人謂之薸濱厓也藻聚藻也生水底莖如釵股葉如蓬蒿行潦流潦也○南國被文王之化大夫妻能奉祭祀而其家人叙其事以美之也○于以盛音成之維筐及筥居呂反于以湘之維錡宜綺反及釜符甫反○賦也方曰

筐圓曰筥湘亨也蓋粗熟而淹以爲菹也錡釜屬有足曰錡無足曰釜○此足以見其循序有常嚴敬整飭之意

○于以奠之宗室牖下叶後五反誰其尸之有齊側皆反季女賦也奠置也宗室大宗之廟也大夫士祭於宗室牖下室西南隅所謂奧也尸主也齊敬貌季少也祭祀之禮主婦主薦豆實以菹醢少而能敬尤見其質之美而化之所從來者遠矣

采蘋三章章四句

蔽芾非貴反甘棠勿翦勿伐召伯所茇蒲曷反○賦也蔽芾盛貌甘棠杜梨也白者爲棠赤者爲杜翦翦其枝葉也伐伐其條幹也伯方伯也茇草舍也○召伯循行南國以布文王之政或舍甘棠之下其後人思其德故愛其樹而不忍傷也

○蔽芾甘棠勿翦勿敗叶蒲寐反召伯所憩起例反○賦也憩息也勿敗則非特勿伐而已愛之愈久而愈深也下章放此

○蔽芾甘棠勿翦勿拜叶變制反召伯所說始銳反○賦也拜屈說舍也勿

拜則非特
勿敗而已

甘棠三章章三句

厭（於葉反）浥（於及反）行露豈不夙夜（叶羊茹反）謂行多露

賦也厭浥濕意行道夙早也○南國之人遵召伯之教服文王之化有以華其前日淫亂之俗故女子有能以禮自守而不為強暴所汙者自述己志作此詩以絕其人言道閒之露方濕我豈不欲早夜而行乎畏多露之沾濡而不敢爾蓋以女子早夜獨行或有強暴侵陵之患故託以行多露而畏

其沾濡也

○誰謂雀無角叶盧谷反何以穿我屋

誰謂女音汝無家叶音谷何以速我獄雖速

我獄室家不足興也家謂以媒聘求爲室家之禮也速召致也

○貞女之自守如此然猶或見訟而召致於獄因自訴而言人皆謂雀有角故能穿我屋以興人皆謂汝於我嘗有求爲室家之禮故能致我於獄然不知汝雖能致我於獄而求爲室家之禮初未嘗備如雀雖能穿屋而實未嘗有角也

○誰謂鼠無牙叶五紅反何以穿我墉誰謂

女無家叶各空反何以速我訟叶祥容反雖速我

訟亦不女從興也牙牡齒也墉牆也○言汝雖能致我於訟然其求爲室家之禮有所不足則我亦終不汝從矣

行露三章一章三句二章章六

句

羔羊之皮叶蒲何反素絲五紽徒何反退食自

公委於危反蛇音移叶唐何反委蛇賦也小曰羔大曰羊皮所

以爲裘大夫燕居之服素白也紽未詳
蓋以絲飾裘之名也退食退朝而食於
家也自公從公門而出也委蛇自得之
貌○南國化文王之政在位皆節儉正
直故詩人美其衣服有
常而從容自得如此也○羔羊之革叶訖力反
素絲五緎音域委蛇委蛇自公退食賦也
革猶皮也緎裘之縫界也○羔羊之縫符龍反素絲五
總子公反委蛇委蛇退食自公賦也縫縫皮合之以
爲裘也總亦未詳

羔羊三章章四句

殷音隱其靁在南山之陽何斯違斯莫敢或遑振振音眞君子歸哉歸哉興也殷靁聲也山南曰陽何斯斯此人也違斯斯此所也遑暇也振振信厚也○南國被文王之化婦人以其君子從役在外而思念之故作此詩言殷殷然雷聲則在南山之陽矣何此君子獨去此而不敢少暇乎於是又美其德且冀其早畢事而還歸也

○殷其靁在南山之側叶莊力反何斯違斯

莫敢遑息振振君子歸哉歸哉興也息止也

○殷其靁在南山之下叶後五反何斯違斯

莫或遑處尺煑反振振君子歸哉歸哉興也

殷其靁三章章六句

摽婢小反有梅其實七兮求我庶士迨其

吉兮賦也摽落也梅木名華白實似杏而酢庶衆迨及也吉吉日也○南國被文王之化女子知以貞信自守懼其嫁不及時而有強暴之辱也故言梅

落而在樹者少以見時過而太晚矣求我之衆士其必有及此吉日而來者乎

○摽有梅其實三（叶蔬簪反）兮求我庶士迨其今兮（賦也梅在樹者三則落者又多矣今今日也蓋不待吉矣）○摽有梅頃（音傾）筐塈（許器反）之求我庶士迨其謂之（賦也塈取也頃筐取之則落之盡矣謂之則但相告語而約可定矣）

摽有梅三章章四句

嘒呼惠反彼小星三五在東肅肅宵征夙夜在公寔命不同

興也嘒微貌三五言其稀蓋初昏或將旦時也肅肅齊遬貌宵夜征行也寔與實同命謂天所賦之分也○南國夫人承后妃之化能不妬忌以惠其下故其衆妾美之如此蓋衆妾進御於君不敢當夕見星而往見星而還故因所見以起興其於義無所取特取在東在公兩字之相應耳遂言其所以如此者由其所賦之分不同於貴者是以深以得御於君爲夫人之惠而不敢致怨於來往之勤也

○嘒彼小星維

參所林反與昴叶力求反肅肅宵征抱衾與裯直留反寔命不猶與也參昴西方二宿之名衾被也裯襌被也與亦取與昴與裯二字相應猶亦同也

小星二章章五句呂氏曰夫人無妬忌之行而賤妾安於其命所謂上好仁而下必好義者也

江有汜音祀叶羊里反之子歸不我以不我以其後也悔叶虎洧反○興也水決復入爲汜今江陵漢陽安復之閒

蓋多有之之子媵妾指嫡妻而言也婦人謂嫁曰歸我媵自我也能左右之曰以謂挾已而偕行也○是時氾水之旁媵有待年於國而嫡不與之偕行者其後嫡被后妃夫人之化乃能自悔而迎之故媵見江水之有氾而因以起興言江猶有氾而之子之歸乃不我以雖不我以然其後也亦悔矣

江有渚之子歸不我與不我與其後也處興也渚小洲也水岐成渚與猶以也處安也得其所安也○

江有沱徒何反之子歸不我過音戈不我過其嘯也歌興也

氾江之別者過謂過我而與俱也嘯歎口出聲以舒憤懣之氣言其悔時也歌則得其所處而樂矣

江有氾三章章五句

陳氏曰小星之夫人惠及媵妾而媵妾盡其心江沱之嫡惠不及媵妾而媵妾不怨蓋父雖不慈子不可以不孝各盡其道而已矣

野有死麕俱倫反與春叶白茅包叶補苟反之有女懷春吉士誘之

興也麕獐也鹿屬無角懷春當春而有懷也吉

士猶美士也○南國被文王之化女子有貞潔自守不爲强暴所汚者故詩人因所見以興其事而美之或曰賦也言美士以白茅包死麕而誘懷春之女也

○林有樸樕蒲木反音速野有死鹿白茅純徒尊反束有女如玉興也樸樕小木也鹿獸名有角純束猶包之也如玉者美其色也上三句興下一句也或曰賦也言以樸樕藉死鹿束以白茅而誘此如玉之女也

○舒而脫脫勑外反兮無感我帨始鋭反兮無使尨美邦反也吠符發反○賦也

舒遲緩也脫脫舒緩貌感動帨巾尨犬也○此章乃述女子拒之之辭言姑徐徐而來毋動我之帨毋驚我之犬以甚言其不能相及也其凜然不可犯之意蓋可見矣

野有死麕三章二章章四句一章三句

何彼襛矣如容反與雝叶唐棣徒帝反之華芳無胡瓜二反曷不肅雝王姬之車斤於尺奢二反○興也襛盛也

[illegible]曰戎戎也唐棣棣也似白楊[illegible]
和也周王之女姬姓故曰王姬○王姬[illegible]
下嫁於諸侯車服之盛如此而不敢挾
貴以驕其夫家故見其車者知其能敬
且和以執婦道於是作詩美之曰何彼
戎戎而盛乎乃唐棣之華也此何不肅
肅而敬雍雍而和乎乃王姬之車也此
乃武王以後之詩不可的知其何王之
世然文王太姒之教久而不衰亦可見矣○何彼襛矣華如

桃李平王之孫齊侯之子叶獎履反○興也李木名
華白實可食舊說平正也武王女文王
孫適齊侯之子或曰平王即平王宜臼

齊侯所嫁公諸兒事見春秋未知孰是○以桃李二物興男女二人也

其釣維何維絲伊緡齊侯之子平王之孫叶須倫反○興也伊亦維也緡綸也絲之合而爲綸猶男女之合而爲昬也

何彼襛矣三章章四句

彼茁則劣反者葭音加壹發五豝百加反于音吁下同嗟乎騶虞叶音牙○賦也茁生出壯盛之貌葭蘆也亦名葦發

發矢豝牡豕也一發五豝猶言中必疊雙也騶虞獸名白虎黑文不食生物者也○南國諸侯承文王之化脩身齊家以治其國而其仁民之餘恩又有以及於庶類故其春田之際草木之茂禽獸之多至於如此而詩人述其事以美之且歎之曰此其仁心自然不由勉強是即真所謂騶虞矣○**彼茁者蓬壹發五豵**子公反**于嗟乎騶虞**叶五紅反○賦也蓬草名一歲曰豵亦小豕也

騶虞二章章三句文王之化始於關雎而至

於麟趾則其化之入人者深矣
形於鵲巢而及於騶虞則其澤
之及物者廣矣蓋意誠心正之
功不息而久則其熏烝透徹融
液周徧自有不能已者非智力
之私所能及也故序以騶虞爲
鵲巢之應而見王道
之成其必有所傳矣

召南之國十四篇四十章百七十七句

愚按鵲巢至采蘩
言夫人大夫妻以
見當時國君大夫被文王之
化而能脩身以正其家也甘

棠以下又見由方伯能布文王之化而國君能脩之家以及其國也其詞雖無及於文王者然文王明德新民之功至是而其所施者溥矣抑所謂其民皞皞而不知爲之者與唯何彼襛矣之詩爲不可曉當闕所疑耳○周南召南二國凡二十五篇先儒以爲正風今姑從之○孔子謂伯魚曰女爲周南召南矣乎人而不爲周南召南其猶正牆面而立也與○儀禮鄉飲酒鄉射燕禮皆合樂周南關雎

葛覃卷耳召南鵲巢采蘩采蘋燕禮又有房中之樂鄭氏注曰弦歌周南召南之詩而不用鍾磬云房中者后夫人之所諷誦以事其君子○程子曰天下之治正家爲先天下之家正則天下治矣二南正家之道也陳后妃夫人大夫妻之德推之士庶人之家一也故使邦國至於鄉黨皆用之自朝廷至於委巷莫不謳吟諷誦所以風化天下

詩卷第一

詩卷第二　　朱熹集傳

邶一之三　邶鄘衛三國名在禹貢冀州西阻太行北逾衡

漳東南跨河以及兖州桑土之野及商之季而紂都焉武王克商分自紂城朝歌而北謂之邶南謂之鄘東謂之衛以封諸侯邶鄘不詳其始封衛則武王弟康叔之國也衛本都河北朝歌之東淇水之北百泉之南其後不知何時并得邶鄘之地至懿公爲狄所滅戴公東徙渡河野處漕邑文公又徙居于楚丘朝歌故城在今衛州衛縣西

二十二里所謂殷墟衛故都即今衛縣澧楚丘皆在滑州大抵今懷衛澶相滑濮等州開封大名府界皆衛境也但邶鄘地既入衛其詩皆爲衛事而猶繫其故國之名則不可曉而舊說以此下十三國皆爲變風焉

汎芳劒反彼柏舟亦汎其流耿耿古幸反不寐如有隱憂微我無酒以敖五羔反以遊

比也汎流貌柏木名耿耿小明憂之貌也隱痛也微猶非也○婦人不得於其

共故以柏舟自比言以柏爲舟堅緻牢
實而不以乘載無所依薄但汎然於水
中而已故其隱憂之深如此非爲無酒
可以遨遊而解之也列女傳以此爲婦
人之詩今考其辭氣卑順柔弱且居變
風之首而與下篇相類豈亦莊姜之詩
也歟○我心匪鑒不可以茹如預反亦有兄
弟不可以據薄言往愬逢彼之怒賦也鑒鏡
茹度據依愬告也○言我心既非鑒而
不能度物雖有兄弟而又不可依以爲
重故往告之而反遭其怒也○我心匪石不可轉也

我心匪席不可卷卷勉反也威儀棣棣不可選也賦也棣棣富而閑習之貌選簡擇也○言石可轉而我心不可轉席可卷而我心不可卷威儀無一不善又不可得而簡擇取舍皆自反而無闕之意○憂心悄悄七小反慍于羣小覯古豆反閔既多受侮不少靜言思之寤辟避亦皮有摽婢小反○賦也悄悄憂貌慍怒意羣小衆妾也言見怒於衆妾也覯見閔病也辟拊心也摽拊心貌○日居月諸胡迭待結

反而微心之憂矣如匪澣戶管反衣靜言

思之不能奮飛比也居諸語辭迭更微虧也匪澣衣謂垢汙不濯之衣奮飛如鳥奮翼而飛去也○言日當常明月則有時而虧猶正嫡當尊衆妾當卑今衆妾反勝正嫡是日月更迭而虧是以憂之至於煩冤憒眊如衣不澣之衣恨其不能奮起而飛去也

柏舟五章章六句

綠兮衣兮綠衣黃裏心之憂矣曷維其

已比也綠蒼勝黄之間色黄中央土之
正色間色賤而以爲衣正色貴而以
爲裏言皆失其所也已止也○莊公惑
於嬖妾夫人莊姜賢而失位故作此詩
言綠衣黄裏以比賤妾尊顯而正
嫡幽微使我憂之不能自已也○綠
兮衣兮綠衣黄裳心之憂矣曷維其亡
比也上曰衣下曰裳記曰衣正色裳間
色今以綠爲衣而黄者自裏轉而爲裳
其失所益甚矣○綠兮絲兮女音汝所治
亡之爲言忘也
平聲兮我思古人俾無訧音尤叶于其反兮比也女指

其君子而言也治謂理而織之也俾使
訧過也○言綠方爲絲而女又治之以
比妾方少艾而女又變之也然則我將
如之何哉我思古人有嘗遭此而善處
之者以自厲焉使
不至於有過而已○
絺兮綌兮凄七西反
其以風叶孚愔反**我思古人實獲我心**比也凄寒也
風也○絺綌而遇寒風猶己之過時而
見棄也故思古人之善處此者眞能先
得我心之
所求也

綠衣四章章四句莊姜事見春秋傳此詩無

所考姑從序說下三篇同

燕燕于飛差（初宜反）池其羽之子于歸遠送于野（叶上與反）瞻望弗及泣涕如雨（興也燕鳦也謂之燕燕者重言之也差池不齊之貌之子指戴嬀也歸大歸也○莊姜無子以陳女戴嬀之子完爲己子莊公卒完即位嬖人之子州吁弑之故戴嬀大歸于陳而莊姜送之作此詩也）○燕燕于飛頡（戶結反）之頏（戶郎反）之子于歸遠于將之瞻望弗及

佇立以泣興也飛而上曰頡飛而下曰頏將送也佇立久立也○燕燕于飛下上時掌反其音之子于歸遠送于南叶尼心反瞻望弗及實勞我心興也鳴而上曰上音鳴而下曰下音送于南者陳在衛南○仲氏任而今反只音紙其心塞淵叶一均反終溫且惠淑慎其身先君之思以勗凶肉反寡人賦也仲氏戴嬀字也以恩相信曰任只語辭塞實淵深終竟溫和惠順淑善也先君謂莊公也勗勉

也寡人寡德之人莊姜自稱也○言戴嬀之賢如此又以先君之思勉我使我常念之而不失其守也楊氏曰州吁之暴桓公之死戴嬀之去皆夫人失位不見答於先君所致也而戴嬀猶以先君之思勉其夫人眞可謂溫且惠矣

燕燕四章章六句

日居月諸照臨下土乃如之人兮逝不古處昌呂反胡能有定寧不我顧叶果五反○賦也日居月諸呼而訴之也之人指莊公也逝發語辭古處未詳或云以古道相

處也胡寧皆何也○莊姜不見答於莊公故呼日月而訴之言日月之照臨下土久矣今乃有如是之人而不以古道相處是其心志回惑亦何能有定哉而何爲其獨不我顧也見棄如此而猶有望之之意焉此詩之所以爲厚也○

日居月諸下土是冒乃如之人兮逝不相好呼報反胡能有定寧不我報賦也冒覆報答也○

日居月諸出自東方乃如之人兮德音無良胡能有定俾也可忘賦也日旦必出

東方月望亦出東方德音美其辭無良醜其實也俾也可忘言何獨使我爲可忘者邪

○日居月諸東方自出父兮母兮畜我不卒胡能有定報我不述

賦也畜養卒終也不得於夫而歎父母養我之不終蓋憂患疾痛之極必呼父母人之至情也述循也言不循義理也

日月四章章六句

此詩當在燕燕之前下篇放此

終風且暴顧我則笑叶音爆謔許約反浪笑敖五報反中心是悼比也終風終日風也暴疾也謔戲言也浪放蕩也悼傷也○莊公之為人狂蕩暴疾莊姜蓋不忍斥言之故但以終風且暴為比言雖其狂暴如此然亦有顧我而笑之時但皆出於戲慢之意而無愛敬之誠則又使我不敢言而心獨傷之耳蓋莊公暴慢無常而莊姜正靜自守所以忤其意而不見答也○終風且霾亡皆反叶音貍惠然肯來叶如字又陵之反莫往莫來悠悠我思叶新

才也新齋二反○比也霾雨土蒙霧也惠
順也悠悠思之長也○終風且霾以比
莊公之狂惑也雖云狂惑然亦或惠然
而肯來但又有莫往莫來之時則使我
悠悠而思之望其君子之深厚之至也

○終風且曀於計反

不日有曀寤言不寐願言則嚏都麗反○比也

陰而風曰曀有又也不日有曀言既曀
矣不旋日而又曀也亦比人之狂惑暫
開而復蔽也願思也嚏鼽嚏也人氣感
傷閉鬱又爲風霧所襲則有是疾也

○曀曀其陰虺虺虛鬼反其靁寤言不寐

願言則懷叶胡隈反○比也曀曀陰貌虺虺靁將發而未震之聲以比人之狂惑愈深而未已也懷思也

終風四章章四句說見上

擊鼓其鏜吐當反踊躍用兵叶晡芒反土國城漕我獨南行叶戶郎反○賦也鏜擊鼓聲也踊躍坐作擊刺之狀也兵謂戈戟之屬土土功也國國中也漕衛邑名○衛人從軍者自言其所為因言衛國之民或役土功於國或築城於漕而我獨南行有鋒鏑死亡之憂危

苦尤甚也○從孫子仲平陳與宋不我以歸

憂心有忡敕中反叶敕衆反○賦也孫氏子仲字時軍帥也平和也

合二國之好也舊説以此爲春秋隱公四年州吁自立之時宋衛陳蔡伐鄭之

事恐或然也以猶與也言不與我而歸也○爰居爰處爰喪

其馬息浪反叶蒲補反于以求之于林之下叶後

五反○賦也爰於也於是居於是處於是喪其馬而求之於林下見其失伍離

次無鬭志也○死生契苦結反闊叶苦劣反與子成

說執子之手與子偕老叶魯吼反○賦也契闊隔遠之
意成說謂成其約誓之言○從役者念
其室家因言始爲室家之時期以死生
契闊不相忘棄又相與
執手而期以偕老也○于音吁下同嗟闊
叶苦劣反兮不我活兮叶戶劣反于嗟洵音荀兮不
我信叶師人反兮賦也吁嗟歎辭也闊契闊也活生洵信也信與申同
○言昔者契闊之約如此而今不得活
偕老之信如此而今不得伸意必死亡
不復得與其室家
遂前約之信也

擊鼓五章章四句

凱風自南叶尼心反吹彼棘心棘心夭夭於驕母氏劬勞叶音僚○比也南風謂之凱風長養萬物者也棘小木叢生多刺難長而心又其稚弱而未成者也夭夭少好貌劬勞病苦也○衛之淫風流行雖有七子之母猶不能安其室故其子作此詩以凱風比母棘心比子之幼時蓋曰母生衆子幼而育之其劬勞甚矣本其始而言以起自責之端也

○凱風自南吹彼棘薪母氏聖善我

無令人興也聖叡令善也○棘可以為薪則成矣然非美材故以興子之壯大而無善也復以聖善稱其母而自謂無令人其自責也深矣○爰有寒泉在浚之下叶後五反有子七人母氏勞苦興也浚衛邑○諸子自責言寒泉在浚之下猶能有所滋益於浚而有子七人反不能事母而使母至於勞苦乎於是乃若微指其事而痛自刻責以感動其母心也母以淫風流行不能自守而諸子自責但以不能事母使母勞苦為詞婉詞幾諫不顯其親之惡可謂孝矣下章放此○睍胡[illegible]反

睆華板反黃鳥載好其音有子七人莫慰

母心興也睍睆清和圓轉之意○言黃鳥猶能好其音以悅人而我七子獨不能慰悅母心哉

凱風四章章四句

雄雉于飛泄泄移世反其羽我之懷矣自詒伊阻興也雉野雞雄者有冠長尾身有文采善鬭泄泄飛之緩也懷思詒遺阻隔也○婦人以其君子從役于外故言雄雉之飛舒緩自得如此而

我之所思者乃從役於外而自遺阻隔也○雄雉于飛下上時掌反其音展矣君子實勞我心興也下上其音言其飛鳴自得也展誠也言誠又言實所以甚言此君子之勞我心也○瞻彼日月悠悠我思叶新齊反道之云遠曷云能來叶陵之反○賦也悠悠思之長也見日月之往來而思其君子從役之久也○百爾君子不知德行下孟反叶戶郎反不忮之豉反不求何用不臧賦也百猶凡也忮害

求貪臧善也○言凡爾君子豈不知德行乎若能不忮害又不貪求則何所爲而不善哉憂其遠行之犯患冀其善處而得全也

雄雉四章章四句

匏有苦葉濟有深涉深則厲淺則揭苦例反○比也匏瓠也匏之苦者不可食特可佩以渡水而已然今尚有葉則亦未可用之時也濟渡處也行渡水曰涉以衣而涉曰厲褰衣而涉曰揭○此刺淫亂之詩言匏未可用而渡處方深行者當量其深淺而後可渡以比男女之際

亦當量度禮義而行也○有瀰彌爾反濟盈有鷕以小反

雉鳴濟盈不濡軌居美反叶居有反雉鳴求其牡比也瀰水滿貌鷕雌雉聲軌車轍也飛曰雌雄走曰牝牡○夫濟盈必濡其轍雉鳴當求其雄此常理也今濟盈而曰不濡軌雉鳴而反求其牡以比淫亂之人不度禮義非其配耦而犯禮以相求也○雝雝鳴鴈叶魚旰反旭許玉反日始旦士如歸妻迨冰未泮賦也雝雝鴈聲和也鴈鳥名似鵝畏寒秋南春北旭日初出貌昏禮納采用

鴈親迎以昏而納采請期以旦歸妻以冰泮而納采請期迨冰未泮之時○言

古人之於婚姻其求之不暴而節之以禮如此以深刺淫亂之人也○招

招照遥反舟子叶獎履反人涉卬五郎反否叶補美反

人涉卬否卬須我友叶羽軌反○比也招招號召之貌舟

子舟人主濟渡者卬我也○舟人招人以渡人皆從之而我獨否者待我友之

招而後從之也以比男女必待其配耦而相從而刺此人之不然也

匏有苦葉四章章四句

習習谷風以陰以雨黽勉同心不宜有
怒叶暖五反采葑孚容反采菲妃鬼反無以下體
德音莫違及爾同死叶想止反○比也
習習和舒也東風
謂之谷風葑蔓菁也菲似葍莖麤葉厚
而長有毛下體根也葑菲根莖皆可食
而其根則有時而美惡德音美譽也○
婦人爲夫所棄故作此詩以叙其悲怨
之情言陰陽和而後雨澤降如夫婦和
而後家道成故爲夫婦者當黽勉以同
心而不宜至於有怒又言采葑菲者不
可以其根之惡而棄其莖之美如爲夫

婦者不可以其顏色之衰而棄其德音之善但德音之不違則可以與爾同死矣○行道遲遲中心有違不遠伊邇薄送我畿音祈誰謂荼音徒苦其甘如薺齊禮反宴爾新昏如兄如弟待禮反○賦而比也遲遲舒行貌違相背也畿門内也荼苦菜蓼屬也詳見良耜薺甘菜宴樂也新昏夫所更娶之妻也○言我之被棄行於道路遲遲不進蓋其足欲前而心有所不忍如相背然而故夫之送我乃不遠而甚邇亦至其門内而止耳又言荼雖甚苦反甘如

薺以比已之見棄其苦有甚於荼而其大方且宴樂其新昏如兄如弟而不見恤蓋婦人從一而終今雖見棄猶有望夫之情厚之至也○涇以渭濁湜湜音殖其沚音止宴爾新昏不我屑以毋逝我梁毋發我笱古口反我躬不閱遑恤我後胡口反○比也涇渭二水名涇水出今原州百泉縣笄頭山東南至永興軍高陵入渭渭水出渭州渭源縣鳥鼠山至同州馮翊縣入河湜湜清貌沚水渚也屑潔以與逝之也梁堰石障水而空其中以通魚之往來者也

笱以竹爲器而承梁之空以取魚者也
閱容也○涇濁渭清然涇未屬渭之時
雖濁而未甚見由二水既合而清濁益
分然其別出之渚流或稍緩則猶有清
處婦人以自比其容貌之衰久矣又以
新昏形之益見憔悴然其心則固猶有
可取者但以故夫之安於新昏故不以
我爲絜而與之耳又言毋逝我之梁毋
發我之笱以比欲戒新昏毋居我之處
毋行我之事而又自思我身且不見容
何暇恤我已去之後哉知○就其深矣
不能禁而絕意之辭也
方之舟之就其淺矣泳之游之何有何

亡黽勉求之凡民有喪匍（音蒲）匐（蒲北反）救（叶居尤反）之興也方桴舟船也潛行曰泳浮水曰游匍匐手足並行急遽之甚也○婦人自陳其治家勤勞之事言我隨事盡其心力而爲之深則方舟淺則泳游不計其有與亡而強勉以求之又周睦其隣里鄉黨莫不盡其道也

○不我能慉（許六反）反以我爲讎既阻我德賈（音古）用不售（市救反叶市周反）昔育恐育鞫（居六反）及爾顛覆（芳服反）既生既育比予于

毒賦也慉養阻却鞫窮也○承上章言我於女家勤勞如此而女旣不我養而反以我爲仇讎惟其心旣拒却我之善故雖勤勞如此而不見取如賈之不見售也因念其昔時相與爲生惟恐其生理窮盡而及爾皆至於顛覆今旣遂其生矣乃反比我於毒而棄之乎張子曰育恐謂生於恐懼之中育鞫謂生於困窮之際亦通○我有旨蓄勅六反亦以御魚呂反下同冬宴爾新昏以我御窮有洸音光有潰戶對反旣詒我肄以世反不念昔者伊余來

塈許器反○興也旨美蓄聚御當也洸
武貌潰怒色也肄勞塈息也○又言
我之所以蓄聚美菜者蓋欲以禦冬月
乏無之時至於春夏則不食之矣今君
子安於新昏而厭棄我是但使我禦其
窮苦之時至於安樂則棄之也又言於
我極其武怒而盡遺我以勤勞之事曾
不念昔者我之來息時也追言其始見
君子之時接禮
之厚怨之深也

谷風六章章八句

式微式微胡不歸微君之故胡為乎中

露賦也式發語辭微猶衰也再言之者言衰之甚也微猶非也中露露中也言有霑濡之辱而無所芘覆也○舊說以爲黎侯失國而寓於衛其臣勸之曰衰微甚矣何不歸哉我若非以君之故則亦胡爲而辱於此哉○式微

式微胡不歸微君之躬胡爲乎泥中賦也泥中言有陷溺之難而不見拯救也

式微二章章四句此無所考姑從序說

旄丘之葛叶居謁反兮何誕之節兮叔兮伯

叶音逼

兮何多日也與也前高後下曰旄丘誕闊也叔伯衛之諸臣也○舊說黎之臣子自言久寓於衛時物變矣故登旄丘之上見其葛長大而節疎闊因託以起興曰旄丘之葛何其節之闊也衛之諸臣何其多日而不見救也此詩本責衛君而但斥其臣可見其優柔而不迫矣○

何其處也必有與也何其久也叶舉里反必有以也賦也處安處也與與國也以他故也○因上章何多日也而言何其安處而不來意必有與國相俟而俱來耳又言何其久而不來意其或有他故而不

得來耳詩之曲盡人情如此○狐裘蒙戎匪車不東叔兮伯兮靡所與同賦也大夫狐蒼裘蒙戎亂貌言弊也○又自言客久而裘弊矣豈我之車不東告於女乎但叔兮伯兮不與我同心雖往告之而不肯來耳至是始微諷切之或曰狐裘蒙戎指衛大夫而譏其憒亂之意匪車不東言非其車不肯東來救我也但其人不肯與俱來耳今按黎國在衛西前說近是○瑣素果反兮尾兮流離之子叶奘履反叔兮伯兮褎由救反如充耳賦也瑣細尾末

也流離漂散也褎衺多笑貌充耳塞耳也
耳聾之人恒多笑○言黎之君臣流離
瑣尾若此其可憐也而衛之諸臣褎然
如塞耳而無聞何哉至是然後盡其詞
焉流離患難之餘而其言之有
序而不迫如此其人亦可知矣

旄丘四章章四句 說同上篇

簡兮簡兮方將萬舞日之方中在前上
處 賦也簡簡易不恭之意萬者舞之揔
名武用干戚文用羽籥也日之方中
在前上處言當明顯之處○賢者不得
志而仕於伶官有輕世肆志之心焉故

其言如此若自譽而實自嘲也○**碩人俁俁**疑矩反**公庭萬舞有力如虎執轡如組**音祖○賦也碩大也俁俁大貌轡今之韁也組織絲爲之言其柔也御能使馬則轡柔如組矣○又自譽其才之無所不備亦上章之意也○**左手執籥**餘若反**右手秉翟**亭歷反叶直角反**赫如渥**於角反**赭**音者叶陟畧反**公言錫爵**賦也執籥秉翟者文舞也籥如笛而六孔或曰三孔翟雉羽也赫赤貌渥厚漬也赭赤色也言其顏色之充盛也公言錫爵即儀禮

燕飲而獻工之禮也以碩人而得此則亦辱矣乃反以其賚予之親洽爲榮而誇美之亦玩世不恭之意也

○山有榛側巾反隰有苓音零云誰之思西方美人彼美人兮西方之人兮

興也榛似栗而小下濕曰隰苓一名大苦葉似地黃即今甘草也西方美人託言以指西周之盛王如離騷亦以美人目其君也又曰西方之人者歎其遠而不得見之詞也○賢者不得志於衰世之下國而思盛際之顯王故其言如此而意遠矣

簡兮四章三章章四句一章六句

舊三章章六句今攺定○張子曰爲禄仕而抱關擊柝則猶恭其職也爲伶官則雜於侏儒俳優之閒不恭甚矣其得謂之賢者雖其迹如此而其中固有以過人又能卷而懷之是亦可以爲賢矣東方朔似之

毖悲位反彼泉水亦流于淇有懷于衛靡日不思叶新齋反孌力轉反彼諸姬聊與之謀

叶謨悲反○毖也毖泉始出之貌泉水即今衛州共城之百泉也淇水出相州林慮縣東流泉水自西北而東南來注之孌孌好貌諸姬謂姪娣也○衛女嫁於諸侯父母終思歸寧而不得故作此詩言毖然之泉水亦流于淇矣我之有懷于衛則亦無日而不思矣是以即諸姬而與之謀爲歸衛之計如下兩章之云也

○**出宿于泲**子禮反**飲餞于禰**音踐 乃禮反**女子有行遠**于萬反**父母兄弟**待禮反**問我諸姑遂及伯姊**叶獎禮反○賦也泲地名飲餞者古之行者必

有祖道之祭祭畢處者送之飲於其餞而後行也禰亦地名皆自衛來時所經之處也諸姑伯姊即所謂諸姬也○言始嫁來時則固已遠其父母兄弟矣況今父母既終而復可歸哉是以問於諸姑伯姊而謀其可否云爾鄭氏曰國君夫人父母在則歸寧沒則使大夫寧於兄弟○出宿于干叶居焉反飲餞于言載脂載舝胡瞎反叶下介反還音旋車言邁遄市專反臻于衛不瑕有害此字本與邁害叶今讀誤

賦也干言地名適衛所經之地也脂以脂膏塗其舝使滑澤也

牽車軸也不駕則脫之設之而後行也還回旋也旋其嫁來之車也遄疾臻至也瑕何古音相近通用○言如是則其至衛疾矣然豈不害於義理乎疑之而不敢遂之辭也○我思肥泉茲之永歎叶它涓反思須與漕叶徂侯反我心悠悠駕言出遊以寫我憂賦也肥泉水名須漕衛邑也悠悠思之長也寫除也○既不敢歸然其思衛地不能忘也安得出遊於彼而寫其憂哉

泉水四章章六句楊氏曰衛女思歸發乎情

也其卒也不歸止乎禮義也世人著之於經以示後世使知適異國者父母終無歸寧之義則能自克者知所處矣

出自北門叶眉貧反憂心殷殷終窶其矩反且貧莫知我艱叶居銀反已焉哉叶將其反下同天實為之謂之何哉比也北門背陽向陰殷殷憂也窶者貧而無以為禮也○衛之賢者處亂世事暗君不得其志故因出北門而賦以自比又歎其貧窶人莫知之而歸之於天也

○王事適我政事一

埤避支反益我我入自外室人交徧讁[illegible]革反叶竹棘反我已焉哉天實爲之謂之何哉

賦也王事王命使爲之事也適之也政事其國之政事也一猶皆也埤厚室家讁責也○王事既適我矣政事又一切以埤益我其勞如此而窶貧又甚室人至無以自安而交徧讁我則其困於內外極矣

○王事敦叶都回反我政事一埤遺唯季反叶夷回反我我入自外室人交徧摧徂回反我已焉哉天實爲之

謂之何哉賦也敦猶投擲也遺加摧沮也

北門三章章七句楊氏曰忠信重祿所以勸士也衛之忠臣至於窶貧而莫知其艱則無勸士之道矣仕之所以不得志也先王視臣如手足豈有以事投遺之而不知其艱哉然不擇事而安之無懟憾之辭知其無可柰何而歸之於天所以為忠臣也

北風其涼雨于付反雪其雱普康反惠而好

呼報反下同我攜手同行叶戶郎反其虛其邪音徐下同既亟只音紙下同且子餘反下同○比也北風寒涼之風也涼寒氣也雱雪盛也惠愛行去也虛寬貌邪一作徐緩也亟急也只且語助辭○言北風雨雪以北國家危亂將至而氣象愁慘也故欲與其相好之人去而避之且曰是尚可以寬徐乎彼其禍亂之迫已甚而去不可不速矣○北風其喈音皆叶居奚反雨雪其霏芳非反惠而好我攜手同歸其虛其邪既亟只且比也喈疾

聲也霏雨雪分散之狀○莫赤匪狐莫
歸者去而不反之辭也
黑匪烏惠而好我攜手同車其虛其邪
既亟只且比也狐獸名似犬黃赤色烏
鵶黑色皆不祥之物人所惡
見者也所見無非此物則國將危亂可
知同行同歸猶賤者也同車則貴者亦
去矣

北風三章章六句

靜女其姝赤朱反俟我於城隅愛而不見

搔蘇刀反首踟直知反躕直誅反○賦也靜者閒雅之意姝美色也城隅幽僻之處不見者期而不至也踟躕猶躑躅也此淫奔期會之詩也

○靜女其孌貽我彤徒冬反管叶古宛反彤管有煒于鬼反說音悅懌音亦女美賦也孌好貌於是則見之矣彤管未詳何物蓋相贈以結慇懃之意耳煒赤貌言既得此物而又悅懌此女之美也

○自牧歸荑徒兮徒計二反洵美且異夷曳二音匪女音汝之為美美人之貽與異同○賦也牧外

野也歸亦貽也荑茅之始生者洵信也女指荑而言也○言靜女又贈我以荑而其荑亦美且異然非此荑之爲美也特以美人之所贈故其物亦美耳

靜女三章章四句

新臺有泚此禮反河水瀰瀰莫邇反燕婉之求籧音渠篨音除不鮮斯踐反叶想止反○賦也泚鮮明也瀰瀰盛也燕安婉順也籧篨不能俯疾之醜者也蓋籧篨本竹席之名人或編以爲困其狀如人之擁腫而不能俯者故又因以名此疾也鮮少也○舊說以爲衛

宣公爲其子伋娶於齊而聞其美欲自娶之乃作新臺於河上而要之國人惡之而作此詩以刺之言齊女本求與伋爲燕婉之好而反得宣公醜惡之人也

○**新臺有洒**十罪反叶先典反**河水浼浼**每罪反叶美反鮮**燕婉之求籧篨不殄**賦也洒高峻也浼浼平也殄絕也言其病不已也

○**魚網之設鴻則離之燕婉之求得此戚施**興也鴻鴈之大者離麗也戚施不能仰亦醜疾也○言設魚網而反得鴻以興求燕婉而反得醜疾之人所得非所求也

新臺三章章四句

凡宣姜事首末見春秋傳

然於詩則皆未有考也諸篇放此

二子乘舟汎汎芳劒反其景叶舉兩反願言思子中心養養以兩反○賦也二子謂伋壽也乘舟渡河如齊也景古影字養養猶漾漾然不知所定之貌○舊說以為宣公納伋之妻是為宣姜生壽及朔朔與宣姜愬伋於公公令伋之齊使賊先待於隘而殺之壽知之以告伋伋曰君命也不可以逃壽竊其節而先往賊殺之伋至曰君命殺我壽有

何罪賊又殺之國人傷之而作是詩也〇二子乘舟汎汎其逝此字下與上叶今讀誤願言思子不瑕有害

賦也逝往也不瑕疑詞義見泉水此則見其不歸而疑之也

二子乘舟二章章四句太史公曰今讀

世家言至於宣公之子以婦見誅弟壽爭死以相讓此與晉太子申生不敢明驪姬之過同俱惡傷父之志然卒死亡何其悲也或父子相殺兄弟相戮亦獨何哉

邶十九篇七十二章三百六十三句

詩卷第二

詩卷第三　朱熹集傳

鄘一之四 說見上篇

汎彼柏舟，在彼中河。髧徒坎反彼兩髦音毛，實維我儀叶牛何反。之死矢靡他叶湯河反。母也天叶鐵因反只音紙，下同，不諒人只。

興也。中河，中於河也。髧，髮垂貌。兩髦者，翦髮夾囟，子事父母之飾，親死然後去之。此蓋指共伯也。我，共姜自我也。儀，匹。之，至。矢，誓。靡，無也。只，語助辭。諒，信也。○舊說以爲衛世子共伯蚤死其妻共姜守義父母欲奪而嫁之故共姜作此以自誓言柏舟則在彼中河兩髦則實我之匹雖至於死誓無他心母之於我覆育之恩如天罔極而何其不諒我之心乎不及父者疑時獨母在或非父意耳○**汎彼柏舟在彼河側髧彼兩髦實維我特之死矢靡慝**他得反**母也天只不諒人只**興也特亦匹也慝邪也以是爲慝則其絶之甚矣

柏舟二章章七句

牆有茨不可埽（叶蘇后反）也中冓（古候反）之言不可道（叶徒厚反）也所可道也言之醜也（興也茨蒺蔾也蔓生細葉子有三角刺人中冓謂舍之交積材木也道言醜惡也○舊說以為宣公卒惠公幼其庶兄頑烝於宣姜故詩人作此詩以刺之言其閨中之事皆醜惡而不可言理或然也○）

牆有茨不可襄也中冓之言不可詳也所可詳也言之長也（興也襄除也詳詳言之也言之長者不欲言而託以語長難竟也）○

牆有茨不可束也中冓之言不可讀也所可讀也言之辱也興也束束而去之也讀誦言也辱猶醜也

牆有茨三章章六句楊氏曰公子頑通乎君母閨中之言至不可讀其汙甚矣聖人何取焉而著之於經也蓋自古淫亂之君自以謂密於閨門之中世無得而知者故自肆而不反聖人所以著之於經使後世爲惡者知雖閨中之

言亦無隱而不彰也其爲訓戒深矣

君子偕老副笄六珈音加叶居河反委委於危反佗佗待何反如山如河象服是宜叶牛何反子之不淑云如之何

賦也君子夫也偕老言偕生而偕死也女子之生以身事人則當與之同生與之同死故夫死稱未亡人言亦待死而已不當復有他適之志也副祭服之首飾編髮爲之笄衡笄也垂于副之兩旁當耳其下以紞懸瑱珈之言加也以玉加於笄而爲飾也委委佗佗雍容自得之

貌如山安重也如河弘廣也象服法度之服也淑善也○言夫人當與君子偕老故其服飾之盛如此而雍容自得安重寬廣又有以宜其象服今宣姜之不善乃如此雖有是服亦將如之何哉言不稱也○玼音此兮玼兮其之翟叶去聲也鬒眞忍反髮如雲不屑蘇節反髢徒帝反也玉之瑱吐殿反也象之揥勑帝反也揚且子餘反之晳星歷反叶征例反也胡然而天也胡然而帝也賦也玼鮮盛貌翟衣祭服刻繒爲翟

雉之形而彩畫之以爲飾也鬒黑也如
雲言多而美也屑潔也鬄髲髢也人少
髮則以髢益之髮自美則不潔於髢而
用之矣瑱塞耳也象象骨也揥所以摘
髮也揚眉上廣也且語助辭晳白也胡
然而天胡然而帝言其服飾容貌之美
見者驚猶鬼神也○瑳七我反兮瑳兮其之展陟戰
反叶諸延反也蒙彼縐側救反絺是紲息列反袢
薄慢反叶汾乾反也子之清揚揚且之顏叶魚堅反
也展如之人兮邦之媛于眷反叶于權反也賦也

瑳亦鮮盛貌展衣者以禮見於君及見賓客之服也蒙覆也縐絺絺之靡者當暑之服也紲袢束縛意以展衣蒙絺綌而爲之紲袢所以自斂飭也或曰蒙謂加絺綌於褻衣之上所謂表而出之也清視清明也揚眉上廣也顏額角豐滿也展誠也美女曰媛見其徒有美色而無人君之德也

君子偕老三章一章七句一章九句一章八句

東萊呂氏曰首章之末云子之不淑云如之何責之也二章之末云胡然而天也胡然而帝也

問之也○三章之末云展如之人兮邦之媛也惜之也辭益婉而意益深矣

爰采唐矣沬(音妹)之鄉矣云誰之思美孟姜矣期我乎桑中(叶諸良反)要(叶於遥反)我乎上宮(叶居王反)送我乎淇之上(叶辰羊反)矣

賦也唐蒙菜也一名兔絲沬衛邑也書所謂妹邦者也孟長也姜齊女言貴族也桑中上宮淇上又沬鄉之中小地名也要猶迎也○衛俗淫亂世族在位相竊妻妾故此人

自言將采唐於沫而與其所思之人相期會迎送如此也○爰采麥叶訖力反矣沫之北矣云誰之思美孟弋矣期我乎桑中要我乎上宮送我乎淇之上矣賦也麥穀名秋種夏熟者弋春秋或作姒蓋杞女夏后氏之後亦貴族也○爰采葑矣沫之東矣云誰之思美孟庸矣期我乎桑中要我乎上宮送我乎淇之上矣賦也葑蔓菁也庸未聞疑亦貴姓也

桑中三章章七句

樂記曰鄭衛之音亂世之音也比於慢矣桑間濮上之音亡國之音也其政散其民流誣上行私而不可止也按桑間即此篇故小序亦用樂記之語

鶉音純之奔奔鵲之彊彊音姜人之無良我以爲兄叶虛王反○興也鶉鶉屬奔奔彊彊居有常匹飛則相隨之貌人謂公子頑良善也○衛人刺宣姜與頑非匹耦而相從也故爲惠公之言以刺之曰人之無良鶉鵲之不若而我反以爲兄何哉○鵲之彊彊

鶉之奔奔叶逋珉反人之無良我以爲君興也人謂宣姜君小君也

鶉之奔奔二章章四句范氏曰宣姜之惡不可勝道也國人疾而刺之或遠言焉或切言焉遠言之者君子偕老是也切言之者鶉之奔奔是也衛詩至此而人道盡天理滅矣中國無以異於夷狄人類無以異於禽獸而國隨以亡矣胡氏曰楊時有言詩載此篇以見衛爲狄所滅之因也故

在定之方中之前因以是說考於歷代凡淫亂者未有不至於殺身敗國而亡其家者然後知古詩垂戒之大而近世有獻議乞於經筵不以國風進講者殊失聖經之旨矣

定丁佞反**之方中作于楚宮揆之以日作于楚室樹之榛栗椅**於宜反**桐梓漆爰伐琴瑟**

賦也定北方之宿營室星也此星昏而正中夏正十月也於是時可星以營制宮室故謂之營室楚宮楚丘之宮也揆度也樹八尺之臬而度其日出

入之景以定東西又參日中之景以正南北也楚室猶楚宮互文以協韻耳榛栗二木其實榛小栗大皆可供籩實椅梓實桐皮桐梧桐也梓楸之疎理白色而生子者漆木有液黏黑可飾器物四木皆琴瑟之材也爰於也○衛爲狄所滅文公徙居楚丘營立宮室國人悅之而作是詩以美之蘇氏曰種木者求用於十年之後其不求近功凡此類也○升彼虛起居反叶起呂反矣以望楚矣望楚與堂景山與京叶居良反降觀于桑卜云其吉終然允臧賦也虛故城也

楚楚丘也堂楚丘之旁邑也景景測景以
正方面也與既景迺岡之景同或曰景
山名見商頌京高丘也桑木名葉可飼
蠶者觀之以察其土宜也允信臧善也
〇此章本其始之望景觀卜而
言以至於終而果獲其善也
〇靈雨
既零命彼倌音官人星言夙駕說始銳反于
桑田叶徒因反匪直也人秉心塞淵叶一均反騋
音來牝三千叶倉新反〇賦也靈善零落也倌人主駕者也星見星也
說舍止也秉操塞實淵深也馬七尺以
上爲騋〇言方春時雨既降而農桑之

務作文公於是命主駕者晨起駕車亟往而勞勸之然非獨此人所以操其心者誠實而淵深也蓋其所畜之馬七尺而牝者亦已至於三千之衆矣蓋人操心誠實而淵深則無所爲而不成其致此富盛宜矣記曰問國君之富數馬以對今言騋牝之衆如此則生息之蕃可見而衛國之富亦可知矣此章又要其終而言也

定之方中三章章七句

按春秋傳衛懿公九年冬狄入衛懿公及狄人戰于熒澤而敗死焉宋桓公迎

衛之遺民渡河而南立宣姜子申以廬於漕是爲戴公是年卒立其弟燬是爲文公於是齊桓公合諸侯以城楚丘而遷衛焉文公大布之衣大帛之冠務材訓農通商惠工敬教勸學授方任能元年革車三十乘季年乃三百乘

蝃丁計反蝀都動反在東莫之敢指女子有行遠于萬反父母兄弟叶待里反○比也蝃蝀虹也日與雨交倏然成質似有血氣之類乃陰陽之氣不當交而交者蓋天地之淫氣也在

東者莫虹也虹隨日所映故朝西而莫東也○此刺淫奔之詩言蝃蝀在東而人不敢指以比淫奔之惡人不可道況女子有行又當遠其父母兄弟豈可不顧此而冒行乎○**朝隮**子西反**于西崇朝其雨女子有行遠兄弟父母**叶滿補反○比也隮升也周禮十煇九曰隮注以爲虹蓋忽然而見如自下而升也崇終也從旦至食時爲終朝言方雨而虹見則其雨終朝而止矣蓋淫慝之氣有害於陰陽之和也今俗謂虹能截雨信然○**乃如之人也懷昏姻也大無**

信叶斯人反也不知命叶彌并反也賦也乃如之人指淫奔者而言昏姻謂男女之欲程子曰女子以不自失爲信命正理也○言此淫奔之人但知思念男女之欲是不能自守其貞信之節而不知天理之正也程子曰人雖不能無欲然當有以制之無以制之而惟欲之從則人道廢而入於禽獸矣以道制欲則能順命

蝃蝀三章章四句

相息亮反鼠有皮叶蒲何反人而無儀叶牛何反人

而無儀不死何爲叶吾禾反○興也相視也鼠蟲之可賤惡者○言視彼鼠而猶必有皮可以人而無儀乎人而無儀則其不死亦何爲哉

○相鼠有齒人而無止人而無止不死何俟叶羽已反又音始○興也止容止也俟待也

○相鼠有體人而無禮人而無禮胡不遄死叶想止反○興也體支體也遄速也

相鼠三章章四句

孑孑居熱反干旄在浚蘇俊反之郊叶音高素絲紕符至反之良馬四之彼姝赤朱反者子何以畀必寐反之

賦也孑孑特出之貌干旄以旄牛尾注於旗干之首而建之車後也浚衛邑名邑外謂之郊紕織組也蓋以素絲織組而維之也四之兩服兩驂凡四馬以載之也姝美也子指所見之人也畀與也○言衛大夫乘此車馬建此旄以見賢者彼其所見之賢者將何以畀之而答其禮意之勤乎

○孑孑干旟在浚之都素絲組音祖之

良馬五之彼姝者子何以予之音與〇賦也旟州里所建鳥隼之旗也上設旌旄其下繫斿斿下屬縿皆畫鳥隼也下邑曰都五之五馬言其盛也〇子子干旌在浚之城素絲祝之良馬六之彼姝者子何以告之姑沃反〇賦也析羽為旌干旌蓋析翟羽設於旗干之首也城都城也祝屬也六之六馬極其盛而言也

干旄三章章六句此上三詩小序皆以為文

公時詩蓋見其列於定中載馳之閒故爾他無所考也然衛本以淫亂無禮不樂善道而亡其國今破滅之餘人心危懼正其有以懲創往事而興起善端之時也故其為詩如此蓋所謂生於憂患死於安樂者小序之言疑亦有所本云

載馳載驅（叶祛尤反）歸唁衛侯驅馬悠悠言至於漕（叶徂侯反）大夫跋（蒲末反）涉我心則憂

賦也載則也弔失國曰唁悠悠遠而未至之貌草行曰跋水行曰涉○宣姜之

女爲許穆公夫人閔衛之亡馳驅而歸將以唁衛侯於漕邑未至而許之大夫有奔走跋涉而來者夫人知其必將以不可歸之義來告故心以爲憂也既而終不果歸乃作此詩以自言其意爾○既不我嘉不能旋反視爾不臧我思不遠既不我嘉不能旋濟視爾不臧我思不閟 賦也嘉臧皆善也遠猶忘也濟渡也自許歸衛必有所渡之水也閟閉也止也言思之不止也○言大夫既至而果不以我歸爲善則我亦不能旋反而濟以至於衛矣雖視爾不以我

為善然我之所思
終不能自已也
○陟彼阿丘，言采其蝱。音盲叶謨郎反女子善懷，亦各有行。叶戶郎反許人尤之，衆穉直吏反且狂。賦也偏高曰阿
丘蝱貝母也主療鬱結之病善懷多憂思也猶漢書云
岸善崩也行道尤過也○又言以其旣不適衛而思終不止也故其在塗或升
高以舒憂想之情或采蝱以療鬱結之病蓋女子所以善懷者亦各有道而許
國之衆人以爲過則亦少不更事而狂妄之人爾許人守禮非穉且狂也但以
其不知己情之切至而言若是爾然而

大五七

卒不敢違焉則亦豈眞以爲穉且狂哉

○我行其野芃芃蒲紅反其麥叶訖力反控苦貢反于大邦誰因誰極大夫君子無我有尤叶于其反百爾所思不如我所之叶新齋反

賦也芃芃麥盛長貌控持而告之也因如因魏莊子之因極至也大夫即跋涉之大夫君子謂許國之衆人也○又言歸途在野而涉芃芃之麥又自傷許國之小而力不能救故思欲爲之控告于大邦而又未知其將何所因而何所至乎大夫君子無以我爲有過雖爾所以處

此百方然不如使我得自盡其心之爲愈也

載馳四章二章章六句二章章八句

事見春秋傳舊說此詩五章一章六句二章三章四句四章六句五章八句蘇氏合二章三章章以爲一章按春秋傳叔孫豹賦載馳之四章而取其控于大邦誰因誰極之意與蘇說合今從之范氏曰先王制禮父母沒則不得歸寧者義也雖國滅君死不得往赴焉義重於亡故也

鄘國十篇二十九章百七十六句

衛一之五

瞻彼淇奧於六反綠竹猗猗於宜反叶於何反有匪君子如切如磋七河反如琢如磨瑟兮僩遐版反下同兮赫兮咺況晚反下同兮有匪君子終不可諼況元反叶況遠反下同兮興也淇水名奧隈也綠色也淇上多

竹漢世猶然所謂淇園之竹是也猗猗始生柔弱而美盛也匪斐通文章著見之貌也君子指武公也治骨角者既切以刀斧而復磋以鑢鍚治玉石者既琢以槌鑿而復磨以沙石言其德之脩飭有進而無已也瑟矜莊貌僩威嚴貌咺宣著貌諼忘也○衛人美武公之德而以緑竹始生之美盛興其學問自脩之進益也大學傳曰如切如磋者道學也如琢如磨者自脩也瑟兮僩兮者恂慄也赫兮喧兮者威儀也有斐君子終不可諠兮者道盛德至善民之不能忘也

○瞻彼淇奧緑竹青青子丁反有匪君子

充耳琇瑩（音營）會（古外反）弁如星瑟兮僩兮
赫兮咺兮有匪君子終不可諼兮（興也 青青）
堅剛茂盛之貌充耳瑱也琇瑩美石也
天子玉瑱諸侯以石會縫也弁皮弁也
以玉飾皮弁之縫中如星之明也○以
竹之堅剛茂盛興其服飾之盛嚴而見
其德之
稱也
（）瞻彼淇奧綠竹如簀（音責 側歷反）
有匪君子如金如錫如圭如璧寬兮綽
兮猗（於綺反）重（直恭反）較（古岳反）兮善戲謔兮

不爲虐兮興也簀棧也竹之密比似之則盛之至也金錫言其鍛鍊之精純圭璧言其生質之溫潤寬宏裕也綽開大也猗嘆辭也重較卿士之車也較兩輢上出軾者謂車兩傍也○善戲諠不爲虐者言其樂易而有節也以竹之至盛興其德之成就而又言其寬廣而自如和易而中節也蓋寬綽無歛束之意戲諠非莊厲之時皆常情所忽而易致過差之地也然猶可觀而必有節焉則其動容周旋之間無適而非禮亦可見矣禮曰張而不弛文武不能也弛而不張文武不爲也一張一弛文武之道也此之謂也

淇奧三章章九句按國語武公年九十有五

猶箴儆于國曰自卿以下至于師長士苟在朝者無謂我老耄而舍我必恪恭於朝以交戒我遂作懿戒之詩以自警而賓之初筵亦武公悔過之作則其有文章而能聽規諫以禮自防也可知矣衛之他君蓋無足以及此者故序以此詩爲美武公而今從之也

考槃在澗叶居賢反碩人之寬叶區權反獨寐寤

言永矢弗諼況元反○賦也考成也槃盤桓之意言成其隱處之室也陳氏曰考扣也槃器名蓋扣之以節歌如鼓盆拊缶之爲樂也二說未知孰是山夾水曰澗碩大寬廣永長矢誓諼忘也○詩人美賢者隱處澗谷之閒而碩大寬廣無戚戚之意雖獨寐而寤言猶自誓其不忘此樂也○考槃在阿碩人之薖苦禾反獨寐寤歌永矢弗過古禾反○賦也曲陵曰阿薖義未詳或云亦寬大之意也永矢弗過自誓所願不踰於此若將終身之意也○考槃在陸碩人

之軸獨寐寤宿永矢弗告姑沃反○賦也高平曰陸軸盤桓不行之意寤宿已覺而猶卧也弗告者不以此樂告人也

考槃三章章四句

碩人其頎其機反衣錦於既反褧苦迥反衣齊侯之子衛侯之妻東宮之妹邢侯之姨譚公維私息夷反○賦也碩人指莊姜也頎長貌錦文衣也褧襌也錦衣而加褧焉爲其文之太著也東宮太子所居之宮齊太子得臣也繫太子

言之者明與同母言所生之貴也女子後生曰妹妻之姊妹曰姨姊妹之夫曰私邢侯譚公皆莊姜姊妹之夫互言之也諸侯之女嫁於諸侯則尊同故歷言之○莊姜事見邶風緑衣等篇春秋傳曰莊姜美而無子衛人為之賦碩人即謂此詩而其首章極稱其族類之貴以見其為正嫡小君所宜親厚而重歎莊公之昏惑也

○手如柔荑徒兮反膚如凝脂領如蝤似修反蠐音齊齒如瓠戶故反犀螓音秦首蛾我波反眉巧笑倩七薦反兮美目盼匹莧反

匹見反兮賦也茅之始生曰荑言柔而白也凝脂脂寒而凝者亦言白也領頸也蝤蠐木蠹之白而長者瓠犀瓠中之子方正潔白而比次整齊也螓如蟬而小其額廣而方正蛾蠶蛾也其眉細而長曲倩口輔之美也盼白黑分明也○此章言其容貌之美猶前章之意也○碩人敖敖五刀反說始銳反于農郊叶音高四牡有驕起橋反叶音高朱幩符云反鑣鑣表驕反叶音褒翟茀音弗以朝直遥反叶直豪反大夫夙退無使君勞賦也敖敖長貌說舍

也農郊近郊也四牡車之四馬驕壯貌幩鑣飾也鑣者馬銜外鐵人君以朱纏之也鑣鑣盛也翟翟車也夫人以翟羽飾車茀蔽也婦人之車前後設蔽夙早也玉藻曰君日出而視朝退適路寢聽政使人視大夫大夫退然後適小寢釋服○此言莊姜自齊來嫁舍止近郊乘是車馬之盛以入君之朝國人樂得以爲莊公之配故謂諸大夫朝於君者宜早退無使君勞於政事不得與夫人相親而歎今之不然也○河水洋洋北流活活古闊反叶戶劣反施罛音孤濊濊呼活反叶許月反鱣陟連反鮪

于軌反**發發**補末反叶方月反**葭**音加**菼**他覽反**揭揭**居謁反**庶姜孽孽**魚竭反**庶士有朅**欺列反○賦也

河在齊西衛東北流入海洋洋盛大貌活活流貌施設也罛魚罟也濊濊罟入水聲也鱣魚似龍黃色銳頭口在頷下背上腹下皆有甲大者千餘斤鮪似鱣而小色青黑發發盛貌葭蘆菼薍也亦謂之荻揭揭長也庶姜謂姪娣孽孽盛飾也庶士謂媵臣朅武貌○言齊地廣饒而夫人之來士女佼好禮儀盛備如此亦首章之意也

碩人四章章七句

氓之蚩蚩尺之反抱布貿莫豆反絲叶新齋反匪來貿絲來即我謀叶謨悲反送子涉淇至于頓丘叶祛奇反匪我愆期子無良媒叶謨悲反將七羊反子無怒秋以爲期賦也氓民也蓋男子而不知其誰何之稱也蚩蚩無知之貌蓋怨而鄙之也布幣貿買也貿絲蓋初夏時也頓丘地名愆過也將願也請也○此淫婦爲人所棄而自叙其事以道其悔恨之

意也夫既與之謀而不遂往又責所無以難其事再爲之約以堅其志此其計亦狡矣以御蚩蚩之氓宜其有餘而不免於見棄蓋一失其身人所賤惡始雖以欲而迷後必有時而悟是以無往而不困耳士君子立身一敗而萬事瓦裂者何以異此可不戒哉

（）乘彼垝俱毀反垣音袁以望復關叶圭員反不見復關泣涕漣漣音連既見復關載笑載言爾卜爾筮體無咎言以爾車來以我賄呼罪反遷賦也垝毀垣墻也復關男子之

所忌也不敢顯言其人故託言之耳龜曰卜蓍曰筮體兆卦之體也賄財遷徙也與之期矣故及期而乘彼垝垣以望之既見之矣於是問其卜筮所得卦兆之體若無凶咎之言則以爾之車來迎當以我之賄往遷也○

桑之未落其葉沃若于音吁下同嗟鳩兮無食桑葚音甚叶知林反于嗟女兮無與士耽叶持林反士之耽兮猶可說也女之耽兮不可說也

比而興也沃若潤澤貌鳩鶻鳩也似山雀而小短尾青黑色多聲葚桑實也鳩

食葚多則致醉耽相樂也說解也○言桑之潤澤以比己之容色光麗然又念其不可恃此而從欲忘反故遂戒鳩無食桑葚以興下句戒女無與士耽也士猶可說而女不可說者婦人被棄之後深自愧悔之辭主言婦人無外事唯以貞信爲節一失其正則餘無可觀爾○不可便謂士之耽惑實無所妨也

桑之落矣其黃而隕叶于貧反自我徂爾三歲食貧淇水湯湯音傷漸子廉反車帷裳女也不爽叶師莊反士貳其行下孟反叶戶郎反士也

罔極二三其德比也隕落徂往也湯湯水盛貌漸漬也帷裳車飾亦名童容婦人之車則有之爽差極至也○言桑之黃落以比己之容色凋謝遂言自我往之爾家而值爾之貧於是見棄復乘車而度水以歸復自言其過不在此而在彼也○三歲為婦靡室勞矣夙興夜寐靡有朝叶直豪反矣言既遂矣至于暴矣兄弟不知咥許意反其笑叶音爆矣靜言思之躬自悼矣賦也靡不夙早興起也咥笑貌○言我三歲為

婦盡心竭力不以室家之務爲勞早起夜卧無有朝旦之暇與爾始相謀約之言既遂而爾遽以暴戾加我兄弟見我之歸不知其然但咥然其笑而已蓋淫奔從人不爲兄弟所齒故其見棄而歸亦不爲兄弟所恤理固有必然者亦何所歸咎哉但自痛悼而已

○及爾偕老老使我怨淇則有岸叶魚戰反隰則有泮音畔叶匹見反總角之宴言笑晏晏叶伊佃反信誓旦旦叶得絹反不思其反叶孚絢反反是不思叶新齎反亦已焉哉叶將

黎反○賦而興也及與也泮涯也高下之判也總角女子未許嫁則未笄但結髮爲飾也晏晏和柔也旦旦明也○言我與女本期偕老不知老而見棄如此徒使我怨也淇則有岸矣隰則有泮矣而我總角之時與爾宴樂言笑成此信誓曾不思其反復以至於此也此則興也既不思其反復而至此矣則亦如之何哉亦已而已矣傳曰思其終也思其復也思其反之謂也

氓六章章十句

籊籊他歷反竹竿以釣于淇豈不爾思遠

莫致之賦也籊籊長而殺也竹衛物淇衛地也○衛女嫁於諸侯思歸寧而不可得故作此詩言思以竹竿釣于淇水而遠不可至也○泉源在左淇水在右叶羽軌反女子有行遠于萬反兄弟父母叶蒲彼反○賦也泉源即百泉也在衛之西北而東南流入淇故曰在左淇在衛之西南而東流與泉源合故曰在右○思二水之在衛而自歎其不如也○淇水在右泉源在左巧笑之瑳七可反佩玉之儺乃可反○賦也瑳鮮白色笑而見齒

其色瑳然猶所謂粲然皆笑也儺行有度也○承上章言二水在衛而自恨其不得笑語遊戲於其閒也○淇水滺滺音由檜楫松舟駕言出遊以寫我憂

賦也滺滺流貌檜木名似柏楫所以行舟也○與泉水之卒章同意

竹竿四章章四句

芄音丸蘭之支童子佩觿許規反雖則佩觿能不我知容兮遂兮垂帶悸其季反兮

興也

芄蘭草一名蘿摩蔓生斷之有白汁可啖支枝同觿錐也以象骨爲之所以解結成人之佩非童子之飾也知猶智也言其才能不足以知於我也容遂舒緩放肆之貌悸帶下垂之貌（）芄蘭之葉童子佩韘失涉反雖則佩韘能不我甲叶古恊反容兮遂兮垂帶悸兮興也韘決也以象骨爲之著右手大指所以鉤弦闓體鄭氏曰沓也即大射所謂朱極三是也以朱韋爲之用以彄沓右手食指將指無名指也甲長也言其才能不足以長於我也

芄蘭二章章六句此詩不知所謂不敢強解

誰謂河廣一葦韋鬼反杭戶郎反之誰謂宋遠跂丘豉反予望叶武方反之賦也葦蒹葭之屬杭度也衛在河北宋在河南○宣姜之女為宋桓公夫人生襄公而出歸于衛襄公即位夫人思之而義不可往蓋嗣君承父之重與祖為體母出與廟絕不可以私反之故作詩言誰謂河廣乎但以一葦加之則可以渡矣誰謂宋國遠乎但一跂足而望則可以見矣明非宋遠而不可至也乃義不可而不得往耳○誰

謂河廣曾不容刀誰謂宋遠曾不崇朝

賦也小船曰刀不容刀言小也崇終也行不終朝而至言近也

河廣二章章四句

范氏曰夫人之不往義也天下豈有無母之人歟有千乘之國而不得養其母則人之不幸也為襄公者將若之何生則致其孝沒則盡其禮而已衛有婦人之詩自共姜至於襄公之母六人焉皆止於禮義而不敢過也夫以衛之政教淫僻風俗傷敗然而女子乃有知禮而畏

義如此者則以先王之化猶有存焉故也

伯兮朅兮丘列反邦之桀兮伯也執殳市朱反為于偽反王前驅賦也伯婦人目其夫之字也朅武貌桀才過人也殳長丈二而無刃○婦人以夫久從征役而作是詩言其君子之才之美如是今方執殳而為王前驅也

○自伯之東首如飛蓬豈無膏沐誰適都歷反為容賦也蓬草名其華似柳絮聚而飛如亂髮也膏所以澤髮者沐滌首去垢也適主也○言我髮亂如

此非無膏沐可以爲容所以不爲者君子行役無所主而爲之故也傳曰女爲說己容○其雨其雨杲杲古老反出日願言思伯甘心首疾比也其者冀其將然之辭○冀其將雨而杲然日出以比望其君子之歸而不歸也是以不堪憂思之苦而寧甘心於首疾也○焉於虔反得諼況袁反草言樹之背音佩願言思伯使我心痗呼內反○賦也諼忘也諼草合歡食之令人忘憂者背北堂也痗病也○言焉得忘憂之草樹之於北堂以忘吾憂乎然

終不忍忘也是以寧不求比草而但願言思伯雖至於心痗而不辭爾心痗則其病益深非特首疾而已也

伯兮四章章四句范氏曰居而相離則思期而不至則憂此人之情也文王之遣戍役周公之勞歸士皆叙其室家之情男女之思以閔之故其民悅而忘死聖人能通天下之志是以能成天下之務兵者毒民於死者也孤人之子寡人之妻傷天地之和召水旱之災故聖王重之如不得已而行

則告以歸期念其勤勞哀傷慘怛不啻在己是以治世之詩則言其君上閔恤之情亂世之詩則録其室家怨思之苦以爲人情不出乎此也

有狐綏綏在彼淇梁心之憂矣之子無裳

比也狐者妖媚之獸綏綏獨行求匹之貌石絕水曰梁在梁則可以裳矣○國亂民散喪其妃耦有寡婦見鰥夫而欲嫁之故託言有狐獨行而憂其無裳也

○有狐綏綏在彼淇厲心之憂矣之

子無帶叶丁計反○比也厲深水可厲處也帶所以申束衣也在厲則可以帶矣

○有狐綏綏在彼淇側心之憂矣之子無服叶蒲北反○比也濟乎水則可以服矣

有狐三章章四句

投我以木瓜叶攻乎反報之以瓊琚音居匪報也永以爲好呼報反也比也木瓜楙木也實如小瓜酢可食瓊玉之美者琚佩玉名○言人有贈我以微物我當報之以重寶而猶未足以

爲報也但欲其長以爲好而不忘耳○疑亦男女相贈答之詞如靜女之類

投我以木桃報之以瓊瑤匪報也永以爲好也比也瑤美玉也○投我以木李報之以瓊玖音久叶舉里反匪報也永以爲好也比也玖亦玉名也

木瓜三章章四句

衛國十篇三十四章二百三

句

張子曰衛國地濱大河其地土薄故其人氣輕浮其地平下故其人質柔弱其地肥饒不費耕耨故其人心怠惰其人情性如此則其聲音亦淫靡故聞其樂使人懈慢而有邪僻之心也鄭詩放此

詩卷第三

詩卷第四　朱熹集傳

王一之六

王謂周東都洛邑王城畿内方六百里之地在禹貢豫州太華外方之閒北得河陽漸冀州之南也周室之初文王居豐武王居鎬至成王時周公始營洛邑爲時會諸矦之所以其土中四方來者道里均故也自是謂豐鎬爲西都而洛邑爲東都至幽王嬖襃姒生伯服廢申后及太子宜臼宜臼奔申申矦怒與犬戎攻宗周弑幽王于戲晉文矦鄭武公迎宜臼于申而立之是爲平王

居東都王城於是王室遂卑與諸
侯無異故其詩不爲雅而爲風然
其王號未替也故不曰周而曰王
其地則今河南府及懷孟等州是
也

彼黍離離彼稷之苗行邁靡靡中心搖
搖知我者謂我心憂不知我者謂我何
求悠悠蒼天叶鐵因反下同此何人哉賦而興也黍穀
名苗似蘆高丈餘穗黑色實圓重離離
垂貌稷亦穀也一名穄似黍而小或曰

栗也邁行也靡靡猶遲遲也搖搖無所定也悠悠遠意蒼天者據遠而視之蒼蒼然也○周既東遷大夫行役至于宗周過故宗廟宮室盡爲禾黍閔周室之顛覆傍徨不忍去故賦其所見黍之離離與稷之苗以興行之靡靡心之搖搖既歎時人莫識已意又傷所以致此者果何人哉追怨之深也○彼黍離離彼稷之穗音遂行邁靡靡中心如醉知我者謂我心憂不知我者謂我何求悠悠蒼天此何人哉賦而興也穗秀也稷穗下垂如心之

醉故以起興○彼黍離離彼稷之實行邁靡靡中心如噎於結反叶於悉反知我者謂我心憂不知我者謂我何求悠悠蒼天此何人哉

賦而興也噎憂深不能喘息如噎之然稷之實猶心之噎故以起興

黍離三章章十句

元城劉氏曰常人之情於憂樂之事初遇之則其心變焉次遇之則其變少衰三遇之則其心如常矣至於君子忠厚之情則不然其行役往來固非一

見也初見稷之苗矣又見稷之穗矣又見稷之實矣而所感之心終始如一不少變而愈深此則詩人之意也

君子于役不知其期曷至哉叶將黎反雞棲音西于塒音時日之夕矣羊牛下來叶陵之反君子于役如之何勿思叶新齋反○賦也君子婦人目其夫之辭鑿墻而棲曰塒日夕則羊先歸而牛次之○大夫久役于外其室家思而賦之曰君子行役不知其還反之期且今亦何所至哉雞則棲于塒矣日則夕

矣羊牛則下來矣是則畜産出入尚有旦暮之節而行役之君子乃無休息之時使我如何而不思也哉○君子于役不日不月曷其有佸戶括反叶戶劣反雞棲于桀日之夕矣羊牛下括古活反叶古劣反君子于役苟無飢渴叶巨列反○賦也佸會桀杙括至苟且也○君子行役之久不可計以日月而又不知其何時可以來會也亦庶幾其免於飢渴而已矣此憂之深而思之切也

君子于役二章章八句

君子陽陽，左執簧音黃，右招我由房。其樂音洛只音止且子徐反。○賦也。陽陽，得志之貌。簧，笙竽管中金葉也。蓋笙竽皆以竹管植於匏中，而竅其管底之側，以薄金葉障之，吹則鼓之而出聲，所謂簧也。故笙竽皆謂之簧。笙十三簧，或十九簧；竽三十六簧也。由，從也。房，東房也。只且，語助聲。○此詩疑亦前篇婦人所作。蓋其夫既歸，不以行役爲勞，而安於貧賤以自樂，其家人又識其意而深歎美之，皆可謂賢矣。豈非先王之澤哉！

或曰序說亦通宜更詳之○君子陶陶左執翿徒刀反右招我由敖五刀反其樂只且賦也陶陶和樂之貌翿舞者所持羽旄之屬敖舞位也

君子陽陽二章章四句

揚之水不流束薪彼其音記之子不與我戍申懷叶胡威反下同哉懷哉曷月予還還下同歸哉興也揚悠揚也水緩流之貌彼其之子戍人指其室家而言也戍屯兵以

守也申姜姓之國平王之母家也在今鄧州信陽軍之境懷思曷何也○平王以申國近楚數被侵伐故遣畿內之民戍之而戍者怨思作此詩也興取之不二字如小星之例○揚之水不流束楚彼其之子不與我戍甫懷哉懷哉曷月予還歸哉興也楚木也甫即呂也亦姜姓書呂刑禮記作甫刑而孔氏以爲呂侯後爲甫侯是也當時蓋以申故而并戍之今未知其國之所在計亦不遠於申許也○揚之水不流束蒲叶滂古反彼其之子

不與我戍許懷哉懷哉曷月予還歸哉

與也蒲蒲柳春秋傳云董澤之蒲杜氏云蒲楊柳可以爲箭者是也許國名亦姜姓今潁昌府許昌縣是也

揚之水三章章六句

申侯與犬戎攻宗周而弑幽王則申侯者王法必誅不赦之賊而平王與其臣庶不共戴天之讎也今平王知有母而不知有父知其立己爲有德而不知其弑父爲可怨至使復讎討賊之師反爲報施酬恩之

舉則其忘親逆理而得罪於天
已甚矣又況先王之制諸侯有
故則方伯連帥以諸侯之師討
之王室有故則方伯連帥以諸
侯之師救之天子鄉遂之民供
貢賦衛王室而已今平王不能
行其威令於天下無以保其母
家乃勞天子之民遠爲諸侯戍
守故周人之戍申者又以非其
職而怨思焉則其衰懦微弱而
得罪於民又可見矣

中谷有蓷（吐雷反）暵（呼但反）其乾矣有女仳

匹指反離嘅口愛反其嘆土丹反矣嘅其嘆矣遇人之艱難矣興也蓷鵻也葉似萑方莖白華華生節間即今益母草也暵熯仳別也嘅歎聲艱難窮厄也○凶年饑饉室家相棄婦人覽物起興而自述其悲歎之詞也○中谷有蓷暵其脩叶先竹反矣有女仳離條其歗叶息六反矣條其歗矣遇人之不淑矣興也脩長也或曰乾也如脯之謂脩也條條然歗貌歗蹙口出聲也悲恨之深不止於嘆矣淑善也古者謂死喪饑饉皆

曰不淑蓋以吉慶爲善事凶禍爲不善事雖今人語猶然也○曾氏曰凶年而遠相棄背蓋衰薄之甚者而詩人乃曰遇斯人之艱難遇斯人之不淑而無怨懟過甚之辭焉厚之至也

○中谷有蓷，暵其濕矣。有女仳離，啜張劣反其泣矣。啜其泣矣，何嗟及矣。興也。暵濕者，旱甚則草之生於濕者亦不免也。啜，泣貌。何嗟及矣，言事已至此，末如之何，窮之甚也。

中谷有蓷三章，章六句。

范氏曰世治則

室家相保者上之所養也世亂則室家相棄者上之所殘也其使之也勤其取之也厚則夫婦離散日以衰薄而凶年不免於離散矣伊尹曰匹夫匹婦不獲自盡民主罔與成厥功故讀詩者於一物失所而知王政之惡一女見棄而知人民之困周之政荒民散而將無以為國於此亦可見矣

有兔爰爰雉離于羅我生之初尚無為叶吾禾反我生之後逢此百罹叶良何反尚寐無

吪比也兔性陰狡爰爰緩意雉性耿介離麗羅網尚猶罹憂也尚庶幾也吪動也○周室衰微諸侯背叛君子不樂其生也而作此詩言張羅本以取兔今兔狡得脫而雉以耿介反離于羅以比小人致亂而以巧計幸免君子無辜而以忠直受禍也為此詩者蓋猶及見西周之盛故曰方我生之初天下尚無事及我生之後而逢時之多難如此然既無如之何則但庶幾寐而不動以死耳或曰興也以兔爰興無為以雉離興百罹也下章放此○有兔爰爰

雉離于罦音孚叶步廟反我生之初尚無造我

生之後逢此百憂叶一笑反尚寐無覺叶居孝反居笑反○比也罦覆車也可以掩兔造亦爲也覺寤也○有兔爰爰雉離于罿昌鍾反我生之初尚無庸我生之後逢此百凶尚寐無聰比也罿罬也即罦也或曰施羅於車上也庸用也聰聞也無所聞則亦死耳

兔爰三章章七句

緜緜葛藟力軌反在河之滸呼五反終遠于萬

反兄弟謂他人父叶夫矩反謂他人父亦莫我顧叶公五反○興也緜緜長而不絶之貌岸上曰滸○世衰民散有去其鄉里家族而流離失所者作此詩以自歎言緜緜葛藟則在河之滸矣今乃終遠兄弟而謂他人爲已父已雖謂彼爲父而彼亦不我顧則其窮也甚矣

○緜緜葛藟在河之涘音俟叶矣始二音終遠兄弟謂他人母叶滿彼反謂他人母亦莫我有叶羽已反○興也水涯曰涘謂他人父者其妻則母也有識有也春秋傳

曰不有寡君

○緜緜葛藟在河之漘順春反終遠兄弟謂他人昆叶古勻反謂他人昆亦莫我聞叶微勻反○興也夷上洒下曰漘漘之爲言脣也昆兄也聞相聞也

葛藟三章章六句

彼采葛叶居謁反兮一日不見如三月兮賦也采葛所以爲絺綌蓋淫奔者託以行也故因以指其人而言思念之深未久而似久也○彼采蕭叶踈鳩反兮一日不見如三

秋兮賦也蕭萩也白葉莖麤科生有香氣祭則焫以報氣故采之曰三秋則不止三月矣○彼采艾兮一日不見如三歲本與艾叶兮賦也艾蒿屬乾之可灸故采之曰三歲則不止三秋矣

采葛三章章三句

大車檻檻毳尺銳反衣如菼吐敢反豈不爾思畏子不敢賦也大車大夫車檻檻車行聲也毳衣天子大夫之服菼蘆之始生也毳衣之屬衣繢而裳繡五色皆備其青者如菼爾淫奔者相

命之辭也子大夫也不敢不敢奔也○周衰大夫猶有能以刑政治其私邑者故淫奔者畏而歌之如此然其去二○南之化則遠矣此可以觀世變也

大車啍啍他敦反毳衣如璊音門豈不爾思畏子不奔賦也啍啍重遲之貌璊玉赤色五色備則有赤○穀則異室死則同穴叶戶橘反謂予不信有如皦古了反日賦也穀生穴壙皦白也○民之欲相奔者畏其大夫自以終身不得如其志也故曰生不得相奔以同室庶幾死得合葬以同穴而已謂

予不信有如皦日約誓之辭也

大車三章章四句

丘中有麻彼留子嗟彼留子嗟將七羊反其來施施叶時遮反○賦也麻穀名子可食皮可續爲布者子嗟男子之字也將願也施施喜悅之意○婦人望其所與私者而不來故疑丘中有麻之處復有與之私而留之者今安得其施施然而來乎○丘中有麥彼留子國彼留子國將其來食賦也子國

亦男子字也來食就我而食也○丘中有李彼留之子叶奬履反彼留之子貽我佩玖叶舉里反○賦也之子并指前二人也貽我佩玖冀其有以贈己也

丘中有麻三章章四句

王國十篇二十八章百六十二句

鄭一之七鄭邑名本在西都畿内咸林之地宣王以封其

弟友爲采地後爲幽王司徒而死於犬戎之難是爲桓公其子武公掘突定平王於東都亦爲司徒又得虢檜之地乃徙其封而施舊號於新邑是爲新鄭咸林在今華州鄭縣新鄭即今之鄭州是也其封域山川詳見檜風

緇衣之宜兮敝予又改爲兮適子之館兮叶古玩反**還予授子之粲兮**賦也緇黑色緇衣卿大夫居私朝之服也宜稱敗更適之館舍粲餐也或曰粲粟之精鑿者○舊説鄭桓

公武公相繼爲周司徒善於其職周人宜
愛之故作是詩言子之服緇衣也甚宜
敝則我將爲子更爲之且將適子之館
既還而又授子以粲言好之無已也

○緇衣之好兮敝予又改造叶在早反兮適子之館兮還予授子之粲兮賦也好猶宜也

○緇衣之蓆叶祥龠反兮敝予又改作兮適子之館兮還予授子之粲兮賦也蓆大也程子曰蓆有安舒之義服稱其德則安舒也

緇衣三章章四句記曰好賢如緇衣又曰於

緇衣見好賢之至

將七羊反仲子兮無踰我里無折我

樹杞豈敢愛之畏我父母叶滿彼反仲可懷

也父母之言亦可畏也賦也叶於非反

將請也仲子男子之字也我女子自我

也里二十五家所居也杞柳屬也生水

傍樹如柳葉麤而白色理微赤蓋里之

地域溝樹也○莆田鄭氏曰此淫奔者

之辭○將仲子兮無踰我墻無折我樹桑豈敢愛之畏我諸兄叶虛王反仲可懷也諸兄之言亦可畏也賦也墻垣也古者樹墻下以桑○將仲子兮無踰我園無折我樹檀叶徒沿反豈敢愛之畏人之多言仲可懷也人之多言亦可畏也賦也園者圃之藩其內可種木也檀皮青滑澤材彊韌可爲車

將仲子三章章八句

叔于田叶地因反巷無居人豈無居人不如叔也洵美且仁賦也叔莊公弟共叔段也事見春秋田取禽也巷里塗也洵信美好也仁愛人也○段不義而得衆國人愛之故作此詩言叔出而田則所居之巷若無居人矣非實無居人也雖有而不如叔之美且仁是以若無人耳或疑此亦民閒男女相說之詞也○叔于狩叶始九反巷無飲酒豈無飲酒不如叔也洵美且

好叶許厚反○賦○叔適野叶上與反巷無

服馬叶滿補反豈無服馬不如叔也洵美且

武賦也適之也郊外曰野服乘也

叔于田三章章五句

叔于田乘乘下繩諸反馬叶滿補反執轡如組音祖

兩驂如舞叔在藪素口反叶素苦反火烈具舉

襢音但禓素歷反暴虎獻于公所將七羊反叔

無狃女九反叶女古反戒其傷女音汝○賦也叔亦段也車衡外兩馬曰驂如舞謂諧和中節皆言御之善也藪澤也火焚而射也烈熾盛貌具俱也襢裼肉袒也暴空手搏獸也公莊公也狃習也國人戒之曰請叔無習此事恐其或傷女也蓋叔多材好勇而鄭人愛之如此○叔于田乘乘黃兩服上襄兩驂鴈行戶郎反叔在藪火烈具揚叔善射忌音記又良御忌叶魚駕反抑磬苦定反控口貢反忌抑縱送忌賦也乘黃

四馬皆黃也銜下夾轅兩馬曰服襄駕也馬之上者爲上駕猶言上駟也鴈行者驂少次服後如鴈行也揚起也忌抑皆語助辭騁馬曰磬止馬曰控舍拔曰縱覆篇曰送

○**叔于田乘乘鴇**音保叶補苟反**兩服齊首兩驂如手叔在藪火烈具阜**符有反**叔馬慢**叶黃半反**忌叔發罕**叶虛肝反**忌抑釋掤**音冰**忌抑鬯**叶敕亮反**弓**叶姑弘反**忌**賦也驪白雜毛曰鴇今所謂烏驄也齊首如手兩服並首在前而兩驂在旁稍次其後如人之兩手也阜

盛慢遲也發發矢也罕希釋解也掤矢
箭蓋春秋傳作冰弢弓囊也與韔同言
其田事將畢而從容整暇
如此亦喜其無傷之詞也

大叔于田三章章十句 陸氏曰首章作大叔于田者誤蘇氏曰二詩皆曰叔于田故加大以別之不知者乃以段有大叔之號而讀曰泰又加大于首章失之矣

清人在彭叶普郎反駟介旁旁補彭反叶補岡反二矛重直龍反英叶於良反河上乎翺翔賦也清[illegible]

人清邑之人也彭河上地名介[illegible]
而被甲也旁旁馳驅不息之貌二矛[illegible]
矛夷矛也英以朱羽爲矛飾也酋矛長
二丈夷矛長二丈四尺並建於車上則
其英重累而見翱翔遊戲之貌○鄭文
公惡高克使將清邑之兵禦狄于河上
久而不召師散而歸鄭人爲之賦此詩
言其師出之久無事而不得歸但相與
遊戲如此其勢必至於潰敗而後已爾

○**清人在消駟介麃麃**表驕反**二矛重喬河上乎逍遥**賦也消亦

河上地名麃麃武貌矛之上句曰喬所
以懸英也英弊而盡所存者喬而已

○清人在軸（叶音冑）駟介陶陶（徒報反叶徒侯反）左旋
右抽（叶敕救反）中軍作好（呼報反叶許候反）○賦也軸亦河上地名陶
陶樂而自適之貌左謂御在將車之左
執轡而御馬者也旋還車也右謂勇力
之士在將車之右執兵以擊刺者也抽
拔刃也中軍謂將在鼓下居車之中即
高克也好謂容好○東萊呂氏曰言師
久而不歸無所聊賴姑遊戲以自樂必
潰之勢也不言已潰而言
將潰其詞深其情危矣

清人三章章四句

事見春秋○
胡氏曰人君

擅一國之名龍生殺予奪惟我所制爾使高克不臣之罪已著按而誅之可也情狀未明黜而退之可也愛惜其才以禮馭之亦可也烏可假以兵權委諸竟上坐視其離散而莫之邺乎春秋書曰鄭棄其師其責之深矣

羔裘如濡叶而朱而由二反洵直且侯叶洪姑洪鈎二反彼其音記之子舍音赦命不渝叶容朱容周二反○

賦也羔裘大夫服也如濡潤澤也洵信直順侯美也其語助辭舍處渝變也○

言此羔裘潤澤毛順而美彼服此者當生死之際又能以身居其所受之理而不可奪蓋美其大夫之詞然不知其所指矣○**羔裘豹飾孔武有力彼其之子邦之司直**賦也飾緣袖也禮君用純物臣下之故羔裘而以豹皮爲飾也孔甚也豹甚武而有力故服其所飾之裘者如之司主也○**羔裘晏兮三英粲兮彼其之子邦之彥**叶魚旰反**兮**賦也晏鮮盛也三英裘飾也未詳其制粲光明也彥者士之美稱

羔裘三章章四句

遵大路兮摻所覽反執子之祛叶起據反兮無我惡烏路反兮不寁市坎反故也 賦也遵循摻擥祛袂寁速故舊也○淫婦爲人所棄故於其去也擥其祛而留之曰子無惡我而不留故舊不可以遽絶也宋玉賦有遵大路兮攬子祛之句亦男女相說之詞也

（）遵大路兮摻執子之手兮無我䰩市由反叶齒九反兮不寁好叶許口反也 賦也䰩與醜同欲其不以

已爲醜而棄之
也好情好也

遵大路二章章四句

女曰雞鳴士曰昧旦子興視夜明星有爛將翱將翔弋鳧音符與鴈賦也昧晦旦明也昧旦天欲旦晦明未辯之際也明星啓明之星先日而出者也弋繳射謂以生絲繫矢而射也鳧水鳥如鴨青色背上有文○此詩人述賢夫婦相警戒之詞言女曰雞鳴以警其夫而士曰昧旦則不止於雞鳴矣婦人又語其夫曰若是則子可

以起而視夜之如何意者明星已出而
爛然則當翺翔而往弋取鳧鴈而歸矣
其相與警戒之言如此則叶
不留於宴暱之私可知矣○弋言加居
之二反居何之與子宜叶魚奇反何二魚之宜言飲
酒與子偕老叶魯吼反琴瑟在御莫不靜好
叶許厚反○賦也加中也史記所謂以
弱弓微繳加諸鳧鴈之上是也宜和其
所宜也內則所謂鴈宜麥之屬是也○
射者男子之事而中饋婦人之職故婦
謂其夫既得鳧鴈以歸則我當爲子和
其滋味之所宜以之飲酒相樂期於偕

老而琴瑟之在御者亦莫不安靜而和好其和樂而不淫可見矣○知子之來直叶六反之雜佩以贈則叶音之知子之順之雜佩以問之知子之好呼報反之雜佩以報之賦也來之致其來者如所謂脩文德以來之雜佩者左右佩玉也上橫曰珩下繫三組貫以蠙珠中組之半貫一大珠曰瑀末懸一玉兩端皆銳曰衝牙兩旁組半各懸一琚上長博而方曰琚其末各懸一玉如半璧而內向曰璜又以兩組貫珠上繫珩兩端下交貫於瑀而下繫於兩璜行則

衝牙觸璜而有聲也呂氏曰非獨玉也觿燧箴管凡可佩者皆是也贈送順愛問遺也○婦又語其夫曰我苟知子之所致而來及所親愛者則將解此雜佩以送遺報答之蓋不惟治其門內之職又欲其君子親賢友善結其驩心而無所愛於服飾之玩也

女曰雞鳴三章章六句

有女同車顏如舜華（叶芳無反）將翱將翔佩玉瓊琚彼美孟姜洵美且都（賦也舜木槿也樹如

李其華朝生暮落孟字姜姓洵信都閑雅也○此疑亦淫奔之詩言所與同車之女其美如此而又嘆之曰彼美色之孟姜信美矣而又都也○有女同行叶户郎反顔如舜英叶於良反將翺將翔佩玉將將叶七羊反彼美孟姜德音不忘賦也英猶華也將將聲也德音不忘言其賢也

有女同車二章章六句

山有扶蘇隰有荷華叶芳無反不見子都乃

見狂且子餘反○興也扶扶蘇扶胥小木也荷華扶渠也子都男子之美
者也狂狂人也且辭也○淫女戲其所
私者曰山則有扶蘇矣隰則有荷華矣
今乃不見子都而
見此狂人何哉○山有橋松隰有游
龍不見子充乃見狡童興也上竦無枝曰橋亦作喬游
枝葉放縱也龍紅草也一名馬蓼葉大
而色白生水澤中高丈餘子充猶子都
也狡童狡獪
之小兒也

山有扶蘇二章章四句

蘀他落反兮蘀兮風其吹女音汝叔兮伯兮倡昌亮反予和胡卧反女興也蘀木槁而將落者也女指蘀而言也叔伯男子之字也予女子自予也女叔伯也此淫女之詞言蘀兮蘀兮則風將吹女矣叔兮伯兮則盍倡予而予將和女矣○蘀兮蘀兮風其漂匹遥反女叔兮伯兮倡予要於遥反女興也漂飄也要成也

蘀兮二章章四句

彼狡童兮不與我言兮維子之故使我不能餐七丹反叶七宣反兮賦也此亦淫女見絕而戲其人之詞言悅己者衆子雖見絕未至於使我不能餐也○彼狡童兮不與我食兮維子之故使我不能息兮賦也息安也

狡童二章章四句

子惠思我褰裳涉溱側巾反子不我思豈

無他人狂童之狂也且子餘反○賦也惠愛也溱鄭水名狂童猶狂且狡童也且語辭也○淫女語其所私者曰子惠然而思我則將褰裳而涉溱以從子子不我思則豈無他人之可從而必於子哉狂童之狂也且亦謔之之辭○子惠思我褰裳涉洧叶于己反子不我思豈無他士鉏里反狂童之狂也且

賦也洧亦鄭水名士未娶者之稱

褰裳二章章五句

子之丰兮（芳容反叶芳用反）俟我乎巷兮（叶胡貢反）悔予不送兮○賦也丰豐滿也巷門外也婦人所期之男子已俟乎巷而婦人以有異志不從既則悔之而作是詩也○子之昌兮俟我乎堂兮悔予不將兮賦也昌盛壯貌將亦送也

○衣（於既反）錦褧（苦迥反）衣裳錦褧裳叔兮伯兮駕予與行（叶户郎反）○賦也褧禪也叔伯或人之字也○婦人既悔其始之不送而失此人也則曰我之服飾既盛備矣豈無駕車以迎

我而偕行者乎○裳錦褧裳衣錦褧衣叔兮伯兮駕予與歸賦也婦人謂嫁曰歸

丰四章二章章三句二章章四句

東門之墠音善叶上演反茹音如藘力於反在阪音反叶孚臠反其室則邇其人甚遠賦也東門城東門也墠除地町町者茹藘茅蒐也一名茜可以染絳陂者曰阪門之旁有墠墠之外有阪

阪之上有草識其所與淫者之居也○室邇人遠者思之而未得見之詞也

東門之栗有踐家室豈不爾思子不我即賦也踐行列貌門之旁有栗栗之下有成行列之家室亦識其處也即就也

東門之墠二章章四句

風雨淒淒子西反雞鳴喈喈音皆叶居奚反既見君子云胡不夷賦也淒淒寒涼之氣喈喈雞鳴之聲風雨晦冥

蓋淫奔之時君子指所期之男子也夷平也○淫奔之女言當此之時見其所期之人而心悅也○風雨瀟瀟雞鳴膠膠叶音驕既見君子云胡不瘳叶憐蕭反○賦也瀟瀟風雨之聲膠膠猶喈喈也瘳病愈也言積思之病至此而愈也○風雨如晦叶呼洧反雞鳴不已既見君子云胡不喜賦也晦昏也已止也

風雨三章章四句

青青子衿音金悠悠我心縱我不往子寧不嗣音賦也青青純緣之色具父母衣純以青子男子也衿領也悠悠思之長也我女子自我也嗣音繼續其聲問也此亦淫奔之詩○青青子佩叶蒲眉反悠悠我思叶新齊反縱我不往子寧不來叶陵之反○賦也青青組綬之色佩佩玉也○挑他刀反兮達他末反叶他悅反兮在城闕兮一日不見如三月兮賦也挑挑輕儇跳躍之貌達放恣也

子衿三章章四句

揚之水不流束楚終鮮（息淺反）兄弟維予與女（女汝同）無信人之言人實迋（居望反）女

興也兄弟婚姻之稱禮所謂不得嗣爲兄弟是也予女男女自相謂也人它人也迋與誑同○淫者相謂言揚之水則不流束楚矣終鮮兄弟則維予與女矣豈可以它人離閒之言而疑之哉彼人之言特誑女耳

○揚之水不流束薪終鮮兄弟維予二人無信人

之言人實不信叶斯人反○興也

揚之水二章章六句

出其東門有女如雲雖則如雲匪我思存縞古老反衣綦巨基反巾聊樂音洛我員于云反○賦也如雲美且衆也縞白色綦蒼艾色縞衣綦巾女服之貧陋者此人自目其室家也員與云同語詞也○人見淫奔之女而作此詩以爲此女雖美且衆而非我思之所存不如己之室家雖貧且陋而聊可自樂也是時淫風大行

而其閒乃有如此之人亦可謂能自好而不爲習俗所移矣羞惡之心人皆有之豈不信哉

○出其闉音因闍音都有女如荼音徒雖則如荼匪我思且子餘反縞衣茹藘聊可與娛

賦也闉曲城也闍城臺也荼茅華輕白可愛者也且語助詞茹藘可以染絳故以名衣服之色娛樂也

出其東門二章章六句

野有蔓草零露漙徒端反叶上兖反兮有美一

人清揚婉兮邂逅相遇適我願叶五遠反兮賦而興也蔓延也漙露多貌清揚眉目之閒婉然美也邂逅不期而會也○男女相遇於野田草露之閒故賦其所在以起興言野有蔓草則零露漙矣有美一人則清揚婉矣邂逅相遇則得以適我願矣○野有蔓草零露瀼瀼有美一人婉如清揚邂逅相遇與子偕臧賦而興也瀼瀼亦露多貌臧美也與子偕臧言各得其所欲也

野有蔓草二章章六句

溱與洧方渙渙（叶于元反）兮士與女方秉蕑（古顏反叶古賢反）兮女曰觀乎士曰既且（子餘反）且往觀乎洧之外洵訏（況于反）且樂（音洛）維士與女伊其相謔贈之以勺藥（賦而興也）渙渙春水盛貌蓋冰解而水散之時也蕑蘭也其莖葉似澤蘭廣而長節節中赤高四五尺且語辭洵信訏大也勺藥亦香草也三月開華芳色可愛○鄭國之俗

三月上巳之辰采蘭水上以祓除不祥故其女問於士曰盍往觀乎士曰吾既往矣女復要之曰且往觀乎蓋洧水之外其地信寬大而可樂也於是士女相與戲謔且以勺藥相贈而結恩情之厚也此詩淫奔者自叙之詞

（）溱與洧瀏音留其清矣士與女殷其盈矣女曰觀乎士曰既且且往觀乎洧之外洵訏且樂維士與女伊其將謔贈之以勺藥賦而興也瀏深貌殷衆也將當作相聲之誤也

溱洧二章章十二句

鄭國二十一篇五十三章二百八十三句

鄭衛之樂皆爲淫聲然以詩考之衛詩三十有九而淫奔之詩纔四之一鄭詩二十有一而淫奔之詩已不翅七之五衛猶爲男悅女之詞而鄭皆爲女惑男之語衛人猶多刺譏懲創之意而鄭人幾於蕩然無復羞愧悔悟之萌是則鄭聲之淫有甚於衛矣故夫

子論爲邦獨以鄭聲爲戒而不及衛蓋舉重而言固自有次第也詩可以觀豈不信哉

詩說第四

詩卷第五　朱熹集傳

齊一之八

齊國名本少昊時爽鳩氏所居之地在禹貢爲青州之域周武王以封太公望東至于海西至于河南至于穆陵北至于無棣太公姜姓本四岳之後既封於齊通工商之業便魚鹽之利民多歸之故爲大國今青齊淄濰德棣等州是其地也

雞既鳴矣朝音潮既盈矣匪雞則鳴蒼蠅之聲

賦也言古之賢妃御於君所至於將旦之時必告君曰雞既鳴矣會

朝之臣既已盈矣欲令君早起而視朝也然其實非雞之鳴也乃蒼蠅之聲也蓋賢妃當夙興之時心常恐晚故聞其似者而以為真非其心存警畏而不留於逸欲何以能此故詩人叙其事而美之也〇東方明叶謨郎反矣朝既昌矣匪東方則明同上月出之光賦也東方明則日將出矣昌盛也此再告也〇蟲飛薨薨甘與子同夢叶莫滕反會且歸矣無庶予子憎賦也蟲飛夜將旦而百蟲作也甘樂會朝也〇此三告也言當此時我豈不樂

與子同寢而夢哉然羣臣之會於朝者俟君不出將散而歸矣無乃以我之故而并以子爲憎乎

雞鳴三章章四句

子之還（音旋）兮遭我乎峱（乃刀反）之間（叶居賢反）兮竝驅從兩肩兮揖我謂我儇（許全反）兮

賦也還便捷之貌峱山名也從逐也獸三歲曰肩儇利也○獵者交錯於道路且以便捷輕利相稱譽如此而不自知其非也則其俗之不美可見而其來亦

必有所自矣○子之茂（叶莫口反）兮遭我乎峱之道（叶徒厚反）兮並驅從兩牡兮揖我謂我好（叶許厚反）兮（賦也茂美也）○子之昌兮遭我乎峱之陽兮並驅從兩狼兮揖我謂我臧兮

賦也昌盛也山南曰陽狼似犬鋭頭白頰高前廣後臧善也

還三章章四句

俟我於著（直據反叶直居反）乎而充耳以素（叶孫

租反乎而尚之以瓊華叶芳無反乎而賦也俟待也我嫁者自謂也著門屏之間也充耳以纊懸瑱所謂紞也尚加也瓊華美石似玉者即所以爲瑱也○東萊呂氏曰昏禮婿往婦家親迎既奠鴈御輪而先歸俟于門外婦至則揖以入時齊俗不親迎故女至婿門始見其俟己也○俟我於庭乎而充耳以青乎而尚之以瓊瑩音榮乎而賦也庭在大門之內寢門之外瓊瑩亦美石似玉者○呂氏曰此昏禮謂婿道婦及寢門揖入時也○俟我於堂乎

而充耳以黃乎而尚之以瓊英（叶於良反）乎而（賦也瓊英亦美石似玉者○呂氏曰升階而後至堂此昏禮所謂升自西階之時也）

著三章章三句

東方之日兮彼姝（赤朱反）者子在我室兮在我室兮履我即兮（興也履躡即就也言此女躡我之跡而相就也）○東方之月兮彼姝者子在我闥

叶它悅反兮在我闥兮履我發叶方月反兮興也闥門內也發行去也言躡我而行去也

東方之日二章章五句

東方未明叶謨郎反顛倒都老反衣裳顛之倒叶都妙反之自公召之賦也自從也羣臣之朝別色始入○此詩人刺其君興居無節號令不時言東方未明而顛倒其衣裳則既早矣而又已有從君所而來召之者焉蓋猶以為晚也或曰所以然者以有自公所而召之

者故也○東方未晞顛倒裳衣倒之顛叶典之自公令力證反叶力呈反之賦也晞明之始升也令號令也○折音哲柳樊圃博故反狂夫瞿瞿俱具反不能辰夜叶羊茹反不夙則莫音慕○比也柳楊之下垂者柔脆之木也樊藩也圃菜園也瞿瞿驚顧之貌夙早也○折柳樊圃雖不足恃然狂夫見之猶驚顧而不敢越以比辰夜之限甚明人所易知今乃不能知而不失之早則失之莫也

東方未明三章章四句

南山崔崔子雖反雄狐綏綏魯道有蕩齊子由歸既曰歸止曷又懷叶胡威反止比也南山齊南山也崔崔高大貌狐邪媚之獸綏綏求匹之貌魯道適魯之道也蕩平易也齊子襄公之妹魯桓公夫人文姜襄公也過焉者也由從也婦人謂嫁曰歸懷思也止語辭○言南山有狐以比襄公居高位而行邪行且文姜既從此道歸乎魯矣襄公何為而復思之乎○葛屨五兩如字又音亮冠

緌加誰反雙叶所終反止魯道有蕩齊子庸止既曰庸止曷又從止比也兩二屨也緌冠上飾也屨必兩緌必雙物各有偶不可亂也庸用也用此道以嫁于魯也從相從也〇蓺反

麻如之何衡從音子容反橫其畝莫後反取七喻反

妻如之何必告工毒反父母莫後反既曰告同上止曷又鞠居六反止興也蓺樹鞠窮也）欲樹麻者必先縱橫耕治其田畝欲取妻者必先告其父母今魯桓公既告父母而取妻

矣又曷爲使之得窮其欲而至此哉○析薪如之何匪斧

不克取妻如之何匪媒不得既曰得止

曷又極止興也克能也極亦窮也

南山四章章六句春秋桓公十八年公與夫人姜氏如齊公薨于齊傳曰公將有行遂與姜氏如齊申繻曰女有家男有室無相瀆也謂之有禮易此必敗公會齊侯于濼遂及文姜如齊齊侯通焉公謫之以告夏四月享公使公子彭

生乘公公薨于車此詩前二章刺齊襄後二章刺魯桓也

無田音佃甫田維莠羊九反驕驕叶音高無思遠人勞心忉忉音刀○比也田謂耕治之也甫大也莠害苗之草也驕驕張王之意忉忉憂勞也○言無田甫田也田甫田而力不給則草盛矣無思遠人也思遠人而人不至則心勞矣以戒時人厭小而務大忽近而圖遠將徒勞而無功也○無田甫田維莠桀桀無思遠人勞心怛怛叶旦悅反○比也桀桀猶驕驕也怛怛猶忉忉

也○婉兮孌叶龍眷反兮總角丱古患反叶古縣反兮未幾居豈反見兮突而弁兮比也婉孌少好貌丱兩角貌未幾未多時也突忽然高出之貌弁冠名○言總角之童見之未久而忽然戴弁以出者非其躐等而強求之也蓋循其序而勢有必至耳此又以明小之可大邇之可遠能循其序而脩之則可以忽然而至其極若躐等而欲速則反有所不達矣

甫田三章章四句

盧令令其人美且仁

賦也盧田犬也令令犬頷下環聲○此詩大意與還略同

○盧重環其人美且鬈

音權○賦也重環子母環也鬈鬢髮好貌

○盧重鋂其人美且偲

鋂音梅偲七才反○賦也鋂一環貫二也偲多鬢之貌春秋傳所謂于思即此字古通用耳

盧令三章章二句

敝笱在梁其魚魴鰥古頑反叶古倫反齊子歸

止其從才用反如雲比也。敝壞笱罟也。魴鱮大魚也。歸，歸齊也。如雲言衆也。○齊人以敝笱不能制大魚，比魯莊公不能防閑文姜，故歸齊而從之者衆也。○敝笱在梁，其魚魴鱮。才呂反齊子歸止，其從如雨。比也。鱮似魴，厚而頭大，或謂之鰱。如雨，亦多也。○敝笱在梁，其魚唯唯。唯癸反齊子歸止，其從如水。比也。唯唯，行出入之貌。如水，亦多也。

敝笱三章，章四句。按春秋魯莊公二年夫人

姜氏會齊侯于禚四年夫人姜
氏享齊侯于祝丘五年夫人姜
氏如齊師七年夫人姜氏會
齊侯于防：會齊侯于穀

載驅薄薄（普各反）簟茀朱鞹（苦郭反）魯道有
蕩齊子發夕（叶祥龠反○賦也薄薄疾驅聲簟方文席也茀車後
戶也朱朱漆也鞹獸皮之去毛者蓋車
華質而朱漆也夕猶宿也發夕謂離於
所宿之舍○齊人刺文姜
乘此車而來會襄公也）○四驪（力馳反）
濟濟（子禮反）垂轡瀰瀰（乃禮反）魯道有蕩齊

子豈開改反陔弟叶待禮反○賦也驪馬黑色也濟濟美貌瀰瀰柔貌豈弟樂易也言無忌憚羞愧之意也○汶音問水湯湯失章反行人彭彭必亡反魯道有蕩齊子翱翔賦也汶水名在齊南魯北二國之竟湯湯水盛貌彭彭多貌言行人之多亦以見其無恥也○汶水滔滔吐刀反行人儦儦表驕反叶音褒魯道有蕩齊子遊遨賦也滔滔流貌儦儦衆貌遊遨猶翱翔也

載驅四章章四句

猗嗟昌兮頎（音祈）而長兮抑若揚兮美目揚兮巧趨蹌兮射則臧兮

賦也猗嗟歎辭昌盛也頎長貌抑而若揚美之盛也揚揚目之動也蹌趨翼如也臧善也○齊人極道魯莊公威儀技藝之美如此所以刺其不能以禮防閑其母若曰惜乎其獨少此耳

○猗嗟名兮美目清兮儀既成兮終日射（食亦反）侯不出正（音征）兮展我甥（叶桑經反）兮

賦也。名猶稱也，言其威儀技藝之可名也。清，目清明也。儀既成，言其終事而禮無違也。矦，張布而射之者也。正，設的於矦中而射之者也。大射則張皮矦而設鵠，賓射則張布矦而設正。誠也姊妹之子曰甥，言稱其為齊之甥，而又以明非齊矦之子，此詩人之微詞也。按春秋桓公三年，夫人姜氏至自齊，六年九月子同生，即莊公也。十八年桓公乃與夫人如齊，則莊公誠非齊矦之子也。○

猗嗟孌叶龍眷反兮，清揚婉叶紆願反兮，舞則選雪戀反兮，射則貫叶扃縣反兮，四矢反兮叶孚絢反，兮以禦亂叶靈眷反兮賦也孌好貌清目之美也揚眉之美也婉亦好貌選異於衆也或曰齊於樂節也貫中而貫葦也四矢禮射每發四矢反復也中皆得其故處也言莊公射藝之精可以禦亂如以金僕姑射南宮長萬可見矣

猗嗟三章章六句

或曰子可以制母乎趙子曰夫死從子通乎其下況國君乎君者人神之主風教之本也不能正家如正國何若莊公者哀痛以思父誠敬以事母威刑

以騶下車馬僕從莫不俟命夫人徒往乎夫人之往也則公哀敬之不至威命之不行耳東萊呂氏曰此詩三章譏刺之意皆在言外嗟嘆再三則莊公所大闕者不言可見矣

齊國十一篇三十四章二百四十三句

魏一之九

魏國名本舜禹故都在禹貢冀州雷首之北析城之西南枕河曲北涉汾水其地陿隘而民貧俗儉蓋有聖賢之遺

風焉周初以封同姓後爲晉獻公所滅而取其地今河中府解州即其地也蘇氏曰魏地入晉久矣其詩疑皆爲晉而作故列於唐風之前猶邶鄘之於衛也今按篇中公行公路公族皆晉官疑實晉詩又恐魏亦嘗有此官蓋不可考矣

糾糾吉黝反葛屨可以履霜摻摻所銜反女手可以縫裳要於遥反之襋紀力反之好人服叶蒲北反之

興也糾糾繚戾寒涼之意夏葛屨冬皮屨摻摻猶纖纖也

女婦未廟見之稱也娶婦三月廟見然後執婦功要裳要襋衣領好人猶大人也○魏地陿隘其俗儉嗇而褊急故以葛屨履霜起興而刺其使女縫裳又使治其要襋而遂服之也此詩疑即縫裳之女所作

○**好人提提**徒兮反**宛**於阮反**然左辟**音避**佩其象揥**勑帝反**維是褊心是以為刺**叶音砌○賦也提提安舒之意宛然讓之貌也讓而辟者必左揥所以摘髮用象為之貴者之飾也其人如此若無有可刺矣所以刺之者以其褊迫急促如前章之云耳

大五七

葛屨二章一章六句一章五句

廣漢張氏曰夫子謂與其奢也寧儉儉則儉雖失中本非惡德然而儉之過則至於吝嗇迫隘計較分毫之閒而謀利之心始急矣葛屨汾沮洳園有桃三詩皆言其急迫瑣碎之意

彼汾沮洳言采其莫（音慕）彼其（音記）之子美無度美無度殊異乎公路（興也汾水名出太原府晉陽山西南入河沮洳水浸處下濕之地莫菜也似柳葉厚而長有毛刺可爲羹

無度言不可以尺寸量也公路者掌公之路車晉以卿大夫之庶子爲之○此亦刺儉不中禮之詩言若此人者美則美矣然其儉嗇褊急之態殊不似貴人也○彼汾一方言采其桑彼其之子美如英叶於良反美如英殊異乎公行戶郎反○興也一方彼一方也史記扁鵲視見垣一方人英華也公行即公路也以其主兵車之行列故以謂之公行也○彼汾一曲言采其藚音續彼其之子美如玉美如玉殊異乎公族

興也一曲謂水曲流處藚水舄也葉如
車前草公族掌公之宗族晉以卿大夫
之適子
爲之

汾沮洳三章章六句

園有桃其實之殽心之憂矣我歌且謠音遥
不我知者謂我士也驕彼人是哉叶將黎反
子曰何其音基心之憂矣其誰知之其
誰知之蓋亦勿思叶新齋反○興也殽食也合曲曰歌徒歌

曰謡其語辭○詩人憂其國小而無政故作是詩言園有桃則其實之殽矣心有憂則我歌且謡矣然不知我之心者見其歌謡而反以爲驕且曰彼之所爲已是矣而子之言獨何爲哉蓋舉國之人莫覺其非而反以憂之者爲驕也於是憂者重嗟歎之以爲此之可憂初不難知彼之非我特未之思耳誠思之則將不暇非我而自憂矣○

園有棘其實之食心之憂矣聊以行國叶于逼反不我知者謂我士也罔極彼人是哉子曰何其心之憂矣

其誰知之其誰知之蓋亦勿思興也棘棗之短者聊且畧之辭也歌謠之不足則出遊於國中而寫憂也極至也罔極言其心縱恣無所至極

園有桃二章章十二句

陟彼岵音戶兮瞻望父兮父曰嗟予子行役夙夜無已上愼旃哉猶來無止賦也山無草木曰岵上猶尚也○孝子行役不忘其親故登山以望其父之所在因想像

其父念已之言曰嗟乎我之子行役夙夜勤勞不得止息又祝之曰庶幾慎之哉猶可以來歸無止於彼而不來也蓋生則必歸死則止而不來矣或曰止獲也言無爲人所獲也○陟彼屺音起兮瞻望母叶滿彼反兮母曰嗟予季行役夙夜無寐上慎旃哉猶來無棄賦也山有草木曰屺季少子也尤憐愛少子者婦人之情也無寐亦言其勞之甚也棄謂死而棄其尸也○陟彼岡兮瞻望兄叶虛王反兮兄曰嗟予弟行役夙夜

必偕叶舉里反上慎旃哉猶來無死叶想止反○賦也山春曰岡必偕言與其儕同作同止不得自如也

陟岵三章章六句

十畝之閒叶居賢反兮桑者閑閑叶胡田反兮行與子還叶旋音兮賦也十畝之閒郊外所受場圃之地也閑閑往來者自得之貌行猶將也還猶歸也○政亂國危賢者不樂仕於其朝而思與其友歸於農圃故其詞如此○十畝之外叶五墜反兮桑

者泄泄以世反兮行與子逝兮賦也十畝之外鄰圃也泄泄猶閑閑也逝往也

十畝之閒二章章三句

坎坎伐檀叶徒沿反兮寘之河之干叶居焉反兮河水清且漣力連反猗於宜反不稼不穡胡取禾三百廛直連反兮不狩不獵胡瞻爾庭有縣音玄貆音暄兮彼君子兮不素餐七丹反

反叶七
宣反兮比也坎坎用力之聲檀木可
爲車者寘與置同干厓也漣
風行水成文也猗與兮同語詞也書斷
斷猗大學作兮莊子亦云而我猶爲人
猗是也種之曰稼斂之曰穡胡何也一
夫所居曰廛狩亦獵也貆貉類素空餐
食也○詩人言有人於此用力伐檀將
以爲車而行陸也今乃寘之河干則河
水清漣而無所用雖欲自食其力而不
可得矣然其志則自以爲不耕則不可
以得禾不獵則不可以得獸是以甘心
窮餓而不悔也詩人述其事而歎之以
爲是眞能不空食者後世若徐穉
之流非其力不食其厲志蓋如此○坎

坎伐輻音福叶筆力反兮寘之河之側叶莊力反兮河水清且直猗不稼不穡胡取禾三百億兮不狩不獵胡瞻爾庭有縣特兮彼君子兮不素食兮比也輻車輻也伐木以為輻也直波文之直也十萬曰億蓋言禾秉之數也獸三歲曰特○坎坎伐輪兮寘之河之漘順倫反兮河水清且淪猗不稼不穡胡取禾三百囷丘倫反兮不狩不

貆胡瞻爾庭有縣鶉音純兮彼君子兮不素飧兮素門反叶素倫反比也輪車輪也伐木以為輪也淪小風水成文轉如輪也囷圓倉也鶉鴿屬熟食曰飧

伐檀三章章九句

碩鼠碩鼠無食我黍三歲貫古亂反女音汝莫我肯顧叶公五反逝將去女適彼樂音洛下同土樂土樂土爰得我所比也碩大也三歲言其久也貫

習顧念逝往也樂土有道之國也爰於也○民困於貪殘之政故託言大鼠害己而去之也

○碩鼠碩鼠無食我麥叶訖力反三歲貫女莫我肯德逝將去女適彼樂國樂國樂國爰得我直叶于逼反比也德歸恩也直猶宜也

○碩鼠碩鼠無食我苗叶音毛三歲貫女莫我肯勞逝將去女適彼樂郊叶音高樂郊樂郊誰之永號尸毛反○比也勞勤勞也謂不以我爲勤

勞也永號長呼也言既往樂郊則無復有害己者當復為誰而永號乎

碩鼠三章章八句

魏國七篇十八章一百二十八句

詩卷第五

宋本詩集傳

第二册

宋 朱熹撰

宋刻明印本

山東人民出版社·濟南

詩卷第六　朱熹集傳

唐一之十

唐國名本帝堯舊都在禹貢冀州之域太行恒山之西太原太岳之野周成王以封弟叔虞爲唐侯南有晉水至子燮乃改國號曰晉後徙曲沃又徙居絳其地土瘠民貧勤儉質朴憂深思遠有堯之遺風其詩不謂之晉而謂之唐蓋仍其始封之舊號耳唐叔所都在今太原府曲沃及絳皆在今絳州

蟋蟀在堂歲聿允橘反其莫音慕今我不樂

音洛下同日月其除直慮反無已大音泰康職思其居叶音據好樂呼報反無荒良士瞿瞿俱具反○賦也蟋蟀蟲名似蝗而小正黑有光澤如漆有角翅或謂之促織九月在堂聿遂莫晚除去也大康過於樂也職主也瞿瞿却顧之貌○唐俗勤儉故其民閒終歲勞苦不敢少休及其歲晚務閒之時乃敢相與燕飲爲樂而言今蟋蟀在堂而歲忽已晚矣當此之時而不爲樂則日月將舍我而去矣然其憂深而思遠也故方燕樂而又遽相戒曰今雖不可以不爲樂然不已過於樂乎盍

亦顧念其職之所居者使其雖好樂而無荒若彼良士之長慮却顧焉則可以不至於危亡也蓋其民俗之厚而前聖遺風之遠如此○蟋蟀在堂歲聿其逝今我不樂日月其邁叶力制反無已大康職思其外叶五隊反好樂無荒良士蹶蹶俱衛反○賦也逝邁皆去也外餘也其所治之事固當思之而所治之餘亦不敢忽蓋以事變或出於平常思慮之所不及故當過而備之也蹶蹶動而敏於事也○蟋蟀在堂役車其休今我

不樂日月其慆吐刀反叶佗侯反無已大康職思其憂好樂無荒良士休休賦也庶人乘役車歲晚則百工皆休矣慆過也休休安閑之貌樂而有節不至於淫所以安也

蟋蟀三章章八句

山有樞烏侯昌朱二反隰有榆夷周以朱二反子有衣裳弗曳弗婁力侯力俱二反子有車馬弗馳弗驅祛尤虧于二反宛於阮反其死矣他人是愉他侯

以朱二反○興也樞荎也今刺榆也榆
曰枌也婁亦曳也馳走驅策也宛坐見
貌愉樂也○此詩蓋以答前篇之意而
解其憂故言山則有樞矣隰則有榆矣
子有衣裳車馬而不服不乘則一旦宛
然以死而他人取之以爲己樂矣蓋言
不可不及時爲樂然其憂愈深而意愈蹙矣○山有栲音考叶去
九反隰有杻女九反子有廷內弗洒弗埽叶蘇
后反子有鍾鼓弗鼓弗考叶去九反宛其死矣
他人是保叶補苟反○興也栲山樗也似樗色小白葉差狹杻檍也

詩集傳卷六　三

桊似杏而尖白色皮正赤其理多曲少直材可爲弓弩幹者也考擊也保居有也

山有漆音七隰有栗子有酒食何不日鼓瑟且以喜樂音洛且以永日宛其死矣他人入室興也君子無故琴瑟不離於側永長也人多憂則覺日短飲食作樂可以永長此日也

山有樞三章章八句

揚之水白石鑿鑿子洛反素衣朱襮音博從

子于沃叶鬱縛反既見君子云何不樂○音洛比也鑿鑿巉巖貌襮領也諸侯之服繡黼領而丹朱純也子指桓叔也沃曲沃也○晉昭侯封其叔父成師于曲沃是爲桓叔其後沃盛強而晉微弱國人將叛而歸之故作此詩言水緩弱而石巉巖以比晉衰而沃盛故欲以諸侯之服從桓叔于曲沃且自喜其見君子而無不樂也

○揚之水白石皓皓古老反叶胡暴反叶素衣朱繡叶先妙反從子于鵠叶居號反既見君子云何其憂叶一笑反○比也朱

繡即朱襮也鵠曲沃邑也○揚之水白石粼粼利粼反

我聞有命叶彌賓反不敢以告人比也粼粼水清石見之貌聞其命而不敢以告人者爲之隱也桓叔將以傾晉而民爲之隱蔽欲其成矣必先施小惠以收衆情然後民翕然從之田氏之於齊亦猶是也故其召公子陽生於魯國人皆知其已至而不言所謂我聞有命不敢以告人也

揚之水三章二章章六句一章

四句

椒聊之實，蕃衍盈升。彼其音記之子，碩大無朋。椒聊且子餘反，遠條且。興而比也。椒，樹似茱萸，有針刺，其實味辛而香烈。聊，語助也。朋，比也。且，歎詞。遠條，長枝也。○椒之蕃盛，則采之盈升矣。彼其之子，則碩大而無朋矣。椒聊且，遠條且，歎其枝遠而實益蕃也。此不知其所指，序亦以爲沃也。

○椒聊之實，蕃衍盈匊九六反。彼其之子，碩大且篤。椒聊且，遠

條且興而比也兩手曰匊篤厚也

椒聊二章章六句

綢直留繆反芒侯束薪三星在天叶鐵因反今夕何夕見此良人子兮子兮如此良人何興也綢繆猶纏綿也三星心也在天昏始見於東方建辰之月也良人夫稱也〇國亂民貧男女有失其時而後得遂其婚姻之禮者詩人叙其婦語夫之詞曰方綢繆以束薪也而仰見三星之在天今夕不知何夕也而忽見良人

之在此既又自謂曰子兮子兮其將奈此良人何哉喜之甚而自慶之詞也

○綢繆束芻叶側九反三星在隅叶語口反今夕何夕見此邂戶懈反逅胡豆反叶很口反子兮子兮如此邂逅何興也隅東南隅也昏見之星至此則夜久矣邂逅相遇之意此爲夫婦相語之詞也

綢繆束楚三星在戶侯古反今夕何夕見此粲采旦反者叶章與反子兮子兮如此粲者何興也戶室戶也戶必南出昏見之星

至此則夜分矣粲美也此此爲夫語婦之詞也或曰女三爲粲一妻二妾也

綢繆三章章六句

有杕之杜其葉湑湑私敘反獨行踽踽俱禹反豈無他人不如我同父扶雨反嗟行之人胡不比毗志反焉人無兄弟胡不佽七利反焉

興也杕特也杜赤棠也湑湑盛貌踽踽無所親之貌同父兄弟也比輔佽助也○此無兄弟者自傷其孤特而求助於人之詞言杕然之杜其葉猶湑

凉然而人無兄弟則獨行踽踽曾杜之不如矣然豈無他人之可與同行也哉特以其不如我兄弟是以不免於踽踽耳於是嗟嘆行路之人何不閔我之獨行而見親憐我之無兄弟而見助乎○有杕之杜其葉菁菁子零反獨行睘睘求螢反豈無他人不如我同姓叶桑經反嗟行之人胡不比焉人無兄弟胡不佽焉興也菁菁亦盛貌睘睘無所依貌

杕杜二章章九句

羔裘豹袪起居起據二反自我人居居斤於斤御二反

豈無他人維子之故攻乎古慕二反○賦也羔裘君純羔

大夫以豹飾袪袂也居居未詳○羔裘豹褎徐救反自我

人究究豈無他人維子之好呼報反叶呼候反○

賦也褎猶袪也究究亦未詳

羔裘二章章四句此詩不知所謂不敢強解

肅肅鴇羽集于苞栩況甫反王事靡盬音古

不能蓺稷黍父母何怙怙ㄅ俟古悠悠蒼天

曷其有所

比也肅肅羽聲鴇似鴈而大無後趾集止也苞叢生也栩柞櫟也其子爲皁斗殼可以染皁者是也盬不攻緻也蓺樹怙恃也○民從征役而不得養其父母故作此詩言鴇之性不樹止而今乃飛集于苞栩之上如民之性本不便於勞苦今乃久從征役而不得耕田以供子職也悠悠蒼天何時使我得其所乎

○肅肅鴇翼集于苞棘王事靡盬不能蓺黍稷父母何食悠悠蒼

天曷其有極比也極已也○肅肅鴇行户郎反
集于苞桑王事靡盬不能蓺稻粱父母
何嘗悠悠蒼天曷其有常比也行列也稻即今南方
所食稻米水生而色白者也粱粟類也有數色嘗食也常復其常也

鴇羽三章章七句

豈曰無衣七兮不如子之衣安且吉兮
賦也侯伯七命其車旗衣服皆以七爲節子天子也○史記曲沃桓叔之子武

公伐晉滅之盡以其寶器賂周釐王王以武公爲晉君列於諸侯此詩蓋述其請命之意言我非無是七章之衣也而必請命者蓋以不如天子之命服之爲安且吉也蓋當是時周室雖衰典刑猶在武公旣負弑君簒國之罪則人得討之而無以自立於天地之間故賂王請命而爲說以如此然其倨慢無禮亦已甚矣釐王貪其寶玩而不思天理民彝之不可廢是以誅討不加而爵命行焉則王綱於是乎不振而人紀或幾乎絕矣嗚呼痛哉○豈曰無衣六兮不如子之衣安且燠於六反兮賦也天子

之卿六命變七言六者謙也不敢必當侯伯之命得受六命之服比於天子之卿亦幸矣煥煖也

言其可以久也

無衣二章章三句

有杕之杜生于道左彼君子兮噬韓詩作逝肯適我中心好呼報反之曷飲於鴆反食音嗣

比也左東也噬發語詞也曷何也○此人好賢而恐不足以致之故言此杕然之杜生于道左其蔭不足以休息如己之寡弱不足恃賴則彼君子者亦

安肯顧而適我哉然其中心好之則不已也但無自而得飲食之耳夫以好賢之心如此則賢者安有不至而何寡弱之足患哉○有杕之杜生于道周彼君子兮噬肯來遊中心好之曷飲食之比也周曲也

有杕之杜二章章六句

葛生蒙楚蘞音廉蔓于野叶上與反予美亡此誰與獨處興也蘞草名似栝樓葉盛而細蔓延也予美婦人指其夫

也○婦人以其夫久從征役而不歸故言葛生而蒙于楚蘞生而蔓于野各有所依託而予之所美者獨不在是則誰與而獨處於此乎○葛生蒙棘蘞蔓于域予美亡此誰與獨息興也域塋域也息止也○角枕粲兮錦衾爛兮予美亡此誰與獨旦賦也粲爛華美鮮明之貌獨旦獨處至旦也○夏之日冬之夜叶羊茹反百歲之後歸于其居叶姬御反○賦也夏日永冬夜永居墳墓也○夏日冬夜獨居憂思於是

爲切然君子之歸無期不可得而見矣要死而相從耳鄭氏曰言此者婦人專一義之至情之盡蘇氏曰思之深而無異心此唐風之厚也（　）冬之夜同上夏之日百歲之後叶胡故反歸于其室賦也室壙也

葛生五章章四句

采苓采苓首陽之巔叶典因反人之爲言苟亦無信叶斯人反舍音捨下同旃之然反舍旃舍旃苟亦

無然人之爲言胡得焉比也首陽首山之南也巔山頂也旃之也○此刺聽讒之詩言子欲采苓於首陽之巔乎然人之爲是言以告子者未可遽以爲信也姑舍置之而無遽以爲然徐察而審聽之則造言者無所得而讒止矣或曰興也下章放此○采苦采苦首陽之下叶後五反人之爲言苟亦無與舍旃舍旃苟亦無然人之爲言胡得焉比也苦苦菜生山田及澤中得霜甜脆而美與許也○采葑采葑首陽之東人

之爲言苟亦無從舍旃舍旃苟亦無然
人之爲言胡得焉比也從聽也
采苓三章章八句
唐國十二篇三十三章二百
三句
秦一之十一秦國名其地在禹貢
雍州之域近鳥鼠山
初伯益佐禹治水有功賜姓嬴氏
其後中潏居西戎以保西垂六世

孫大駱生成及非子非子事周孝王養馬於汧渭之閒馬大蕃息孝王封爲附庸而邑之秦至宣王時犬戎滅成之族宣王遂命非子曾孫秦仲爲大夫誅西戎不克見殺及幽王爲西戎犬戎所殺平王東遷秦仲孫襄公以兵送之王封襄公爲諸侯曰能逐犬戎即有岐豐之地襄公遂有周西都畿內八百里之地至玄孫德公又徙於雍秦即今之秦川雍今京兆府興平縣是也

有車鄰鄰有馬白顛都田反叶典因反未見君

子寺人之令力呈反○賦也鄰鄰衆車之聲白顛領有白毛令謂之的顙君子指秦君寺人內小臣也令使也○是時秦君始有車馬及此寺人之官將見者必先使寺人通之故國人創見而誇美之也○阪音反有

漆隰有栗既見君子並坐鼓瑟今者不樂音洛逝者其耋田節反叶地一反○興也八十曰耋○阪則有漆矣隰則有栗矣既見君子則並坐鼓瑟矣失今不樂則逝者其耋矣○

阪有桑隰有楊既見君子並坐鼓簧音黃

今者不樂逝者其亡興也簧笙中金葉吹笙則鼓動之以出聲者也

車鄰三章一章四句二章章六句

駟驖田結反孔阜符有反六轡在手公之媚眉冀反子從公于狩叶始九反○賦也駟驖四馬皆黑色如鐵也孔甚也阜肥大也六轡者兩服兩驂各兩轡而驂馬兩轡納之於觖故惟六轡在手也媚所親愛之人也此亦前篇之意也○奉時辰牡

辰牡孔碩（叶常灼反）公曰左之舍（音捨）拔（蒲末反）則獲（叶黄郭反）○賦也。時，是。辰，時也。牡，獸之牡者也。辰牡者，冬獻狼，夏獻麋，春獻鹿豕之類。奉之者，虞人翼以待射也。碩，肥大也。公曰左之者，命御者使左其車以射獸之左也。蓋射必中其左乃爲中殺。五御所謂逐禽左者爲是故也。拔，矢括也。曰左之而舍拔，無不獲者，言獸之多而射御之善也。○遊于北園，四馬既閑（叶胡田反）輶（音由）車鸞鑣（彼驕反）載獫（力驗反）歇（許謁反）驕（許喬反）○賦也。田事已畢，故遊于北園閑調習也輶輕也鸞鈴也效鸞鳥之聲鑣馬銜也驅逆之車置鸞於馬御之兩旁乘車則鸞在衡和在軾也獫歇驕皆田犬名長喙曰獫短喙曰歇驕以車載犬蓋以休其足力也韓愈畫記有騎擁田犬者亦此類

駟驖三章章四句

小戎俴錢淺反收五音木楘梁輈陟留反游環脅驅叶居懼反又居錄反陰靷音胤鋈音沃續叶辭屢反又如字文茵音因暢敕亮反轂叶又去聲駕我騏音其馵

六樹反又之祿反言念君子溫其如玉在其板屋亂我心曲賦也小戎兵車也俴淺也收軫也謂車前後兩端橫木所以收斂所載者也凡車之制廣皆六尺六寸其下地任載者爲大車則軫深八尺兵車則軫深四尺四寸故曰小戎俴收也五五束也楘歷錄然文章之貌也梁輈從前軫以前稍曲而上至衡則向下鉤之衡橫於輈下而輈形穹隆上曲如屋之梁又以皮革五處束之其文章歷錄然也游環靷環也以皮爲環當兩服馬之背上游移前卻無定處引兩驂馬之外轡貫其中而執之所以制

驂馬使不得外出左傳曰如驂之有靳
是也脅驅亦以皮為之前係於衡之兩
端後係於軫之兩端當服馬脅之外所
以驅驂馬使不得內入也陰揜軌也軌
任軾前而以板橫側揜之以其陰映此
軌故謂之陰也靷以皮二條前係驂馬
之頸後係陰版之上也鋈續陰板之上
有續靷之處消白金沃灌其環以為飾
也蓋車衡之長六尺六寸止容二服驂
馬之頭不當於衡故別為二靷以引車
亦謂之靳左傳曰兩靷將絕是也文茵
車中所坐虎皮褥也暢長也轂　車輪
之中外持輻內受軸者也大車之轂一
尺有半兵車之轂長三尺二寸故兵車

曰楊轂騏騏文也馬左足白曰馵君子婦人目其夫也溫其如玉美之之詞也板屋者西戎之俗以板爲屋心曲心中委曲之處也戎○西戎者秦之臣子所與不共戴天之讎也襄公上承天子之命率其國人往而征之故其從役者之家人先誇車甲之盛如此而後及其私情蓋以義興師則雖婦人亦知勇於赴敵而無所怨矣

○四牡孔阜扶有反六轡在手騏騮音留是中叶諸仍反騧古花反驪是驂叶疏簪反龍盾順允反之合鋈以觼古穴反軜音納言念君

子溫其在邑叶烏合反方何爲期胡然我念之賦也赤馬黑鬣曰駵中兩服馬也黃馬黑喙曰騧驪黑色也盾干也畫龍於盾合而載之以爲車上之衛必載二者備破毀也觼環之有舌者軜驂內轡也置觼於軾前以係軜故謂之觼軜亦消沃白金以爲飾也邑西鄙之邑也方將也將以何時爲歸期乎何爲使我思念之極也○俴駟孔羣厹音求矛鋈錞徒對反叶朱倫反蒙伐有苑叶音昷虎韔敕亮反鏤膺交韔二弓叶姑弘反竹閉緄

古本反縢直登反言念君子載寢載興厭厭於鹽反良人秩秩德音叶一陵反○賦也伐駟四馬皆以淺薄之金爲甲欲其輕而易於馬之旋習也孔甚羣和也厹矛三隅矛也鋈錞以白金沃矛之下端平底者也蒙雜也伐中干也盾之別名苑文貌畫雜羽之文於盾上也虎韔以虎皮爲弓室也鏤膺鏤金以飾馬當胷帶也交韔交二弓於韔中謂顚倒安置之必二弓以備壞也閉弓檠也儀禮作䩨緄縄縢約也以竹爲閉而以縄約之於弛弓之裏檠弓體使正也載寢載興言思之深而起居不

寧也厭厭安也
秩秩有序也

小戎三章章十句

蒹古恬反葭音加蒼蒼白露為霜所謂伊人在水一方遡蘇路反洄音回從之道阻且長遡遊從之宛在水中央賦也蒹似萑而細高數尺又謂之薕葭蘆也蒹葭未敗而露始為霜秋水時至百川灌河之時也伊人猶言彼人也一方彼一方也遡洄逆流而上也遡遊順流而下也宛然坐見貌在水之

中央言近而不可至也○言秋水方盛之時所謂彼人者乃在水之一方上下求之而皆不可得然不知其何所指也○蒹葭淒淒白露未晞所謂伊人在水之湄遡洄從之道阻且躋遡游從之宛在水中坻直尸反○賦也淒淒猶蒼蒼也晞乾也湄水草之交也躋升也言難至也小渚曰坻○蒹葭采采叶此履反白露未已所謂伊人在水之涘叶以始二反遡洄從之道阻且右叶羽軌反

遡游從之宛在水中沚 賦也采采言其盛而可采也已止也右不相直而出其右也小渚曰沚

蒹葭三章章八句

終南何有有條有梅 叶莫悲反 君子至止錦衣狐裘 叶渠之反 顏如渥 於角反 丹其君也哉 叶將黎反○興也終南山名在今京兆府南條山楸也皮葉白色亦白材理好宜為車板君子指其君也至止至終南之下也錦衣狐裘諸侯之服也玉藻曰

君衣狐白裘錦衣以裼之渥漬也其君
也哉言容皃衣服稱其為君也此秦人
美其君之詞亦車
鄰駟驖之意也
○終南何有有紀有
堂君子至止黻音弗衣繡裳佩玉將將七羊
反壽考不忘興也紀山之廉角也堂山
之寬平處也黻之狀亞兩
己相戾也繡刺繡也將將佩玉聲也壽
考不忘者欲其居此位服此服長久而
安寧
也

終南二章章六句

交交黃鳥止于棘誰從穆公子車奄息維此奄息百夫之特臨其穴叶戶橘反惴惴其慄彼蒼者天叶鐵因反殲我良人叶子廉反如可贖兮人百其身興也交交飛而往來之貌從穆公從死也子車氏奄息名特傑出之稱穴壙也惴惴懼貌慄懼殲盡良善贖貿也○秦穆公卒以子車氏之三子為殉皆秦之良也國人哀之為之賦黃鳥事見春秋傳即此詩也言交交黃鳥則止于棘矣誰從穆公則子車奄息也蓋以所見起興

也臨穴而惴慄蓋生納之壙中也三子皆國之良而一旦殺之若可貿以他人則人皆願百其身以易之矣○交交黃鳥止于桑誰從穆公子車仲行戶郎反維此仲行百夫之防臨其穴惴惴其慄彼蒼者天殲我良人如可贖兮人百其身興也防當也言一人可當百夫也○交交黃鳥止于楚誰從穆公子車鍼虎維此鍼虎百夫之禦臨其穴惴

大之百

惴惴其慄彼蒼者天殲我良人如可贖兮人百其身與也禦猶當也

黃鳥三章章十二句

春秋傳曰君子曰秦穆公之不爲盟主也宜哉死而棄民先王違世猶詒之法而況奪之善人乎今縱無法以遺後嗣而又收其良以死難以在上矣君子是以知秦之不復東征也愚按穆公於此其罪不可逃矣但或以爲穆公遺命如此而三子自殺以從之則三子亦不得

爲無罪今觀臨亡惴慄之言則是康公從父之亂命迫而納之於殯其罪有所歸矣又按史記秦武公卒初以人從死死者六十六人至穆公遂用百七十七人而三良與焉蓋其初特出於戎翟之俗而無明王賢伯以討其罪於是習以爲常則雖以穆公之賢而不免論其事者亦徒閔三良之不幸而歎秦之衰至於王政不綱諸侯擅命殺人不忌至於如此則莫知其爲非也嗚呼俗之敝也久矣其後始皇之葬後宮皆令從死工匠生閉

墓中尚何怪哉

鴥伊橘反彼晨風叶孚愔反鬱彼北林未見君子憂心欽欽如何如何忘我實多興也鴥疾飛貌晨風鸇也鬱茂盛貌君子指其夫也欽欽憂而不忘之貌○婦人以夫不在而言鴥彼晨風則歸于鬱然之北林矣故我未見君子而憂心欽欽也彼君子者如之何而忘我之多乎此○與扊扅之歌同意蓋秦俗也

山有苞櫟盧狄反叶歷各反隰有六駮邦角反未見君

子憂心靡樂（叶[illegible]）如何如何忘我實多（[illegible]）

駁梓榆也其皮青白如駁興也山則有苞櫟矣隰則有六駁矣未見君子則憂心靡樂矣靡樂則憂之甚也[illegible]

山有苞棣（[illegible]）隰有樹檖

未見君子憂心如醉如何如何忘我實多

興也棣唐棣也檖赤羅也實似梨而小酢可食如醉則憂又甚矣

晨風三章章六句

豈曰無衣與子同袍（抱毛反叶步謀反）王于興

師修我戈矛與子同仇賦也袍襺也戈長六尺六寸矛長二丈王于興師以天子之命而興師也○秦俗強悍樂於戰鬬故其人平居而相謂曰豈以子之無衣而與子同袍乎蓋以王于興師則將脩我戈矛而與子同仇也其權愛之心足以相死如此蘇氏曰秦本周地故其民猶思周之盛時而稱先王焉或曰興也取與子同三字爲義後章放此○豈曰無衣與子同澤叶徒洛反王于興師脩我矛戟叶訖約反與子偕作賦也澤裏衣也以其親膚近於垢澤故謂之澤

戟車戟也長丈六尺○豈曰無衣與子同裳王于興師脩我甲兵叶晡茫反與子偕行叶户郎反○賦也行往也

無衣三章章五句

秦人之俗大抵尚氣槩先勇力忘生輕死故其見於詩如此然本其初而論之岐豐之地文王用之以興二南之化如彼其忠且厚也秦人用之未幾而一變其俗至於如此則已悍然有招八州而朝同列之氣矣何

哉雍州土厚水深其民厚重質直無鄭衛驕惰浮靡之習以善導之則易以興起而篤於仁義以猛驅之則其強毅果敢之資亦足以強兵力農而成富強之業非山東諸國所及也嗚呼後世欲爲定都立國之計者誠不可不監乎此而凡爲國者其於導民之路尤不可以不審其所之也

我送舅氏曰至渭陽何以贈之路車乘成謚反黃賦也舅氏秦康公之舅晉公子重耳也出亡在外穆公召而納

之時康公爲太子送之渭陽而作此詩渭水名秦時都雍至渭陽者蓋東行送之於咸陽之地也路車諸侯之車也乘黃四馬皆黃也○我送舅氏悠悠我思叶新齋反何以贈之瓊瑰古回反

玉佩叶蒲眉反○賦也悠悠長也序以爲時康公之母穆姬已卒故康公送其舅而念母之不見也或曰穆姬之卒不可考此但別其舅而懷思耳瓊瑰石而次玉

渭陽二章章四句

按春秋傳晉獻公烝於齊

姜生秦穆夫人太子[illegible]大
戎胡姬生重耳小戎[illegible]呂
驪姬生奚齊其娣生[illegible]姬
諸申生申生自殺又[illegible]公子
二公子皆出奔獻公卒奚齊卓
子繼立皆爲大夫里克所弒秦
穆公納夷吾是爲惠公卒子圉
立是爲懷公立之[illegible]秦穆公
又召重耳而納之爲文公王
氏曰至渭陽者[illegible]送也悠悠
我思者思之長中[illegible]卑乗黃瓊
瑰玉佩者贈之[illegible]廣漢張氏
曰康公爲太子先[illegible]孔念母
之不見是固良心而卒不能

自克於令狐之役怨欲害乎良
心也使康公知循是心養其[illegible]
而充之則怨
欲可消矣

於我乎夏屋渠渠今也每食無餘于音吁嗟乎不承權輿賦也夏大也渠渠深廣皃承繼也權輿始也○此言其君始有渠渠之夏屋以待賢者而其後禮意寖衰供億寖薄至於賢者每食而無餘於是嘆之言不能繼其始也○於我乎每食四簋叶已有反今也每食不飽叶補苟反于嗟乎不

承權輿 賦也簋瓦器容斗二升方曰簠圓曰簋簠盛稻粱簋盛黍稷四簋禮食之盛也

權輿二章章五句 漢楚元王敬禮申公白公穆生穆生不耆酒元王每置酒嘗爲穆生設醴及王戊即位常設後忘設焉穆生退曰可以逝矣醴酒不設王之意怠不去楚人將鉗我於市遂稱疾申公白公彊起之曰獨不念先王之德歟今王一旦失小禮何足至此穆生曰先王之所以禮吾三人

者爲道之存故也今而忽之是
忘道也忘道之人胡可與久處
豈爲區區之禮哉遂謝
病去亦此詩之意也

秦國十篇二十七章一百八

十一句

詩卷第六

詩卷第七　朱熹集傳

陳一之十二

陳國名太皡伏羲氏之墟在禹貢豫州之東其地廣平無名山大川西望外方東不及孟諸周武王時帝舜之胄有虞閼父爲周陶正武王賴其利器用與其神明之後以元女大姬妻其子滿而封之於陳都於宛丘之側與黄帝帝堯之後共爲三恪是爲胡公大姬婦人尊貴好樂巫覡歌舞之事其民化之今之陳州即其地也

子之湯（他郎他浪二反）兮宛丘之上（辰羊辰兆二反）兮洵（音荀）有情兮而無望（武方武放二反）兮賦也子指遊蕩之人也湯蕩也四方高中央下曰宛丘洵信也望人所瞻望也○國人見此人常遊蕩於宛丘之上故叙其事以刺之言雖信有情思而可樂矣然無威儀可瞻望也坎（苦感反）其擊鼓宛丘之下（叶後五反）無冬無夏（叶後五反）值（直置反）其鷺羽賦也坎擊鼓聲值植也鷺舂鉏今鷺鷥好而潔白頭上有長毛十數枚羽以其羽爲翳舞者持以指麾也

言無時不出遊而鼓舞於是也〇坎其擊缶方有反宛丘之道叶徒厚反無冬無夏值其鷺翿音導叶殖有反〇賦也缶瓦器可以節樂翿翳也

宛丘三章章四句

東門之枌符云反宛丘之栩況浦反子仲之子婆娑素何反其下叶後五反〇賦也枌白榆也先生葉卻著莢皮色白子仲之子子仲氏之女也婆娑舞貌〇此男女聚會歌舞而賦其事

以相樂也○穀旦于差初佳反叶七何反南方之原
無韻未詳不績其麻叶謨婆反市也婆娑賦也穀善差擇
也○既差擇善旦以會于南方之原○
於是棄其業以舞於市而往會也
穀旦于逝越以鬷子公反邁叶力制反視爾如
荍祁饒反貽我握椒賦也逝往越於鬷衆也邁行也荍芘芣也
又名荊葵紫色椒芬芳之物也○言又
以善旦而往於是其衆行而男女相與
道其慕悅之詞曰我視女顏色之美如
芘芣之華於是遺我以一握之椒而交

情好也

東門之枌三章章四句

衡門之下，可以棲（音西）遲。泌（悲位反）之洋洋，可以樂（音洛）飢。賦也。衡門，橫木為門也。門之深者有阿塾堂宇，此惟橫木爲之。棲遲，游息也。泌，泉水也。洋洋，水流貌。○此隱居自樂而無求者之詞。言衡門雖淺陋，然亦可以遊息；泌水雖不可飽，然亦可以玩樂而忘飢也。○

豈其食魚，必河之魴（音房）。豈其取（音娶）妻，必

齊之姜賦也姜齊姓○豈其食魚必河之鯉

豈其取妻必宋之子叶奬履反○賦也子宋姓

衡門三章章四句

東門之池可以漚麻烏豆反叶謨婆反彼美淑

姬可與晤歌五故反興也池城池也漚漬也治麻者必先以水

漬之晤猶解也○此亦男女會遇之詞

蓋因其會遇之地所見之物以起興也

○東門之池可以漚紵直呂反彼美淑姬

可與晤語興也紵麻屬○東門之池可以漚菅古顏反叶居賢反彼美淑姬可與晤言興也菅葉似茅而滑澤莖有白粉柔韌宜爲索也

東門之池三章章四句

東門之楊其葉牂牂子桑反昏以爲期明星煌煌興也東門相期之地也楊柳之揚起者也牂牂盛貌明星啓明也煌煌大明貌○此亦男女期會而有負約不至者故因其所見以起興也

○東門之楊其葉肺肺普計反昏以爲期明星晢晢之世反○興也肺肺猶牂牂也晢晢猶煌煌也

東門之楊二章章四句

墓門有棘斧以斯之所宜反夫也不良國人知之知而不已誰昔然矣興也墓門凶僻之地多生荆棘斯析也夫指所刺之人也誰昔昔也猶言疇昔也○言墓門有棘則斧以斯之矣此人不良則國人知之矣國人知之而猶不自改則自疇昔而已

然非一日之積矣所謂不良之人亦不知其何所指也

○墓門有梅，有鴞萃止。夫也不良，歌以訊之。叶息悴反訊予不顧，叶果五反顛倒思予。叶演女反○

興也。鴞，惡聲之鳥也。萃，集。訊，告也。顛倒，狼狽之狀。○墓門有梅，則有鴞萃之矣。夫也不良，則有歌其惡以訊之者矣。訊之而不予顧，至於顛倒，然後思予，則豈有所及哉。或曰：訊予之予疑當依前章作而字。

墓門二章，章六句。

防有鵲巢邛其恭反有旨苕徒雕反叶徒刀反誰侜陟留反予美心焉忉忉都勞反○興也防人所築以捍水者邛丘旨美也苕苕饒也莖如勞豆而細葉似蒺藜而青其莖葉綠色可生食如小豆藿也侜侜張也猶鄭風之所謂迋也予美指所與私者也忉忉憂貌○此男女之有私而憂或間之之詞故曰防則有鵲巢矣邛則有旨苕矣今此何人而侜張予之所美使我憂之而至於忉忉乎○中唐有甓蒲歷反邛有旨鷊五歷反誰侜予美心焉惕

惕吐歷反○興也廟中路謂之唐甓瓴甋也鷊小草雜色如綬惕惕猶忉忉也

防有鵲巢二章章四句

月出皎兮佼古卯反人僚音了兮舒窈烏了反糾巳小反兮勞心悄七小反兮興也皎月光也佼人美人也僚好貌窈糾幽遠也糾愁結也悄憂也○此亦男女相悅而相念之辭言月出則皎然矣佼人則僚然矣安得見之而舒窈糾之情乎是以爲之勞心而悄然

也○月出皓胡老反兮佼人懰力久反叶朗考反叶兮舒懮於久反受叶時倒反兮勞心慅七老反兮

興也懰好貌懮受憂思也慅猶悄也○月出照兮佼人燎力召反兮舒夭於表反紹實照反兮勞心慘叶七反

興也燎明也夭紹舒之貌慘憂也

月出三章章四句

胡爲乎株林從夏戶雅反南叶尼心反下同匪適

株林從夏南賦也株林夏氏邑也夏南徵舒字也○靈公淫於夏徵舒之母朝夕而往夏氏之邑故其民相與語曰君胡爲乎株林乎曰從夏南耳然則非適株林也特以從夏南故耳蓋淫乎夏姬不可言也故以從其子言之詩人之忠厚如此○駕我乘馬繩證反說于株野叶上與反說音稅乘我乘駒朝食于株賦也說舍也馬六尺以下曰駒叶蒲補反

株林二章章四句春秋傳夏姬鄭穆公之女

也嫁於陳大夫夏御叔靈公與其大夫孔寧儀行父通焉洩冶諫不聽而殺之後卒為其子徵舒所弑而徵舒復為楚莊王所誅

彼澤之陂叶音波有蒲與荷音何有美一人傷如之何寤寐無為涕他弟反泗音四滂普光反沱徒何反

興也陂澤障也蒲水草可為席者荷芙蕖也自目曰涕自鼻曰泗○此詩大旨與月出相類言彼澤之陂則有蒲與荷矣有美一人而不

可見則雖憂傷而奈之何哉寤寐無為涕泗滂沱而已矣○彼澤之

陂有蒲與蕳古顔反叶居賢反有美一人碩大

且卷其員反寤寐無為中心悁悁烏玄反○興也

蕳蘭也卷鬢髮之美也悁悁猶悒悒也○彼澤之陂有蒲

菡戸感反萏大感反叶待檢反有美一人碩大且

儼魚檢反寤寐無為輾轉伏枕叶知險反○興也菡

萏荷華也儼矜莊貌輾轉伏枕卧而不寐思之深且久也

澤陂三章章六句

陳國十篇二十六章百二十四句

東萊呂氏曰：變風終於陳靈，其閑男女夫婦之詩一何多邪？曰：有天地然後有萬物，有萬物然後有男女，有男女然後有夫婦，有夫婦然後有父子，有父子然後有君臣，有君臣然後有上下，有上下然後禮義有所錯。男女者，三綱之本，萬事之先也。正風之所以爲正者，舉其正者

[illegible]所以爲變
[illegible]有[illegible]之也道
[illegible]亂[illegible]之[illegible]隆
[illegible]頌
[illegible]之事[illegible]哉

檜一之十三

檜國名高辛氏火正祝融之墟在禹貢豫
州外方之北滎波之南居溱洧之
閒其君妘姓祝融之後周衰爲鄭
桓公所滅而遷國焉今之鄭州即
其地也蘇氏以爲檜詩皆爲鄭作
如邶鄘之於衛
也未知是否

羔裘逍遥狐裘以朝直遥反叶直勞反豈不爾思勞心忉忉音刀○賦也緇衣羔裘諸侯之朝服錦衣狐裘其朝天子之服也○舊說檜君好絜其衣服逍遥游宴而不能自強於政治故詩人憂之○羔裘翱翔狐裘在堂豈不爾思我心憂傷賦也翱翔猶逍遥也堂公堂也○羔裘如膏古報反日出有曜弋照反叶羊号反豈不爾思中心是悼賦也膏脂所漬也日出有曜日照之則有光也

羔裘三章章四句

庶見素冠兮棘人欒欒力端反兮勞心慱慱徒端反兮賦也庶幸也縞冠素紕既祥之冠也黑經白緯曰縞緣邊曰紕棘急也喪事欲其總總爾哀遽之狀也欒欒瘠貌慱慱憂勞之貌○祥冠祥則冠之禫則除之今人皆不能行三年之喪矣安得見此服乎當時賢者庶幾見之至於憂勞也○庶見素衣兮我心傷悲兮聊與子同歸兮賦也素衣則素衣矣與予同歸愛慕之詞也

〇庶見素韠音畢兮我心蘊於粉反結叶訖力反兮聊與子如一兮

賦也韠蔽膝也以韋爲之冕服謂之韍其餘曰韠韠從裳色素衣素裳則素韠矣蘊結思之不解也與子如一甚於同歸矣

素冠三章章三句

按喪禮爲父爲君斬衰三年昔宰予欲短喪夫子曰子生三年然後免於父母之懷予也有三年之愛於其父母乎三年之喪天下之通喪也傳曰子夏

三年之喪畢見於夫子援琴而絃衎衎而樂作而曰先王制禮不敢不及夫子曰君子也閔子騫三年之喪畢見於夫子援琴而絃切切而哀作而曰先王制禮不敢過也夫子曰君子也子路曰敢問何謂也夫子曰子夏哀已盡能引而致之於禮故曰君子也閔子騫哀未盡能自割以禮故曰君子也夫三年之喪賢者之所輕不肖者之所勉

隰有萇（丈羊切）楚猗（於可反）儺（乃可反）其枝天

夭於驕反之沃沃烏毒反樂音洛子之無知賦也萇楚銚弋今羊桃也子如小麥亦似桃猗儺柔順也夭少好貌沃沃光澤貌子指萇楚也○政煩賦重人不堪其苦歎其不如草木之無知而無憂也○隰有萇楚猗儺其華芳無胡爪二反夭之沃沃樂子之無家古胡古牙二反○賦也無家言無累也○隰有萇楚猗儺其實夭之沃沃樂子之無室賦也無室猶無家也

隰有萇楚三章章四句

匪風發叶方月反兮匪車偈起竭反兮顧瞻周道中心怛都達反叶旦悦反兮賦也發飄揚貌偈疾驅貌周道適周之路也怛傷也○周室衰微賢人憂歎而作此詩言常時風發而車偈則中心怛然今非風發也非車偈也特顧瞻周道而思王室之陵遲故中心爲之怛然耳○匪風飄符遥反叶匹妙反兮匪車嘌匹遥反叶匹妙反兮顧瞻周道中心弔兮賦也回風日飄

嘌漂搖不安之貌弔亦傷也○誰能亨普庚反魚溉古愛反之釜符甫反鬵音尋誰將西歸懷之好音

興也溉滌也鬵釜屬西歸歸于周也○誰能亨魚乎有則我願爲之溉其釜鬵誰將西歸乎有則我願慰之以好音以見思之之甚但有西歸之人即思有以厚之也

匪風三章章四句

檜國四篇十二章四十五句

曹一之十四

曹國名其地在禹貢兖州陶丘之北雷夏菏澤之野周武王以封其弟振鐸今之曹州即其地也

蜉蝣之羽衣裳楚楚叶創舉反心之憂矣於我歸處比也蜉蝣渠略也似蛣蜣身狹而長角黃黑色朝生暮死楚楚鮮明貌○此詩蓋以時人有玩細娛而忘遠慮者故以蜉蝣為比而刺之言蜉蝣之羽翼猶衣裳之楚楚可愛也然其朝生暮死不能久存故我心憂之而欲其於我歸處耳序以為刺其君或然而未有考也○蜉蝣之翼

大七六

采采衣服叶蒲北反心之憂矣於我歸息比也

采采華飾也息止也○蜉蝣掘閱求勿反麻衣如雪

心之憂矣於我歸說音稅叶輸藝反○比也掘閱未詳說

舍息也

蜉蝣三章章四句

彼候人兮何戈與祋何可切都律都外二反彼其

之子三百赤芾芬勿蒲昧二反○興也候人道路迎送賓

客之官何揭役殳也之子指小人芾冕服之韠也一命緼芾黝珩再命赤芾黝珩三命赤芾葱珩大夫以上赤芾乘軒○此刺共君遠君子而近小人之詞言彼候人而何戈與役者宜也彼其之子而三百赤芾何哉晉文公入曹數其不用僖負羈而乘軒者三百人其謂是歟○維鵜徒低反在梁不濡其翼彼其之子不稱尺證反其服叶蒲北反○興也鵜鵜澤水鳥也俗所謂淘河也○維鵜在梁不濡其咮陟救反彼其之子不遂其媾古豆反○

與也味喙遂稱媾寵也遂之爲稱猶今人謂遂意曰稱意○薈烏會反兮蔚於貴反兮南山朝隮子兮反兮婉於阮反兮孌力轉反兮季女斯飢比也薈蔚草木盛多之貌朝隮雲氣升騰也婉少貌孌好貌○薈蔚朝隮言小人衆多而氣燄盛也季女婉孌自保不妄從人而反飢困言賢者守道而反貧賤也

侯人四章章四句

鳲鳩在桑其子七兮淑人君

其儀一兮心如結兮叶訖力反　興也鳲鳩鞠也亦名戴
勝今之布穀也飼子朝從上下莫從下
上平均如一也如結如物之固結而不
散也○鳲鳩詩人美君子之用心均平專一
故言鳲鳩在桑則其子七矣淑人君子
則其儀一矣其儀一則心如結矣然不
知其何所指也陳氏曰君子動容貌斯
遠暴慢正顏色斯近信出辭氣斯遠鄙
倍其見於威儀動作之閒者有常度矣
豈固爲是拘拘者哉蓋和順積中而英
華發外是以由其威儀一於外而其心
如結於內者
從可知也
○鳲鳩在桑其子在梅莫叶

悲反淑人君子其帶伊絲叶新齋反其帶伊絲

其弁伊騏音其○興也鳲鳩常言在桑其子每章異木子自飛去母常不移也帶大帶也大帶用素絲有雜色飾焉弁皮弁也騏馬青黑色者弁之色亦如此也書云四人騏弁今作綦○言鳲鳩在桑則其子在梅矣淑人君子則其帶伊絲矣其帶伊絲則其弁伊騏矣言有常度不差忒也○鳲鳩

在桑其子在棘淑人君子其儀不忒它得反其儀不忒正是四國叶于逼反○興也有常度而其

心一故儀不忒儀不忒則足以正四國矣大學傳曰其爲父子兄弟足法而後民法之也○鳲鳩在桑其子在榛側巾反淑人君子正是國人正是國人胡不萬年叶尼因反○興也儀不忒故能正國人胡不萬年願其壽考之詞也

鳲鳩四章章六句

冽音列彼下泉浸彼苞稂音郎愾苦愛反我寤嘆念彼周京叶居良反○比而興也冽寒也下泉泉下流者也苞

草叢生也稂童梁莠屬也愾歎息之聲也周京天子所居也○王室陵夷而小國困弊故以寒泉下流而苞稂見傷爲比遂興其愾然以念周京也○洌彼下泉浸彼苞蕭叶踈鳩反愾我寤嘆念彼京周比也蕭蒿也京周猶周京也○洌彼下泉浸彼苞蓍音尸愾我寤歎念彼京師叶霜夷反○比而興也蓍筮草也京師猶京周也詩見大雅公劉篇○芃芃薄工反黍苗陰雨膏古報反之四國有王郇音荀伯

勞力報反之比而興也芃芃美貌郇伯郇侯文王之後嘗爲州伯治諸侯有功○言黍苗既芃芃然矣又有陰雨以膏之四國既有王矣而又有郇伯以勞之傷今之不然也

下泉四章章四句

程子曰易剥之爲卦也諸陽消剥已盡獨有上九一爻尚存如碩大之果不見食將有復生之理上九亦變則純陰矣然陽無可盡之理變於上則生於下無閒可容息也陰道極盛之時其亂可知亂極則自當思治

故衆心願戴於君子君子得與
也詩匪風下泉所以居變風之
終也○陳氏曰亂極而不治變
極而不正則天理滅矣人道絕
矣聖人於變風之極則係以思
治之詩以示循環之理以言亂
之可治變
之可正也

曹國四篇十五章六十八句

詩卷第七

詩卷第八

豳一之十五　朱熹集傳

豳國名在禹貢雍州岐山之北原隰之野虞夏之際棄爲后稷而封於邰及夏之衰棄稷不務棄子不窋失其官守而自竄於戎狄之閒不窋生鞠陶鞠陶生公劉能復修后稷之業民以富實乃相土地之宜而立國於豳之谷焉十世而大王徙居岐山之陽十二世而文王始受天命十三世而武王遂爲天子武王崩成王立年幼不能涖阼周公旦以冢宰攝政乃述后稷公劉之化

作詩一篇以戒成王謂之豳風而後人又取周公所作及凡爲周公而作之詩以附焉豳在今邠州三水縣部在今京兆府武功縣

七月流火（叶虎委反）九月授衣（叶上聲）一之日觱（音必）發（叶方吠反）二之日栗烈（叶力制反）無衣無褐（音曷叶許例反）何以卒歲（或曰發烈褐皆如字而歲讀如雪）三之日于耜（叶羊里反）四之日舉趾同我婦子（叶奬履反）饁（炎輒反）彼南畝（叶滿彼反）田畯（音俊）至

喜

職也七月斗建申之月夏之七月也後凡言月者放此流下也火大火心也以六月之昏加於地之南方至七月之昏則下而流矣九月霜降始寒而蠶績之功亦成故授人以衣使御寒也一之日謂斗建子一陽之月二之日謂斗建丑二陽之月也變月言日言是月之日也後凡言日者放此蓋周之先公已用此以紀候故周有天下遂以為一代之正朔也觱發風寒也栗烈氣寒也褐毛布也歲夏正之歲也于往也耜田器也于耜言往脩田器也舉趾舉足而耕也我家長自我也饁餉田也田畯田大夫勸農之官也○周公以成王未知稼

穡之艱難故陳后稷公劉風化之所由使瞽矇朝夕諷誦以教之此章首言七月暑退將寒故九月而授衣以禦之蓋十一月以後風氣日寒不如是則無以卒歲也正月則往脩田器二月則舉趾而耕少者既皆出而在田故老者率婦子而餉之治田早而用力齊是以田畯至而喜之也此章前段言衣之始後段言食之始二章至五章終前段之意六章至八章終後段之意○七月流火九月授衣春日載陽有鳴倉庚叶古郎反女執懿筐遵彼微行叶户郎反爰求柔桑

春日遲遲采蘩祁祁巨之反女心傷悲殆及公子同歸賦也載始也陽溫和也倉庚黃鸝也懿深美也遵循也微行小逕也柔桑穉桑也遲遲日長而暄也蘩白蒿也所以生蠶今人猶用之蓋蠶生未齊未可食桑故以此啖之也祁祁衆多也或曰徐也公子豳公之子也○再言流火授衣者將言女功之始故又本於此遂言春日始和有鳴倉庚之時而蠶始生則執深筐以求穉桑然又有生而未齊者則采蘩者衆而此治蠶之女感時而傷悲蓋是時公子猶娶於國中而貴家大族連姻公室者亦

無不力於蠶桑之務故其許嫁之女預
以將及公子同歸而遠其父母爲悲也
其風俗之厚而上下之情交相忠○七
愛如此後章凡言公子者放此
月流火八月萑戶官反葦韋鬼反蠶月條它彫
反桑取彼斧斨七羊反以伐遠揚猗於宜反
彼女桑七月鳴鵙圭覓反八月載績載玄
載黃我朱孔陽爲公子裳賦也萑葦即蒹葭也蠶月
治蠶之月條桑枝落之采其葉也斧隋
銎斨方銎遠揚遠枝揚起者也取葉存

條曰猗女桑小桑也小桑不可條取故取其葉而存其條猗猗然爾鵙伯勞也績其緝也玄黑而有赤之色朱赤色陽明之也○言七月暑退將寒而是歲禦冬之備亦庶幾於其成矣又當預擬來歲治蠶之用故於八月萑葦既成之際而收蓄之將以爲曲薄至來歲治蠶之月則采桑以供蠶食而大小畢取見蠶盛而人力至也蠶事既備又於鳴鵙之後麻熟而可績之時則績其麻以爲布而凡此蠶績之所成者皆染之或玄或黃而其朱者尤爲鮮明皆以供上而爲公子之裳言勞於其事而不自愛以奉其上蓋至誠慘怛之意上以是施之下以是報

之也以上二章專言蠶績之事以終首章前段無衣之意○四月秀

葽於遥反五月鳴蜩徒彫反八月其穫戶郭反

十月隕于敏反蘀音託一之日于貉戶各反取

彼狐貍力之反爲公子裘叶渠之反二之日其

同載纘子管反武功言私其豵子公反獻豣

古年反于公賦也不榮而實曰秀葽草名蜩蟬也穫禾之早者可穫也

隕墜蘀落也謂草木隕落也貉狐貍也于貉猶言于耜謂往取狐貍也同竭作

以狩也纘習而繼之也豵一歲豕豜三歲豕也○言自四月純陽而歷一陰四陰以至純陰之月則大寒之候將至雖蠶桑之功無所不備猶恐其不足以禦寒故于貉而取狐狸之皮以爲公子之裘也獸之小者私之以爲已有而大者則獻之於上亦愛其上之無已也此章專言狩獵以終首章前段無褐之意

○五月斯螽音終動股六月莎素和反雞振羽七月在野叶上與反八月在宇九月在戶叶後五反十月蟋蟀入我牀下叶後五反八字一句穹

起弓反　窒珍悉反熏許云反鼠塞向墐音覲户同上

嗟我婦子叶茲五反曰爲改歲入此室處賦也

斯螽莎雞蟋蟀一物隨時變化而異其名動股始躍而以股鳴也振羽能飛而以翅鳴也宇簷下也暑則在野寒則依人以穹空隙也窒塞也向北出牖也墐塗也庶人篳户冬則塗之東萊呂氏曰十月而曰改歲三正之通于民俗尚矣周特舉而迭用之耳○言觀蟋蟀之依人則知寒之將至矣於是室中空隙者塞之熏鼠使不得穴於其中塞向以當北風墐户以禦寒氣而語其婦子曰歲將

改矣天旣寒而事亦已可以入此室處矣此見老者之愛也此章亦以終首章前段禦寒之意○六月食鬱及薁於六反七月亨普庚反葵及菽音叔八月剝普卜反棗叶音走十月穫稻叶徒苟反爲此春酒以介眉壽叶殖酉反七月食瓜叶音孤八月斷壺九月叔苴七餘反采荼音徒薪樗敕書反食音嗣我農夫賦也鬱棣屬薁蘡薁也葵菜名菽豆也剝擊也穫稻以釀酒也介助也介眉壽者頌禱之

辭也壺瓠也食瓜斷壺亦去圃爲場之
漸也叔拾也苴麻子也荼苦菜也樗惡
木也○自此至卒章皆言農圃飲食祭
祀燕樂以終首章之意而此章果
酒嘉蔬以供老疾奉賓祭瓜瓠苴荼
以爲常食少長之義豐儉之節然也○
九月築場圃博故反十月納禾稼叶古護反黍
稷重直容反穋音六叶六直反禾麻菽麥叶訖力反嗟
我農夫我稼既同上入執宮功晝爾于
茅宵爾索綯徒刀反亟紀力反其乘屋其始

播百穀賦也場圃同地物生之時則耕治以爲圃而種菜茹物成之際則築堅之以爲場而納禾稼蓋自田而納之於場也禾者穀連藁秸之總名禾之秀實而在野者曰稼先種後熟曰重後種先熟曰穋再言禾者稻秫苽粱之屬皆禾也同聚也宮邑居之宅也古者民受五畝之宅二畝半爲廬在田春夏居之二畝半爲宅在邑秋冬居之功葺治之事也或曰公室官府之役也古者用民之力歲不過三日是也索絞也綯索也乘升也○言納於場者無所不備則我稼同矣可以上入都邑而執治宮室之事矣故晝往取茅夜而絞索亟升

其屋而治之蓋以來歲將復始播百穀而不暇於此故也不待督責而自相警戒不敢休息如此呂氏曰此章終始農事以極憂勤艱難之意○二之日鑿冰冲冲三之日納于凌(力證反)陰(叶於容反)四之日其蚤(音早)獻羔祭韭(音九叶己小反)九月肅霜十月滌(徒力反)場朋酒斯饗(叶虛良反)曰殺羔羊躋(子兮反)彼公堂稱彼兕觥(虢彭反叶古黃反)萬壽無疆(賦也鑿冰謂取冰於山也冲冲鑿冰之意)

周禮正歲十二月令斬冰是也納藏也藏冰所以備暑者也凌陰冰室也幽土寒多正月風未解凍故冰猶可藏也蚤蚤朝也、韭菜名獻羔祭韭而後啓之月令仲春獻羔開冰先薦寢廟是也蘇氏曰古者藏冰發冰以節陽氣之盛夫陽氣之在天地譬猶火之著於物也故常有以解之十二月陽氣蘊伏錮而未發其盛在下則納冰於地中至於二月四陽作蟄蟲起陽始用事則亦始啓冰而廟薦之至於四月陽氣畢達陰氣將絕則冰於是大發食肉之祿老病喪浴冰無不及是以冬無愆陽夏無伏陰春無淒風秋無苦雨雷出不震無災霜雹癘疾不降民不夭札也胡氏曰藏冰開冰亦聖人輔相燮調之一事爾不専恃此以爲治也肅霜氣肅而霜降也滌場者農事畢而掃場地也兩尊曰朋鄉飲酒之禮兩尊壺于房戶閒是也躋升也公堂君之堂也稱舉也疆竟也○張子曰此章見民忠愛其君之甚既勸趨其藏冰之役又相戒速畢場功殺羊以獻于公舉酒而祝其壽也

七月八章章十一句

周禮籥章中春晝擊土鼓龡豳詩以逆暑中秋夜迎寒亦如之即謂此詩也王氏曰

仰觀星日霜露之變俯察昆蟲草木之化以知天時以授民事女服事乎內男服事乎外上以誠愛下下以忠利上父父子子夫夫婦婦養老而慈幼食力而助弱其祭祀也時其燕饗也節此七月之義也

鴟鴞鴟鴞既取我子又叶入聲無毁我室又叶上聲恩斯勤斯鬻由六反子之閔叶眉貧反斯比也

爲鳥言以自比也鴟鴞鵂鶹惡鳥攫鳥子而食者也室鳥自名其巢也恩情愛

也勤篤厚也鬻養閔憂也○武王克商使弟管叔鮮蔡叔度監于紂子武庚之國武王崩成王立周公相之而二叔以武庚叛且流言於國曰周公將不利於孺子故周公東征二年乃得管叔武庚而誅之而成王猶未知公之意也公乃作此詩以貽王託爲鳥之愛巢者呼鴟鴞而謂之曰鴟鴞鴟鴞爾既取我之子矣無更毀我之室也以我情愛之心篤厚之意鬻養此子誠可憐憫今既取之其毒甚矣況又毀我室乎以比武庚既敗管蔡不可更毀我王室也○迨天之未陰雨徹彼桑土音杜徒古反綢直留反

繆莫侯反牖戶叶後五反今女音汝下民或敢侮

予叶演女反○比也迨及徹取也桑杜也綢繆纏綿也牖巢之通氣處戶其出入處也○亦爲鳥言我及天未陰雨之時而往取桑根以纏綿巢之隙穴使之堅固以備陰雨之患則此下土之民誰敢有侮予者亦以比己深愛王室而預防其患難之意故孔子贊之曰爲此詩者其知道乎能治其國家誰敢侮之

○予手拮音吉据音居予所捋力活反予所蓄租子胡反予口卒瘏音徒曰予未有室家

叶古胡反○比也拮据手口共作之貌捋取也荼萑苕可藉巢者也蓄積租聚卒盡瘏病也室家巢也○亦爲鳥言作巢之始所以拮据以捋荼蓄租勞苦而至於盡病者以巢之未成也以比己之前日所以勤勞如此者以王室之新造而未集故也

○**予羽譙譙**（在消反）**予尾翛翛**（素彫）**予室翹翹**（祈消反）**風雨所漂**（匹遥反）**搖予維音嘵嘵**（呼堯反）○比也譙譙殺也翛翛敝也翹翹危也嘵嘵急也○亦爲鳥言羽殺尾敝以成其室而未定也風雨又從而飄搖之則我之哀鳴

安得而不急哉以比已既勞悴王室又未安而多難乘之則其作詩以諭王亦不得而不汲汲也

鴟鴞四章章五句（事見書金縢篇）

我徂東山慆慆（吐刀反）不歸（無韻未詳）我來自東零雨其濛我東曰歸我心西悲制彼裳衣勿士行（戶郎反）枚（叶謨悲反）蜎蜎（烏玄反）者蠋（音蜀）烝在桑野（叶上與反）敦（叶都迴反）彼獨宿亦

在事下

叶後五反○賦也東山所征之
地也慆慆言久也零落也濛雨
貌裳衣平居之服也勿士行枚未詳其
義鄭氏曰士事也行陳也枚如箸銜之
有繣結項中以止語也蜎蜎動貌蠋桑
蟲似蠶者也烝發語聲敦獨處不移之
貌此則興也○成王既得鴟鴞之詩又
感雷風之變始悟而迎周公於是周公
東征已三年矣既歸因作此詩以勞歸士
蓋爲之述其意而言曰我之東征既久
而歸塗又有遇雨之勞因追言其在東
而言歸之時心已西嚮而悲於是制其
平居之服而以爲自今可以勿爲行陳
銜枚之事矣及其在塗則又覩物起興

而自嘆曰彼蜎蜎者蠋其在彼桑野矣此敦然而獨宿者則亦在此車下矣

○我徂東山慆慆不歸我來自東零雨其濛果臝力果反之實亦施羊豉反于宇伊威在室蠨音蕭蛸所交反在戶後五反町他頂反畽他短反鹿場熠以執反燿以照反宵行叶戶郎反不可畏叶於非反也伊可懷叶胡威反也賦也果臝栝樓也施延也蔓生延施于宇下也伊威鼠婦也室不掃則有之蠨蛸小蜘蛛也戶

無人出入則結網當之町畽舍旁隙地也無人焉故鹿以爲場也熠燿明不定貌宵行蟲名如蠶夜行喉下有光如螢也○章首四句言其往來之勞在外之久故每章重言見其感念之深遂言已東征而室廬荒發至於如此亦可畏矣然豈可畏而不歸哉亦可懷思而已○我此則述其歸未至而思家之情也

我徂東山慆慆不歸我來自東零雨其濛鸛古玩反鳴于垤田節反叶地一反婦歎于室洒埽穹窒我征聿至叶入聲有敦都迴反瓜苦

烝在栗薪自我不見于今三年叶尼因反○賦

也鸛水鳥似鶴者也垤蟻塚也穹窒見
七月○將陰雨則穴處者先知故蟻出
垤而鸛就食之遂鳴於其上也行者之
妻亦思其夫之勞苦而歎息於家於是
洒掃穹窒以待其歸而其夫之行忽已
至矣因見苦瓜繫於栗薪之上而曰自
我之不見此亦已三年矣栗周土所宜
木與苦瓜皆微物也見之而喜則其行
久而感深
可知矣

○我徂東山慆慆不歸我來自東零雨其濛倉庚于飛熠燿其羽之

子于歸皇駁邦角反其馬叶滿補反親結其縭叶離羅二音九十其儀叶宜俄二音其新孔嘉叶居宜居何二反其舊如之何叶奚河二音○賦而興也倉庚飛昏姻時也熠燿鮮明也黃白曰皇騮白曰駁縭婦人之褘也毋戒女而爲之施衿結帨也九十其儀言其儀之多也○賦時物以起興而言東征之歸士未有室家者及時而昏姻既甚美矣其舊有室家者相見而喜當如何耶

東山四章章十二句序曰一章言其完也

二章言其思也三章言其室家之望女也四章樂男女之得及時也君子之於人序其情而閔其勞所以說也說以使民民忘其死其唯東山乎愚謂完謂全師而歸無死傷之苦思謂未至而思有愴恨之懷至於室家望女男女及時亦皆其心之所願而不敢言者上之人乃先其未發而歌詠以勞苦之則其歡欣感激之情爲如何哉蓋古之勞詩皆如此其上下之際情志交孚雖家人父子之相語無以過之此其所以維持鞏固數十百

年而無一旦土崩之患也

既破我斧，又缺我斨。七羊反。周公東征，四國是皇。哀我人斯，亦孔之將。

賦也。隋銎曰斧，方銎曰斨。征伐之用也。四國，四方之國也。皇，匡也。將，大也。○從軍之士以前篇周公勞己之勤，故言此以答其意曰：東征之役，既破我斧而缺我斨，其勞甚矣。然周公之為此舉，蓋將使四方莫敢不一於正而後已，其哀我人也，豈不大哉！然則雖有破斧缺斨之勞，而義有所不得辭矣。夫管蔡流言以謗周公，而公以六軍

之衆往而征之使其心一有出於自私
而不在於天下則撫之雖勤勞之雖至
而從役之士豈能不怨也哉今觀此詩
固足以見周公之心大公至正天下信
其無有一毫自愛之私抑又有以見當
是之時雖被堅執銳之人亦皆能以周
公之心爲心而不自爲一身一家之計
蓋亦莫非聖人之徒也學者於此熟玩
而有得焉則其心正大
而天地之情眞可見矣。**既破我斧，又缺**
我錡，錡，巨宜反，叶巨何反。**周公東征，四國是吪**。五戈
反。**哀我人斯，亦孔之嘉**。叶居何反。○賦也。錡，鑿屬。吪，化

嘉善也

○既破我斧，又缺我銶。音求 周公東征，四國是遒。在羞反 哀我人斯，亦孔之休。

賦也。銶，木屬。遒，歛而固之也。休，美也。

破斧三章，章六句。

范氏曰：象日以殺舜爲事，舜爲天子也，則封之；管蔡啓商以叛周，公之爲和也，則誅之。迹雖不同，其道則一也。蓋象之禍及於舜而已，故舜封之；管蔡流言，將危周公以間王室，得罪於天下，故周公誅之。非周公誅之，

天下之所當誅也周公豈得而私之哉

伐柯如何匪斧不克取七喻反妻如何匪媒不得比也柯斧柄也克能也媒通二姓之言者也○周公居東之時東人言此以比平日欲見周公之難○

伐柯伐柯其則不遠我覯古豆反之子籩豆有踐賤淺反○比也則法也我東人自我也之子指其妻而言也籩竹豆也豆木豆也踐行列之貌○言伐柯而有斧則不過即此舊斧之柯而得其新柯之法娶妻而有媒則亦不過即此

見之而成其同牢之禮矣東人言此以
比今日得見周公之易深喜之之詞也

伐柯二章章四句

九罭于逼反之魚鱒才損反魴音房我覯之子
衮古本反衣繡裳興也九罭九囊之網也鱒似鱓而鱗細眼赤魴
已見上皆魚之美者也我東人自我也
之子指周公也衮衣裳九章一曰龍二
曰山三曰華蟲雉也四曰火五曰宗彝
虎蜼也皆繢於衣六曰藻七曰粉米八
曰黼九曰黻皆絺於裳天子之龍一升二降
上公但有降龍以龍首卷然故謂之衮

也○此亦周公居東之時東人喜得見之而言九罭之網則有鱒魴之魚矣我覯之子則見其衮衣繡裳之服矣○鴻飛遵渚公歸無所於女音汝下同信處與也遵循也渚小洲也女東人自相女也再宿曰信○東人聞成王將迎周公又自相謂而言鴻飛則遵渚矣公歸豈無所乎今特於女信處而已○鴻飛遵陸公歸不復於女信宿與也高平曰陸不復言將留相王室而不復來東也○是以有衮衣兮無以我公歸兮無使我心

悲兮賦也承上二章言周公信處信宿於此是以東方有此服袞衣之人又願其且留於此無遽迎公以歸歸則將不復來而使我心悲也

九罭四章一章四句三章章三句

狼跋蒲末反其胡載疐丁四反其尾公孫音遜碩膚赤舄音昔几几興也跋躐也胡頷下懸肉也載則疐跲也老狼有胡進而躐其胡則退而跲其尾公周公也孫讓碩大膚美也赤舄冕服

之罵也几几安重貌〇周公雖遭疑謗
然所以處之不失其常故詩人美之言
狼跋其胡則疐其尾矣公遭流言之變
而其安肆自得乃如此蓋其道隆德盛
而安土樂天有不足言者所以遭大變
而不失其常也夫公之被毀以管蔡之
流言也而詩人以爲此非四國之所爲
乃公自讓其大美而不居耳蓋不使讒
邪之口得以加乎公之忠聖此可見其
愛公之深敬公之至而其立言亦有法
矣

〇狼疐其尾載跋其胡公孫碩膚德音不瑕

叶洪孤反〇興也德音猶令聞也瑕疵病也〇程子曰周公之

處己也夔夔然存恭畏之心其存誠也蕩蕩然無顧慮之意所以不失其聖而德音不瑕也

狼跋二章章四句

范氏曰神龍或潛或飛能大能小其變化不測然得而畜之若犬羊然有欲故也唯其可畜以有欲蓄之是以亦得醢而食之凡有欲之類莫不可制焉唯聖人無欲故天地萬物不能易也窮貴貧賤死生如寒暑晝夜相代乎前吾豈有二其心乎哉亦不順受之而已矣舜受堯之天下不

以爲黍孔子阨於陳蔡而不以
爲戚周公遠則四國流言近則
王不知而赤舄几几
德音不瑕其致一也

豳國七篇二十七章二百三
句

程元問於文中子曰敢問
豳風何也曰變風也元問
曰周公之際亦有變風乎
曰君臣相誚其能正乎成王終
疑周公則風遂變矣非周公
誠其孰卒正之哉元曰居
變風之末何也曰夷王以下
變風不復正矣夫子蓋傷之

也故終之以豳風言變之可
正也惟周公能之故係之以
正變而克正危而克扶始終
不失其本其惟周公乎係之
豳遠矣哉○籥章龡豳詩以
逆暑迎寒已見於七月之籥
矣又曰祈年于田祖則龡豳
雅以樂田畯祭蜡則龡豳頌
以息老物則考之於詩未見
其詩章之□□故鄭氏□分
七月之詩□□□其追情思
侈頌頌□□□□□推樂成
功者爲頌然□豳□□詩自笔
相應乃發取其□節而備用

之恐無此理故王氏不取而但謂本有是詩而亡之其說近是或者又疑但以七月全篇隨事而變其音節或以爲風或以爲雅或以爲頌則於理爲通而事亦可行如又不然則雅頌之中凡爲農事而作者皆可冠以豳號其說具於大田良耜諸篇讀者擇焉可也

詩卷第八

詩卷第九　朱熹集傳

小雅二

雅者正也正樂之歌也其篇本有大小之殊而先儒說又各有正變之別以今考之正小雅燕饗之樂也正大雅會朝之樂受釐陳戒之辭也故或歡欣和說以盡羣下之情或恭敬齊莊以發先王之德詞氣不同音節亦異多周公制作時所定也及其變也則事未必同而各以其聲附之其次序時世則有不同考者矣

鹿鳴之什二之一

雅頌無諸國別故以十篇爲一

卷而謂之什猶軍
法以十人爲什也
呦呦音幽鹿鳴叶音芒食野之苹叶音旁我有
嘉賓鼓瑟吹笙叶師莊反吹笙鼓簧音黃承筐
是將人之好呼報反示我周行叶戶郎反○興
也呦呦聲之和也苹藾蕭也青色白莖
如筯我主人也賓所燕之客或本國之
臣或諸侯之使也瑟笙燕禮所用之樂
也簧笙中之簧也承奉也筐所以盛幣
帛者也將行也奉筐而行幣帛飲則以
酬賓送酒食則以侑賓勸飽也周行人

言也古者於旅也語故欲於此聞其言
也。○此燕饗賓客之詩也蓋君臣之分
以嚴爲主朝廷之禮以敬爲主然一於
嚴敬則情或不通而無以盡其忠告之
益故先王因其飲食聚會而制爲燕饗
之禮以通上下之情而其樂歌又以鹿
鳴起興而言其禮意之厚如此庶乎人
之好我而示我以大道也記曰私惠不
歸德君子不自留焉蓋其所望於羣臣
嘉賓者唯在於示我以大道則必不以
私惠爲德而自留矣嗚呼此○**呦呦鹿**
其所以和樂而不淫也與

鳴食野之蒿我有嘉賓德音孔昭叶側豪反

視民不恌他彫反叶音洮君子是則是傚胡教反叶胡高反我有旨酒嘉賓式燕以敖牛刀反○興也蒿菣也即青蒿也孔甚昭明也視與示同恌偷薄也敖游也○言嘉賓之德音甚明足以示民使不偷薄而君子所當則微則亦不待言語之閒而其所以示我者深矣○呦呦鹿鳴食野之芩其今反我有嘉賓鼓瑟鼓琴鼓瑟鼓琴和樂音洛且湛都南反叶持林反我有旨酒以燕樂嘉賓之心

興也芩草名莖如釵股葉如竹蔓生湛
樂之久也燕安也○言安樂其心則非
止養其體娛其外而已蓋所以致其
慇懃之厚而欲其教示之無已也

鹿鳴三章章八句

按序以此爲燕羣臣嘉賓
之詩而燕禮亦云工歌鹿鳴四
牡皇皇者華即謂此也鄉飲酒
用樂亦然而學記言大學始教
宵雅肄三亦謂此三詩然則又
爲上下通用之樂矣豈本爲燕
羣臣嘉賓而作其後乃推而用
之鄉人也歟然於朝曰君臣焉
於燕曰賓主焉先王以禮使臣

之厚於此見矣○范氏曰食之以禮樂之以樂將之以實求之以誠此所以得其心也賢者豈不以飲食幣帛爲悅哉夫婚姻不備則貞女不行也禮樂不備則賢者不處也賢者不處則豈得樂而盡其心乎

四牡騑騑芳非反周道倭遲於危反豈不懷歸王事靡盬音古我心傷悲賦也騑騑行不止之貌周道大路也倭遲回遠之貌盬不堅固也○此勞使臣之詩也夫君之使臣臣之

事君禮也故爲臣者奔走於王事特以
盡其職分之所當爲而已何敢自以爲
勞哉然君之心則不敢以是而自安也
故燕饗之際叙其情以閔其勞言如此
四牡而出使於外其道路之回遠如此
當是時豈不思歸乎特以王事不可以
不堅固不敢徇私以廢公是以內顧而
傷悲也臣勞於事而不自言君探其情
而代之言上下之間可謂各盡其道矣
傳曰思歸者私恩也靡盬者公義也傷
悲者情思也無私恩非孝子也無公義
非忠臣也君子不以私害公不以家事
辭王事范氏曰臣之事上也必先公
而後私君之勞臣也必先恩而後義○

四牡騑騑嘽嘽他丹反駱音洛馬叶滿補反豈不懷歸王事靡盬不遑啓處賦也嘽嘽衆盛之貌白馬黑鬣曰駱遑暇啓跪處居也（）翩翩音篇者鵻當作隹朱惟反載飛載下叶後五反集于苞栩況甫反王事靡盬不遑將父扶雨反○興也翩翩飛貌鵻夫不也今鵓鳩也凡鳥之短尾者皆隹屬將養也○翩翩者鵻猶或飛或下而集於所安之處今使人乃勞苦於外而不遑養其父此君人者所以不能自安而深以爲憂也范氏曰

忠臣孝子之行役未嘗不念其親君之使臣豈待其勞苦而自傷哉亦憂其憂如己而已矣此聖人所以感人心也○翩翩者鵻載飛載止集于苞杞音起王事靡盬不遑將母叶滿彼反○興也杞枸檵也○駕彼四駱載驟助救反駸駸侵寢二音豈不懷歸是用作歌將母來諗深審二音○賦也駸駸驟貌諗告也以其不獲養父母之情而來告於君也非使人作是歌也設言其情以勞之耳獨言將母者因上章之文也

四牡五章章五句

按序言此詩所以勞使臣之來甚協詩意故春秋傳亦云而外傳以為章使臣之勤所謂使臣雖叔孫之自稱亦正合其本事也但儀禮又以為上下通用之樂疑亦本為勞使臣而作其後乃移以它用耳

皇皇者華[芳無反與夫叶]于彼原隰駪駪[所巾反]征夫每懷靡及

興也皇皇猶煌煌也華草木之華也高平曰原下濕曰隰駪駪衆多疾行之貌征夫使臣與其屬也懷思也○此遣使臣之詩

也君之使臣固欲其宣上德而達下情而臣之受命亦唯恐其無以副君之意也故先王之遣使臣也美其行道之勤而述其心之所懷曰彼煌煌之華則于彼原隰矣此駪駪然之征夫則其所懷思常若有所不及矣蓋亦因以為戒然其詞之婉而不迫如此詩之忠厚亦可見矣○

我馬維駒恭于恭侯二反**六轡如濡**如朱如由二反**載馳載驅**虧于虧由一反**周爰咨諏**子須子侯二反○賦也如濡鮮澤也周徧爰於也咨諏訪問也○使臣自以每懷靡及故廣詢博訪以補其不及而盡其職也程子

曰咨訪使臣之大務○我馬維騏音其六轡如絲叶新齎反載馳載驅周爰咨謀叶莫悲反○賦也如絲調忍也謀猶諏也變文以協韻爾下章放此○我馬維駱六轡沃若烏毒反載馳載驅周爰咨度待洛反○賦也沃若猶如濡也度猶謀也○我馬維駰音因六轡既均載馳載驅周爰咨詢賦也陰白雜毛曰駰均調也詢猶度也

皇皇者華五章章四句按序以此詩爲

君遣使臣春秋內外傳皆云君教使臣其說已見前篇儀禮亦見鹿鳴疑本為遣使臣而作其後乃移以它用也然叔孫穆子所謂君教使臣曰每懷靡及諏謀度詢必咨於周敢不拜教可謂得詩之意矣范氏曰王者遣使於四方教之以咨諏善道將以廣聰明也夫臣欲助其君之德必求賢以自助故臣能從善則可以善君矣臣能聽諫則可以諫君矣未有不自治而能正君者也

常棣之華鄂五各反不韡韡韋鬼反凡今之人莫如兄弟待禮反○興也常棣棣也子如櫻桃可食鄂鄂然外見之貌不猶豈不也韡韡光明貌○此燕兄弟之樂歌故言常棣之華則其鄂然而外見者豈不韡韡乎凡今之人則豈有如兄弟者乎○死喪之威兄弟孔懷叶胡威反原隰裒薄侯反矣兄弟求矣賦也威畏懷思裒聚也○言死喪之禍他人所畏惡惟兄弟為相恤耳至於積尸裒聚於原野之間亦惟兄弟為相求也此詩蓋周公既誅管蔡而

作故此章以下導以死喪急難鬭鬩之事爲言其志切其情哀乃處兄弟之變如孟子所謂其兄關弓而射之則己垂涕泣而道之者序以爲閔管蔡之失道者得之而又以爲文武之詩則誤矣大抵舊說詩之時世皆不足信舉此自相矛盾者以見其一端後不能悉辯也⊙

脊井益反**令**音零**在原**

兄弟急難叶泥沿反**每有良朋況也永歎**吐丹反叶他消反⊙興也脊令雝渠水鳥也況發語詞或曰當作怳⊙脊令飛則鳴行則搖有急難之意故以起興而言當此之時雖有良朋不過爲之長歎息而

大狀六

已力或不能相及也東萊呂氏曰疏其所親而親其所疏此失其本心者也故此詩反覆言朋友之不如兄弟蓋示之以親疏之分使之反循其本也本心既得則由親及疏秩然有序兄弟之親既篤而朋友之義亦敦矣初非薄於朋友也苟雜施而不孫雖曰厚於朋友如無源之水朝滿而夕除胡可保哉或曰人之在難朋友亦可以坐視歟曰每有良朋況也永嘆則非不憂憫但視兄弟急難爲有差等耳詩人之詞容有抑揚然常棣周公作也聖人之言小大高下皆宜而前後左右不相悖

○兄弟鬩許歷反于牆外禦其

務春秋傳作侮同州反每有良朋烝之承反也無戎叶而主反○賦也閱鬩很也禦禁也烝發語聲戎助也○言兄弟設有不幸鬩很于內然有外侮則同心禦之矣雖有良朋豈能有所助乎當是日兄弟雖有小忿不廢懿親○喪亂既平既安且寧雖有兄弟不如友生叶桑經反○賦也上章言患難之時兄弟相救非朋友可比此章遂言安寧之後乃有視兄弟不如友生者悖理之甚也○儐賓胤反爾籩豆飲酒之飫於慮反兄弟既具

和樂音洛且孺賦也儐陳飫饜具俱也孺小兒之慕父母也○言陳籩豆以醉飽而兄弟有不具焉則無與共享其樂矣○妻子好呼報反合如鼓瑟琴兄弟既翕許及反和樂且湛答南反叶持林反○賦也翕合也○言妻子好合如琴瑟之和而兄弟有不合焉則無以久其樂矣○宜爾室家叶古胡反樂爾妻帑音奴是究是圖亶其然乎就川平字爲韻○賦也帑子究窮圖謀亶信也○宜爾室家者兄弟具而後樂且孺也樂爾妻帑者兄弟

翕而後樂且湛也兄弟於人其重如此試以是究而圖之豈不信其然乎東萊呂氏曰告人以兄弟之當親未有不以爲然者也苟非是究是圖實從事於此則亦未有誠知其然者也不誠知其然則所知者特其名而已矣凡學蓋莫不然

常棣八章章四句此詩首章略言至親莫如兄弟之意次章乃以意外不測之事言之以明兄弟之情其切如此三章但言急難則淺於死喪矣至於四章則又以其情義

之甚薄而猶有所不能已者言之其序若曰不待死喪然後相恤但有急難便當相助言又不幸而至於或有小忿猶必共禦外侮其所以言之者雖若益輕以約而所以著夫兄弟之義者益深且切矣至於五章遂言安寧之後乃謂兄弟不如友生則是至親反為路人而人道或幾乎息矣故下兩章乃復極言兄弟之恩異形同氣死生苦樂無適而不相須之意卒章又申告之使反覆窮極而驗其信然可謂委曲漸次說盡人情矣讀者

伐木丁丁陟耕反鳥鳴嚶嚶於耕反出自幽谷遷于喬木嚶其鳴矣求其友聲相息亮反彼鳥矣猶求友聲矧伊人矣不求友生叶桑經反神之聽之終和且平興也丁丁伐木聲嚶嚶鳥聲之和也幽深遷升喬高相視矧況也○此燕朋友故舊之樂歌故以伐木之丁丁興鳥鳴之嚶嚶而言鳥之求友遂以鳥之求友喻人之不可無友也

人能篤朋友之好則神之聽之終和且平矣○伐木許許呼古反釃所宜反酒有藇象呂反既有肥羜直呂反以速諸父扶雨反寧適不來微我弗顧叶果五反於音烏粲洒所懈反埽蘇報反叶蘇吼反陳饋八簋叶已有反既有肥牡以速諸舅其九反寧適不來微我有咎其九反○興也許許衆人共力之聲淮南子曰舉大木者呼邪許此舉重勸力之歌也釃酒者或以筐或以草泲之而去其糟

也禮所謂縮酌用茅是也藇美貌羜未成羊也速召也諸父朋友之同姓而尊者也微無顧念也於歎辭粲鮮明貌八簋器之盛也諸舅朋友之異姓而尊者也先諸父而後諸舅者親疏之殺也咎過也○言具酒食以樂朋友如此寧使彼適有故而不來而無使我恩意之不至也孔子曰所求乎朋友先施之未能也此可謂能先施矣

○伐木于阪叶孚臠反釃酒有衍籩豆有踐在演反兄弟無遠民之失德乾餱音侯以愆叶起淺反有酒湑思呂反我無酒酤

音古我坎坎鼓我蹲蹲七旬反舞我迨音待我暇叶後五反矣飲此湑矣興也。衍，多也。踐，陳列貌。兄弟，朋友之同儕者。無遠，皆在也。先諸舅而後兄弟者，尊卑之等也。乾餱，食之薄者也。愆，過也。湑亦釃也。酤，買也。坎坎，擊鼓聲。蹲蹲，舞貌。迨，及也。○言人之所以至於失朋友之義者，非必有大故，或但以乾餱之薄不以分人，而至於有愆耳。故我於朋友不計有無，但及閒暇則飲酒以相樂也。

伐木三章章十二句

劉氏曰：此詩每章首

帆云伐木九三云伐木故知當為三章舊作六章誤矣今從其說正之

天保定爾亦孔之固俾爾單音丹厚何福不除直慮反俾爾多益以莫不庶賦也保安也爾指君也固堅單盡也除除舊而生新也庶衆也○人君以鹿鳴以下五詩燕其臣臣受賜者歌此詩以答其君言天下之安定我君使之獲福如此也○天保定爾俾爾戩子淺反穀罄無不宜受天

百祿降爾遐福維日不足賦也聞人氏曰戩與翦同盡也穀善也盡善云者猶其曰單厚多益也罄盡遐遠也爾有以受天之祿矣而又降爾以福言天人之際交相與也書所謂昭受上帝天其申命用休語意正如此〇天保定爾以莫不興如山如阜如岡如陵如川之方至以莫不增賦也興盛也高平曰陸大陸曰阜大阜曰陵皆高大之意川之方至言其盛長之未可量也〇吉蠲古玄反爲饎尺志反是用孝享叶虛

反衎從

祠烝嘗于公先王君曰卜爾萬壽無疆賦也吉言諏日擇士之善蠲言齋戒滌濯之潔饎酒食也享獻也宗廟之祭春曰祠夏曰禴秋曰嘗冬曰烝公先公也謂后稷以下至公叔祖類也先王大王以下也君通謂先公先王也卜猶期也此尸傳神意以嘏主人之詞文王時周未有曰先王者此必武王以後所作也○神之弔都歷反矣詒以之反爾多福叶筆力反民之質矣日用飲食羣黎百姓徧為爾德賦也弔至

也神之至矣猶言祖考來格也詒遺質
實也言其質實無僞日用飲食而已羣
衆也黎黑也猶秦言黔首也百姓庶民
也爲爾德者言則而象之猶助爾而爲
德也○如月之恒古登反如日之升如南山
之壽不騫起虔反不崩如松柏之茂無不
爾或承賦也恒弦升出也月上弦而就
盈日始出而就明騫虧也承繼
也言舊葉將落而新葉
已生相繼而長茂也

天保六章章六句

采薇采薇薇亦作止叶則故反曰歸曰歸歲

亦莫音慕止靡室靡家叶古乎反玁音險狁音允之

故不遑啓居玁狁之故興也薇菜名作生出地也莫晚

靡無也玁狁北狄也遑暇啓跪也○此

遣戍役之詩以其出戍之時采薇以食

而念歸期之遠也故爲其自言而以采

薇起興曰采薇采薇則薇亦作止矣以日

歸曰歸則歲亦莫止矣然凡此所以使

我舍其室家而不暇啓居者非上之人

固爲是以苦我也直以玁狁侵陵之故

有所不得已而然耳蓋叙其勤苦悲傷

之情而又風以義也程子曰毒民不由
其上則人懷敵愾之心矣又曰古者戍
役兩朞而還今年春莫行明年夏代者
至復留備秋至過十一月而歸又明年
中春至春暮遣次戍者每秋與冬初○
兩番戍者皆在疆圉如今之防秋也
采薇采薇薇亦柔止曰歸曰歸心亦憂
止憂心烈烈載飢載渴叶巨列反我戍未定
靡使歸聘興也柔始生而弱也烈烈憂貌載則也定止聘問也○言
戍人念歸期之遠而憂勞之甚然戍事
未已則無人可使歸而問其室家之安

否也○采薇采薇薇亦剛止曰歸曰歸歲亦陽止王事靡盬不遑啓處憂心孔疚叶訖力反我行不來叶六直反○興也剛既成而剛也陽十月也時純陰用事嫌於無陽故名之曰陽月也孔甚疚病也來歸也此見士之竭力致死無還心也○彼爾維何維常之華芳無胡瓜二反彼路斯何君子之車斤於尺奢二反戎車既駕四牡業業豈敢定居一月三捷興也爾華盛貌

常常棣也路戎車也君子謂將帥也業業壯也捷勝也○彼爾然而盛者常棣之華也彼路車者君子之車也戎車既駕而四牡盛矣則何敢以定居乎庶乎一月之閒三戰而三捷闕

○駕彼四牡四牡騤騤求龜反君子所依小人所腓符非反四牡翼翼象弭彌氏反魚服叶蒲北反豈不日戒叶訖力反玁狁孔棘

賦也騤騤強也依猶乘也腓猶芘也程子曰腓隨動也如足之腓足動則隨而動也翼翼行列整治之狀象弭以象骨飾弓弰也魚服魚獸名似猪

東海有之其皮背上斑文腹下純青可爲弓鞬矢服也戒警棘急也○言戎車者將帥之所依乘戍役之所庇倚且其行列整治而器械精好如此豈不日相警戒乎玁狁之難甚急誠不可以忘備也○昔我往矣楊柳依依今我來思雨于付反雪霏霏芳菲反行道遲遲載渴載飢我心傷悲莫知我哀叶於希反○賦也楊柳蒲柳也霏霏雪甚貌遲遲長遠也○此章又設爲役人預自道其歸時之事以見其勤勞之甚也程子曰此皆極道其勞苦憂傷之情

也上能察其情則雖勞而不怨雖憂而能勵矣范氏曰予於采薇見先王以人道使人後世則牛羊而已矣

采薇六章章八句

我出我車于彼牧叶莫狄反矣自天子所謂我來叶六直反矣召彼僕夫謂之載叶節力反矣王事多難乃旦反維其棘矣賦也牧郊外也自從也天子所居也僕夫御夫也○此勞還率之詩追言其始受命出征之時出車於郊

外而語其人曰我受命於天子之所而來於是乎召御夫使之載其車以行而戒之曰王事多難是行也不可以緩矣○我出我車于彼郊叶音高矣設此旐音兆矣建彼旄音毛矣彼旟音餘旐斯胡不旆旆叶蒲寐反憂心悄悄僕夫況瘁似醉反○賦也郊在牧內蓋前軍已至牧而後軍猶在郊也設陳也龜蛇曰旐建立也旄注旄於旗干之首也鳥隼曰旟鳥隼龜蛇曲禮所謂前朱雀而後玄武也楊氏曰師行之法四方之星各隨其方以爲左右前後進

退有度各司其局則士無失伍離次矣旆旆飛揚之貌悄悄憂貌況瘁也或云當作怳○言出車在郊建設旗幟彼旗幟者豈不旆旆而飛揚乎但將帥方以任大責重爲憂而僕夫亦爲之恐懼而憔悴耳東萊呂氏曰古者出師以喪禮處之命下之日士皆泣涕夫子之言○行三軍亦曰臨事而懼皆此意也

王命南仲往城于方出車彭彭叶鋪郎反旂旐央央叶於良反天子命我城彼朔方赫赫南仲玁狁于襄賦也王周王也南仲此時大將也方朔方今靈

夏箕州之地彭彭衆盛貌交龍爲旂此所謂左青龍也央央鮮明也赫赫威名光顯也襄除也或曰上也與懷山襄陵之襄同言勝之也○東萊呂氏曰大將傳天子之命以令軍衆於是車馬衆盛旂旐鮮明威靈氣焰赫然動人矣兵事以哀敬爲本而所尚則威二章之戒懼三章之奮揚並行而不相悖也程子曰城朔方而玁狁之難除禦戎狄之道守備爲本不以攻戰爲先也○昔

我往矣黍稷方華（叶芳無反）今我來思雨（于付反）雪載塗王事多難不遑啓居豈不懷

歸畏此簡書賦也華盛也塗塗凍釋而泥塗也簡書戒命也鄰國有急則以簡書相戒命也或曰簡書策命臨遣之詞也○此言其既歸在塗而本其往時所見與今還時所遭以見其出之久也東萊呂氏曰采薇之所謂往遣戍時也此詩之所謂往在道時也采薇之所謂來戍畢時也此詩之所謂來歸時在塗（）時也

喓喓於遙反草蟲趯趯他歷反阜螽未見君子憂心忡忡敕中反既見君子我心則降戶江反叶胡攻反赫赫南仲薄伐西

戎賦也此言將帥之出征也其室家感時物之變而念之以爲未見而憂之如此必既見然後心可降耳然此南仲今何在乎方往伐西戎而未歸也豈既却玁狁而還師以伐昆夷也與薄之爲言聊也蓋不勞餘力矣○春日遲遲卉許貴反木萋萋七西反倉庚喈喈音皆叶居奚反采蘩祁祁巨移反執訊音信獲醜薄言還音旋歸赫赫南仲玁狁于夷賦也卉草也萋萋盛貌倉庚黃鸝也喈喈聲之和也訊其魁首當訊問者也醜徒衆也夷平也○歐

陽氏曰述其歸時春日暄妍草木榮茂
而禽鳥和鳴於此之時執訊獲醜而歸
豈不樂哉鄭氏曰此時亦伐西戎獨言
平玁狁者玁狁大故以爲始以爲終

出車六章章八句

有杕大計反之杜有睆華版反其實王事靡
盬繼嗣我日日月陽止女心傷止征夫
遑止賦也睆實貌嗣續也陽十月也遑
暇也○此勞還役之詩故追述其
未遂之時室家感於時物之變而思之
曰特生之杜有睆其實則秋冬之交矣

而征夫以王事出乃以日繼日而無休息之期至于十月可以歸而猶不至故女心悲傷而曰征夫亦可以暇矣曷爲而不歸哉或曰興也下章放此○

有杕之杜其葉萋萋王事靡盬我心傷悲卉木萋止女心悲止征夫歸止賦也萋萋盛貌春將莫之時也歸止可以歸也○陟彼北山言采其杞王事靡盬憂我父母叶滿洧反檀車幝幝尺善反四牡痯痯古緩反叶古轉反征夫不遠賦也

檀木堅宜爲車。幝幝，敝貌。痯痯，罷貌。○登山采杞，則春已莫，而杞可食矣。蓋託以望其君子，而念其以王事詒父母之憂也。然檀車之堅而敝矣，四牡之壯而罷矣，則征夫之歸，亦不遠矣。○**匪載匪來**，叶六直反。**憂心孔疚**。叶訖力反。**期逝不至**，叶朱力反。**而多爲恤。卜筮偕止**，叶舉里反。**會言近止**，叶渠紀反。**征夫邇止**。

賦也。載，裝。疚，病。逝，往。恤，憂。偕，俱。會，合也。○言征夫不裝載而來，歸固已使我念之而甚病矣。況歸期已過，而猶不至，則使我多爲憂恤，宜如何哉。故且卜且筮，

相襲偶作合言於繇而皆曰近矣則征夫其亦邇而將至矣范氏曰以卜筮終之言思之切而無所不爲也

杕杜四章章七句

鄭氏曰遣將帥及戍役同歌同時欲其同心也反而勞之異歌異日殊尊卑也記曰賜君子小人不同日此其義也王氏曰出而用兵則均服同食一衆心也入而振旅則殊尊卑辨貴賤定衆志也范氏曰出車勞率故美其功杕杜勞衆故極其情先王以己之心爲人之心故能

曲盡其情使民忘
其死以然於上也

南陔此笙詩也有聲無詞舊在
魚麗之後以儀禮考之其
篇次當在此今
正之說見華黍

鹿鳴之什十篇一篇無辭九
四十六章三百九十七句

白華之什二之三毛公以南陔以
下三篇無辭故
升魚麗以足鹿鳴什數而附笙詩
三篇於其後因以南有嘉魚為次

什之首今悉
依儀禮正之

白華 笙詩也說見上下篇

華黍 亦笙詩也鄉飲酒禮鼓瑟而歌鹿鳴四牡皇皇者華然後笙入堂下磬南北面立樂南陔白華華黍燕禮亦鼓瑟歌鹿鳴四牡皇華然後笙入立于縣中奏南陔白華華黍南陔以下今無以考其名篇之義然曰笙曰樂曰奏而不言歌則有聲而無詞明矣所以知其篇第在此者意古經篇題之下必有譜

焉如投壺魯薛鼓
之節而亡之耳

魚麗力馳反于罶音柳與酒叶鱨音常鯊音沙叶蘇何反君子有酒旨且多興也麗歷也罶以曲薄爲笱而承梁之空者也鱨楊也今黃頰魚是也似燕頭魚身形厚而長大頰骨正黃魚之大而有力解飛者鯊鮀也魚狹而小常張口吹沙故又名吹沙君子指主人旨且多旨而又多也○此燕饗通用之樂歌即燕饗所薦之羞而極道其美且多見主人禮意之勤以優賓也或曰賦也下二章放此○魚麗于罶魴

鱧（音禮）君子有酒多且旨（興也鱧鮦也又以鯇也）○魚麗于罶鰋（音偃）鯉君子有酒旨且有（叶羽已反○興也鰋鮎也有猶多也）○物其多矣維其嘉（叶居何反）矣（賦也）○物其旨矣維其偕（叶舉里反）矣（賦也）○物其有（叶羽已反）矣維其時（叶上紙反）矣（賦也蘇氏曰多則患其不嘉旨則患其不齊有則患其不時今多而能嘉旨而能齊有而能時言曲全也）

魚麗六章三章章四句三章章

二句 按儀禮鄉飲酒及燕禮前樂旣畢皆閒歌魚麗笙由庚歌南有嘉魚笙崇丘歌南山有臺笙由儀閒代也言一歌一吹也然則此六者蓋一時之詩而皆爲燕饗賓客上下通用之樂毛公分魚麗以足前什而說者不察遂分魚麗以上爲文武詩嘉魚以下爲成王詩其失甚矣

由庚

此亦笙詩說見魚麗

南有嘉魚烝之承反然罩罩張教竹卓二反君子有酒嘉賓式燕以樂五教歷各二反○興也南謂江漢之間嘉魚鯉質鱒鯽肌出於沔南之丙穴烝然發語聲也罩罩篧也編細竹以罩魚者也重言罩罩非一之詞也○此亦燕饗通用之樂故其辭曰南有嘉魚則必烝然而罩罩之矣君子有酒則必與嘉賓共之而式燕以樂矣此亦因所薦之物而道達主人樂賓之意也○南有嘉魚烝然汕汕所諫反君子有酒嘉賓式燕以衎苦旦反○興也

汕，樔也，以薄汕魚也。衎，樂也。○南有樛居虯反木，甘瓠音護纍力追反之。君子有酒，嘉賓式燕綏之。興也。○東萊呂氏曰：瓠有甘有苦，甘瓠則可食者也。樛木下垂而美實纍之，固結而不可解也。愚謂此興之取義者，似比而實興也。○翩翩者鵻之誰反，烝然來叶六直、陵之二反。思君子有酒，嘉賓式燕又叶夷昔反，或如字。思。興也。此興之全不取義者也。思，語詞也。又，既燕而又燕，以見其至誠有加而無已也。或曰：又思，言其又思念而

不忘也

南有嘉魚四章章四句說見魚麗

崇丘說見魚麗

南山有臺叶田飴反北山有萊叶陵之反樂音洛只音紙君子邦家之基樂只君子萬壽無期

興也臺夫須即莎草也萊草名葉香可食者也君子指賓客也○此亦燕饗通用之樂故其辭曰南山則有臺矣北山則有萊矣樂只君子則邦家之基矣樂

只君子則萬壽無期矣所以道達主人尊賓之意美其德而祝其壽也○

南山有桑北山有楊樂只君子邦家之光樂只君子萬壽無疆興也○南山有杞北山有李樂只君子民之父母叶滿彼反樂只君子德音不已興也杞樹如樗一名狗骨○南山有栲音考叶音口北山有杻女久反樂只君子遐不眉壽叶直酉反樂只君子德音是茂叶莫

以反○興也栲山樗杻檍○南山有枸

也遐何通眉壽秀眉也

俱甫反北山有楰庾音樂只君子遐不黃耇

音苟叶果五反樂只君子保艾五蓋反爾後叶下五反

○興也枸枳枸樹高大似白楊有子著

枝端大如指長數寸噉之甘美如飴八

月熟亦名木蜜楰鼠梓樹葉木理如楸

亦名苦楸黃老人髮白復黃也耇老人面

凍梨色如浮垢

也保安艾養也

南山有臺五章章六句說見魚麗

由儀 說見魚麗

蓼音六彼蕭斯零露湑息呂反兮既見君子我心寫叶想羽反兮燕笑語兮是以有譽處兮

興也蓼蓼長大貌蕭蒿也湑湑然蕭上露貌君子指諸侯也寫輸寫也燕燕謂燕飲譽善聲也處安樂也蘇氏曰譽豫通凡詩之譽皆言樂也亦通○諸侯朝于天子天子與之燕以示慈惠故歌此詩言蓼彼蕭斯則零露湑然矣既見君子則我心輸寫而無留恨矣是以燕笑語而有譽處也其曰既見蓋於其初燕

而歌之也○蓼彼蕭斯零露瀼瀼如羊反既見君子爲龍爲光其德不爽叶師莊反壽考不忘興也瀼瀼露蕃貌龍寵也爲龍爲光喜其德之詞也爽差也其德不爽則壽考不忘矣褒美而祝頌之又因以勸戒之也○蓼彼蕭斯零露泥泥乃禮反既見君子孔燕豈弟宜兄宜弟待禮反令德壽豈開改反叶去禮反○興也泥泥露濡貌孔甚豈樂弟易也宜兄宜弟猶曰宜其家人蓋諸侯繼世而立多疑忌其兄

弟如晉詛無畜羣公子秦鍼懼選之類故以宜其兄弟美之亦所以警戒之也壽豈壽而且樂也○蓼彼蕭斯零露濃濃奴同反既見君子鞗徒彫反革沖沖敕弓反和鸞雝雝萬福攸同

興也濃濃厚貌鞗轡也革轡首也馬轡所把之外有餘而垂者也沖沖垂貌和鸞皆鈴也在軾曰和在鑣曰鸞皆諸侯車馬之飾也庶焌亦以君子目諸侯而稱其鸞旂之美正以類也攸所同聚也

蓼蕭四章章六句

湛湛直減反露斯匪陽不晞音希厭厭於鹽反夜飲不醉無歸興也湛湛露盛貌陽日晞乾也厭厭安也亦久也足也夜飲私燕也燕禮宵則兩階及庭門皆設大燭焉○此亦天子燕諸侯之詩言湛湛露斯非日則不晞猶厭厭夜飲不醉則不歸蓋於其夜飲之終而歌之也○湛湛露斯在彼豐草厭厭夜飲在宗載考興也豐茂也夜飲必於宗室蓋路寢之屬也考成也○湛湛露斯在彼杞棘顯允君子莫不令

德興也顯明允信也君子指諸侯爲賓者也令善也令德謂其飲多而不亂德足以將之也○其桐其椅於宜反其實離離豈弟君子莫不令儀興也離離垂也令儀言醉而不喪其威儀也

湛露四章章四句春秋傳甯武子曰諸侯朝正於王王宴樂之於是賦湛露曾氏曰前兩章言厭厭夜飲後兩章言令德令儀雖過三爵亦可謂不繼以淫矣

白華之什十篇五篇無辭九
二十三章一百四句

詩卷第九

詩卷第十　朱熹集傳

彤弓之什二之三

彤弓弨（尺招反）兮受言藏之我有嘉賓中心貺（叶虛王反）之鍾鼓既設一朝饗（叶虛良反）之

賦也彤弓朱弓也弨弛貌貺與也大飲賓曰饗○此天子燕有功諸侯而錫以弓矢之樂歌也東萊呂氏曰受言藏之言其重也弓人所獻藏之王府以待有功不敢輕予人也中心貺之言其誠也中心實欲貺之非由外也一朝饗之言

其速也以王府寶藏之弓一朝畀以界人未嘗有遲留顧惜之意也後世視府藏爲己私分至有以武庫兵賜弄臣者則與受言藏之者異矣賞賜非出於利誘則迫於事勢至有朝賜鐵券而暮屠戮者則與中心貺之者異矣屯膏吝賞功臣解體至有印刓而不忍予者則與一朝饗之者異矣○彤弓弨兮受言載叶子利反之我有嘉賓中心喜叶去聲之鍾鼓既設一朝右音又叶羽已反之賦也弨抗之也喜樂也右勸也尊也○彤弓弨兮受言櫜古刀反叶

戶號反之我有嘉賓中心好呼報反之鐘鼓
既設一朝醻市由反叶大到反之貺也櫜韜好說醻報也飲
酒之禮主人獻賓賓酢主人主人又酬
自飲而遂酬以飲賓謂之醻醻猶厚也
勸也

彤弓三章章六句春秋傳甯武
子曰諸侯敵
王所愾而獻其功於是乎賜之
彤弓一彤矢百玈弓矢千以覺
報宴注曰愾恨怒也覺明也謂
諸侯有四夷之功王賜之弓矢

又爲歌彤弓以明報功宴樂鄭氏曰九諸侯賜弓矢然後專征伐東萊呂氏曰所謂專征者如四夷入邊臣子篡弒不容待報者其心則九伐之灋乃大司馬所職非諸侯所專也與後世強臣拜表輒行者異矣

菁菁子丁反者莪五何反在彼中阿既見君子樂音洛且有儀叶牛何反○興也菁菁盛貌莪蘿蒿也中阿阿中也大陵曰阿君子指賓客也○此亦燕飲賓客之詩言菁菁者莪則在彼中

阿矣既見君子則其心喜樂而有禮儀矣或曰以菁菁者莪其光君子容貌威儀之盛也下章放此

○菁菁者莪在彼中沚音止既見君子我心則喜興也中沚沚中也喜樂也

○菁菁者莪在彼中陵既見君子錫我百朋興也中陵陵中也古者貨貝五貝爲朋錫我百朋者見之而喜如得重貨之多也

○汎汎芳劒反楊舟載沈載浮既見君子我心則休興也楊舟楊木爲舟也載則也載沈載浮猶言載清載濁

載馳載驅之類以戒未見君子而
心不定也休者休休然言安定也

菁菁者莪四章章四句

六月棲棲音西戎車既飭音敕四牡騤騤求龜反載是常服叶蒲北反玁狁孔熾尺志反我是用急叶訖力反王于出征以匡王國叶于逼反賦也六月建未之月也棲棲猶皇皇不安之貌戎車兵車也飭整也騤騤強貌常服戎事之常服以韎韋爲弁又以爲衣而素裳白舄也玁狁即獫狁北狄也孔

其於三王也。成康既沒周室寖衰
八世而厲王胡暴虐周人逐之出居于
彘玁狁內侵逼近京邑王崩子宣王靖
即位命尹吉甫帥師伐之有功而歸詩
人作歌以敘其事如此司馬法冬夏不
興師今乃六月而出師者以玁狁甚熾
其事危急故不得已而王命之以出征以正王國也○

比毗志反**物四驪閑之維則維此六月既成我服**叶蒲北反**我服既成于三十里王于出征以佐天子**叶奬履反○賦也比物齊其力也凡大事祭祀朝覲會同毛馬而頒

馬之凡軍事物馬而頒之毛馬齊其色物
齊其力吉事尚文武事尚強也則法
也服戎服也三十里一舍也古者吉行
日五十里師行三十里○既比其物
而曰四驪[illegible]齊可以見馬之有
餘矣閑習[illegible]中法則又可以見教
之有素矣○足此月之中即成我服既止
成我服[illegible]日引道不徐不疾盡合而[illegible]
又其[illegible]變之速從事之敏而不久其
[illegible]命於此而出征欲其有以[illegible]敵
[illegible]○四牡脩廣其大有顒[illegible]及
薄伐玁狁以奏膚公有嚴有翼共武

之服（叶蒲北反）共武之服以定王國（叶于逼反○賦也脩長廣大也顒大貌奏爲膚大公功嚴威翼敬也共與供同服事也言將帥皆嚴敬以共武事也）玁狁匪茹（如豫反）整居焦穫（音護）侵鎬（胡老反）及方至于涇陽織（音志）文鳥章白旆央央（於良反）元戎十乘（繩證反）以先啓行（叶户郎反○賦也茹度整齊也焦穫鎬方皆地名焦未詳所在穫郭璞以爲瓠中則今在耀州三原縣也鎬劉向以爲千里之鎬則非鎬京之鎬矣）

亦未詳其所在也方疑即朔方也涇陽
涇水之北在豐鎬之西北言其深入爲
寇也織微也與幟同鳥章鳥隼之章也白旆
繼旐者也央央鮮明貌元大也戎車
也軍之前鋒也啓開行道也猶言發程
也○言玁狁不自度量深入爲寇如此
是以建此旌旗選鋒銳進聲其罪而致
討焉直而壯律而臧有所不戰戰必勝
矣

戎車既安叶於連反如輊竹二反如軒四
牡既佶其乙反既佶且閑叶胡田反薄伐玁狁
至于大原叶愚袁反文武吉甫萬邦爲憲叶許言反

一拭也輊車之覆而前也軒車之卻而後也凡車從後視之如輊從前視之如軒然後適調也佶壯健貌大原亦曰大鹵今在太原府陽曲縣至于大原言逐出之而已不窮追也先王治戎狄之法如此吉甫尹吉甫此時大將也憲法也非文無以附衆非武無以威敵能文能武則萬邦以之為法矣○吉

甫燕喜既多受祉來歸自鎬我行永久叶舉里反飲於鴆反御諸友叶羽已反炰白交反鼈膾鯉侯誰在矣張仲孝友叶羽已反○賦也祉福御進侯

然張仲吉甫之友也善父母曰孝善
兄弟曰友○此言吉甫燕飲喜樂多受
福祉蓋以其歸自鎬而行永久也是以
飲酒進饌於朋友而孝友之張仲在焉
言其所與燕者之賢所
以賢吉甫而喜是燕也

六月六章章八句

薄言采芑音起于彼新田于此菑畝側其反叶每彼反
方叔涖止音利其車三千師干之試叶詩止反下同
方叔率止乘其四騏四騏翼翼

路車有奭許力反簟茀音弗魚服叶蒲北反鉤膺

鞗音條革叶訖力反○興也芑苦菜也青白色摘其葉有白汁出肥可生食亦可蒸爲茹即今苦蕒菜宜馬食軍行采之人馬皆可食也田一歲曰菑二歲曰新田三歲曰畬方叔宣王卿士受命爲將者也涖臨也其車三千法當用三十萬衆蓋兵車一乘甲士三人步卒七十二人又二十五人將重車在後凡百人也然此亦極其盛而言未必實有此數也師衆干扞也試肄習也言衆且練也率總率之也翼翼順序貌路車戎路也奭赤貌簟茀以方文竹簟爲車蔽

也鉤膺馬婁頷有鉤而在膺有樊有纓也樊馬大帶纓鞅也鞗革見蓼蕭篇○宣王之時蠻荆背叛王命方叔南征軍行采芑而食故賦其事以起興曰薄言采芑則于彼新田于此菑畝矣方叔涖止則其車三千師干之試矣又遂言其車馬之美以見軍容之盛也○薄言采芑于彼新田于此中鄉方叔涖止其車三千旂旐央央方叔率止約軧(祁支反)錯衡(叶戶郎反)八鸞瑲瑲(七羊反)服其命服朱芾(叶方味反)斯皇有瑲

葱珩[illegible]〇約也中鄭氏居[illegible]軝轂也以皮纏束長轂之[illegible]朱之也錯文也鈴在鑣曰鸞馬口兩旁各一四馬故八也瑲瑲聲也命服天子所命之服也朱芾黃朱之芾也皇猶煌煌也瑲玉聲葱蒼色如葱者也珩佩首横玉也禮三命赤芾葱珩〇鴥惟必反彼飛隼息允反其飛戾天亦集爰止方叔涖止其車三千師干之試方叔率止鉦音征人伐鼓陳師鞠居六反旅顯允方叔伐鼓淵淵

叶於巾反**振旅闐闐**徒顛反叶徒隣反○興也隼鷂屬急疾之鳥也戾至爰於也鉦鐃也鐲也伐擊也鉦以靜之鼓以動之鉦鼓各有人而言鉦人以伐鼓互文也鞠告也二千五百人爲師五百人爲旅此言將戰陳其師旅而誓告之也陳師告旅亦互文耳淵淵鼓聲千和不恭怒也謂戰時進士衆也振止旅衆也言戰罷而止其衆以入也春秋傳曰出曰治兵入曰振旅是也闐闐亦鼓聲也或曰盛貌程子曰振旅亦以鼓行金止○言隼飛戾天而亦集於所止以興師衆之盛而進退有節如下文所云也○**蠢**尺允反**爾蠻**

荆大邦爲讎方叔元老克壯其猶方叔率止執訊獲醜音信叶尺由反戎車嘽嘽吐丹反嘽嘽焞焞吐雷反如霆如雷顯允方叔征伐玁狁蠻荆來威叶音隈○賦也蠢者動而無知之貌蠻荆荆州之蠻也大邦猶言中國也元大猶謀也言方叔雖老而謀則壯也嘽嘽衆也焞焞盛也霆疾雷也方叔蓋嘗與於北伐之功者是以蠻荆聞其名而皆來畏服也

采芑四章章十二句

我車既攻，我馬既同。四牡龐龐，鹿同反駕言徂東。賦也。攻，堅。同，齊也。傳曰：宗廟齊豪，尚純也；戎事齊力，尚強也；田獵齊足，尚疾也。龐龐，充實也。東，東都洛邑也。周公相成王，營洛邑爲東都，以朝諸侯。周室既衰，久廢其禮。至于宣王，內脩政事，外攘夷狄，復文武之竟土，脩車馬，備器械，復會諸侯於東都，因田獵而選車徒焉。故詩人作此以美之。首章汎言將往東都也。

田車既好，叶許厚反四牡孔阜。

符有反東有甫草叶此苟反駕言行狩叶始九反賦也田車田獵之車好善也阜盛大也甫草甫田也後為鄭地今開封府中牟縣西圃田澤是也宜王之時未有鄭圃田屬東都畿內故往田也○此章指言將往狩于圃田也之子于苗叶音毛選徒囂囂五刀反建旐設旄搏音博獸于敖賦也之子有司也苗狩獵之通名也選數也囂囂聲衆盛也數車徒者其聲囂囂則車徒之衆可知且車徒不譁而惟數者有聲又見其靜治也敖近滎陽地名也○此章言至東

都而選徒以獵也〇駕彼四牡四牡奕奕赤芾金舄會同有繹賦也奕奕連絡布散之貌赤芾諸侯之服金舄赤舄而加金飾亦諸侯之服也時見曰會殷見曰同繹陳列聯屬之貌也〇此章言諸侯來會朝於東都也〇決拾既佽音次與柴叶弓矢既調讀如同調同叶射夫既同助我舉柴子智反〇賦也決以象骨為之著於右手大指所以鉤弦開體拾以皮為之著於左臂以遂弦故亦名遂佽比也調謂弓強弱與矢輕重相得也射夫蓋諸侯來會

者同協也、柴說文作㧘謂積禽也、使諸
矣之人取而舉之言獲多也○此章言
既會同而
田獵也
○四黃既駕兩驂不猗於寄
於箇
二反不失其馳[illegible]反舍音捨矢如破彼寄
過二反
○賦也、猗偏倚不正也、馳馳驅之法也、
舍矢如破巧而力也、蘇氏曰、不善射御
者詭遇則獲、不然不能也、今御者不失
其馳驅之法、而射者舍矢如破、則可謂
善射御矣○此章言田
獵而見其射御之善也
○蕭蕭馬鳴悠
悠旆旌徒御不驚大庖蒲交
反不盈賦也
蕭蕭

悠悠皆閑暇之貌徒步卒也御車御也
驚如漢書夜軍中驚之驚不驚言比卒
事不喧譁也大庖君庖也不盈言取之
有度不極欲也蓋古者田獵獲禽面傷
不獻踐毛不獻不成禽不獻擇取三等
自左膘而射之達于右腢為上殺以為
乾□□本□□達右耳本若□□以為賓
□而大髀□達于右髀為下殺以充君庖
故□□□十焉每等得十其餘以與士
□□習射於澤宮中者□□□以獲雖
□而君庖不盛也充□□餘雖多而無
□□□□□□而本□□□□中有以則
何□一不□也□試人□□也不俗盈
也□□□□□十□然耳□□□□□

也○之子于征有聞（音問）無聲允矣君子展也大成（賦也允信展誠也聞師之行而不聞其聲言至肅也信矣其君子也誠哉其大成也○此章總序其事之始終而深美之也）

車攻八章章四句（以五章以下考之恐當作四章章八句）

吉日維戊（叶莫吼反）既伯既禱（叶丁口反）田車既好（叶許口反）四牡孔阜（叶符有反）升彼大阜從其

羣醜賦也戊剛日也伯馬祖也謂天駟房星之神也醜衆也謂禽獸之羣衆也○此亦宣王之詩言將用馬力故以吉日祭馬祖而禱之既祭而車牢馬健於是可以歷險而從禽也以下章推之是日也其戊辰與○**吉**

日庚午既差我馬叶滿補反**獸之所同麀**音憂**鹿麌麌**愚甫反**漆沮**七徐反**之從天子之所**

賦也庚午亦剛日也差擇齊其足也同聚也鹿牝曰麀麌麌衆多也漆沮水名在西都畿內涇渭之北所謂洛水今自鹽章流入鄜坊至同州入河也○戊辰

之日既禱矣越二日庚午遂擇其馬而乘之視獸之所聚麀鹿最多之處而從之於漆沮之旁為盛宜為天子出備之所也○瞻彼中原其祁孔有叶羽己反儦儦表驕反俟俟叶于紀反或羣或友叶羽己反悉率左右叶羽己反以燕天子叶獎履反○賦也中原原中也祁大也望則儦儦行則俟俟獸三曰羣二曰友燕樂也○言從王者視彼禽獸之多於是率其同事之人各共其事以樂天子也

○既張我弓既挾子洽反我矢發彼小豝

殪（音於計反）此大兕（徐履反）以御賓客且以酌醴

賦也發發矢也豕牝曰豝壹矢而死曰殪兕野牛也言能中微而制大也御進也醴酒名周官五齊二曰醴齊注曰醴成而汁滓相將如今甜酒也○言射而獲禽以為俎實進於賓客而酌醴也

吉日四章章六句

東萊呂氏曰車攻吉日所以為復古者何也蓋蒐狩之禮可以見王賦之復焉可以見軍實之盛焉可以見師律之嚴焉可以見上下之情焉可以見綜

鴻鴈于飛，肅肅其羽。之子于征，劬勞于野。爰及矜人，哀此鰥寡。

叶果五反。興也。大曰鴻，小曰鴈。肅肅，羽聲也。之子，流民自相謂也。征，行也。劬勞，病苦也。矜，憐也。老而無妻曰鰥，老而無夫曰寡。○舊說周室中衰，萬民離散，而宣王能勞來還定安集之，故流民喜之而作此詩，追敘其始而言曰：鴻鴈于飛，則肅肅其羽矣；之子于征，則劬勞于野矣。且其劬勞者，皆鰥寡可哀憐之人也。然今亦未有以見其爲宣王之詩。後三篇放此。

○鴻鴈于飛，集于中澤。叶徒洛反。之子于垣，音袁。百堵丁古反皆作。雖則劬勞，其究安宅。叶達各反。○興也。中澤，澤中也。一丈爲板，五板爲堵。究，終也。○流民自言鴻鴈集于中澤以興己之得其所止而築室以居，今雖勞苦而終獲安定也。

○鴻鴈于飛，哀鳴嗷嗷。五刀反。維此哲人，謂我劬勞。維彼愚人，謂我宣驕。叶音高。○流民以鴻鴈哀鳴自比而作此歌也哲知宣示也知知者聞我歌知其出於劬勞不知者謂我閑暇而宣驕也韓詩云勞者歌其事魏風亦云我歌且謡不我知者謂我士也驕大抵歌多出於勞苦而不知者常以爲驕也

鴻鴈三章章六句

夜如何其音基夜未央庭燎之光君子至止鸞聲將將七羊反○賦也其語詞央中也庭燎大燭也諸侯將朝則司烜以物百枚并而束之設於門內也君子諸侯也將將鸞鑣聲○王將

起視朝不安於寢而問夜之早晚曰夜如何哉夜雖未央而庭燎光矣朝者至而聞其鸞聲矣○夜如何其夜未艾音乂叶庭燎晣晣之世反與艾叶君子至止鸞聲噦噦呼會反○賦也艾盡也晣晣小明也噦噦近而聞其徐行聲有節也○夜如何其夜鄉晨許亮反庭燎有煇許云反君子至止言觀其旂叶渠斤反○賦也鄉晨近曉也煇火氣也天欲明而見其煙光相雜也既至而觀其旂則辨色矣

庭燎三章章五句

沔綿善反彼流水朝直遥反宗于海叶虎洧反鴥惟必反彼飛隼息允反載飛載止嗟我兄弟邦人諸友羽軌反莫肯念亂誰無父母叶蒲洧反○興也沔水流滿也諸侯春見天子曰朝夏見曰宗○此憂亂之詩言流水猶朝宗于海飛隼猶或有所止而我之兄弟諸友乃無肯念亂者誰獨無父母乎亂則憂或及之是豈可以不念哉○沔彼流水其流

湯湯失羊反鴥彼飛隼載飛載揚念彼不
蹟井亦叶戶郎反載起載行心之憂矣不可
弭忘興也湯湯波流盛貌不蹟不循道
也載起載行言憂念之深不遑寧
處也弭止也水盛隼揚
以興憂念之不能忘也○鴥彼飛隼率
彼中陵民之訛言寧莫之懲我友敬矣
讒言其興興也率循訛偽懲止也○隼
之高飛猶循彼中陵而民之
訛言乃無懲止之者然我之友誠能敬
以自持矣則讒言何自而興乎始憂於

人而卒反諸已也

沔水三章二章章八句一章六句疑當作三章章八句卒章脫前兩句耳

鶴鳴于九皐聲聞音問于野叶上與反魚潛在淵或在于渚樂音洛彼之園爰有樹檀叶徒沿反其下維蘀音託下同它山之石可以爲錯七落反○比也鶴鳥名長頸竦身高脚頂赤身白頸尾黑其鳴高亮聞八九里

皋澤中水溢出所爲坎從外數至九喻深遠也蘀落也錯礪石也○此詩之作不可知其所由然必陳善納誨之詞也蓋鶴鳴于九皋而聲聞于野言誠之不可揜也魚潛在淵而或在于渚言理之無定在也園有樹檀而其下維蘀言愛當知其惡也他山之石而可以爲錯言憎當知其善也由是四者引而伸之觸類而長之天下之理其庶幾乎

（）**鶴鳴于九皋聲聞于天**（叶鐵因反）**魚在于渚或潛在淵**（叶一均反）**樂彼之園爰有樹檀其下維蘀**（[illegible]）**它山之石可**

以攻玉○比也穀一名楮惡木也攻錯也程子曰玉之溫潤天下之至美也石之粗厲天下之至惡也然兩玉相磨不可以成器以石磨之然後玉之爲器得以成焉猶君子之與小人處也横逆侵加然後脩省畏避動心忍性增益預防而義理生焉道德成焉吾聞諸邵子云

鶴鳴二章章九句

彤弓之什十篇四十章二百五十九句疑脫兩句當爲二百六十一句

詩卷第十

詩卷第十一　朱熹集傳

祈父之什二之四

祈（勤衣反）父（音甫）予王之爪牙（叶五胡反）胡轉予于恤靡所止居（賦也祈父司馬也職掌封圻之兵甲故以爲號康誥曰圻父薄違是也予六軍之士也或曰司右虎賁之屬也爪牙鳥獸所用以爲威者也恤憂也○軍士怨於久役故呼祈父而告之曰予乃王之爪牙汝何轉我於憂恤之地使我無所止居乎）○祈父予王之爪

士鉏里反胡轉予于恤，靡所底之履反止。賦也。

爪上爪牙之士也。底，至也。（）祈父，亶不聰。胡轉予于恤，有母之尸饔。賦也。亶，誠。尸，主也。饔，熟食也。言不得奉養，而使母反主勞苦之事也。○東萊呂氏曰：越勾踐伐吳，有父母耆老而無昆弟者皆遣歸；魏公子無忌救趙，亦令獨子無兄弟者歸養。則古者有親老而無兄弟，其當免征役，必有成法，故責司馬以不聰。其意謂此法人皆聞之，汝獨不聞乎？乃驅吾從戎，使吾親不免薪水之勞也。責司馬者，不敢斥王也。

祈父三章章四句序以爲刺宣王之詩說者又以爲宣王三十九年戰于千畝王師敗績于姜氏之戎故軍士怨而作此詩東萊呂氏曰太子晉諫靈王之詞曰自我先王厲宣幽平而貪天禍至于今未弭宣王中興之主也至與幽厲並數之其詞雖過觀是詩所刺則子晉之言豈無所自歟但今考之詩文未有以見其必爲宣王耳下篇放此

皎皎古了反白駒食我場苗縶陟立反之維

之以永今朝所謂伊人於焉逍遥賦也
皎皎白駒馬之未壯者謂賢者所乘也
場圃也縶絆其足維繫其靷也永久也
伊人指賢者也逍遥遊息也○爲此詩
者以賢者之去而不可留也故託以其
所乘之駒食我場苗而縶維之庶幾以
永今朝使其人得以於此逍遥而不去
若後人留客而投
其轄於井中也
皎皎白駒食我場藿縶之維之以永今夕[illegible]所謂伊人於焉嘉客[illegible]猶[illegible]猶

逍遥也○皎皎白駒賁彼義反又音奔然來叶陵之反思爾公爾侯叶洪孤反逸豫無期慎爾優游叶云俱反勉爾遁思叶新齋反○賦也賁然光采之貌也或以為來之疾也思語詞也爾指乘車之賢人也慎勿過也勉毋決也遁思猶言去意也○言此乘白駒者若其肯來則以爾為公以爾為侯而逸樂無期矣猶言橫來大者王小者侯也豈可以過於優游決於遁思而終不我顧哉蓋愛之切而不知好爵之不足縻留之苦而不恤其志之不得遂也○皎皎白駒

在彼空谷生芻楚俱反一束其人如玉毋金玉爾音而有遐心賦也賢者必去而不可留矣於是歎其乘白駒入空谷束生芻以秣之而其人之德美如玉也蓋已邈乎其不可親矣然猶冀其相聞而無絶也故語之曰毋貴重爾之音聲而有遠我之心也

白駒四章章六句

黄鳥黄鳥無集于穀無啄陟角反我粟此邦之人不我肯穀言旋言歸復我邦族

比也穀木名穀善旋回復反也○民適異國不得其所故作此詩託為呼其黃鳥而告之曰爾無集于穀而啄我之粟苟此邦之人不以善道相與則我亦不久於此而將歸矣

○黃鳥黃鳥無集于桑無啄我粱此邦之人不可與明（叶謨郎反）言旋言歸復我諸兄（叶虛王反○比也）

○黃鳥黃鳥無集于栩（況甫反）無啄我黍此邦之人不可與處言旋言歸復我諸父（扶雨反○比也）

黃鳥三章章七句　東萊呂氏曰宣王之末民有失所者意它國之可居也及其至彼則又不若故鄉焉故思而欲歸使民如此亦異於還定安集之時矣今按詩文未見其為宣王之世下篇亦然

我行其野蔽芾其樗　敕書反昏姻之故言就爾居爾不我畜復我邦家

叶古胡反　賦也

之父相謂曰婚姻

依其婚姻而不見收卹故作此詩言我行於野中依惡木以自蔽於是思婚姻之故而就爾居而爾不我畜也則將復我之邦家矣○我行其野言采其蓫勑六反婚姻之故言就爾宿爾不我畜言歸思復賦也蓫牛頹惡菜也今人謂之羊蹄菜○我行其野言采其葍音福叶筆力反不思舊姻求爾新特成論語作誠不以富亦祇音支以異叶逸織反○賦也葍葍惡菜也特匹也○言爾之不思舊姻而求新匹也

雖實不以彼之富而厭我之貧亦祇以其新而異於故耳此見詩人責人忠厚之意

我行其野三章章六句

王氏曰先王躬行仁義以道民厚矣猶以爲未也又建官置師以孝友睦婣任卹六行教民爲其有父母也故教以孝爲其有兄弟也故教以友爲其有同姓也故教以睦爲其有異姓也故教以婣爲隣里鄉黨相保相受也故教以任相賙相救也故教以恤以爲徒教

之或不率也故使官師以時書其德行而勸之以爲徒勸之或不率也於是乎有不孝不睦不姻不弟不任不恤之刑焉方是時也安有如此詩所剌之民乎

秩秩斯干叶居焉反**幽幽南山**叶所旃反**如竹苞**叶補苟反**矣如松茂**叶莫口反**矣兄及弟矣式相好**呼報反叶許厚反**矣無相猶**叶余久反**矣**

賦也秩秩有序也斯此也干水涯也南山終南之山也苞叢生而固也猶謀也○此築室既成

而燕飲以落之因歌其事言此室臨水而面山其下之固如竹之苞其上之密如松之茂又言居是室者兄弟相好而無相謀則頌禱之辭猶所謂聚國族於斯者也張子曰猶似也人情大抵施之不報則輟故恩不能終兄弟之閒各盡己之所宜施者無學其不相報而廢恩也君臣父子朋友之閒亦莫不用此道盡己而已愚按此於文義或未必（）然然意則善矣或曰猶當作尤

續妣（必履反）祖築室百堵西南其戶（胡五反）爰居爰處爰笑爰語（賦也似嗣也妣先妣於祖者協下韻爾）

或曰衛宏云宗廟宮也西南其戶天子之
宮其室非一在東者西其戶在西者東
其戶猶言南東
其畝也爰於也○約之閣閣椓之陟角反橐橐音託風雨攸除直慮反鳥鼠攸去君子攸芋香于反叶王遇反○賦也約束板也閣閣上下相乘也椓築也橐橐杵聲也除亦去也無風雨鳥鼠之害言其上下四旁皆牢密也芋尊大也君子之所居以爲尊大也○如跂音企斯翼如矢斯棘如鳥斯革叶訖力反如翬音輝斯飛君子攸躋

子西反○賦也跂竦立也翼敬也棘急也矢行緩則枉急則直也革變翬雉蹻升也○言其大勢嚴正如人之竦立而其恭翼翼也其廉隅整飭如矢之急而直也其棟宇峻起如鳥之警而革也其簷阿華采而軒翔如翬之飛而矯其翼也蓋其堂之美如此而君子之所升以聽事也○**殖殖**市力反**其庭，有覺其楹。噲噲**音快**其正**叶音征**噦噦**呼會反**其冥，君子攸寧。**賦也殖殖平正也庭宮寢之前庭也覺高大而直也楹柱也噲噲猶快快也正向明之處也噦噦深廣之貌冥奧窔之閒

也言工室之善如此而君子之所依息以安其寢也○下莞音官上
簟叶徒錦二反乃安斯寢叶于錦二反乃寢
乃興乃占我夢叶彌登反吉夢維何維熊維
羆彼宜反叶彼何反維虺許鬼反維蛇市奢反叶于其上何
二反○賦也莞蒲席也竹葦曰簟羆似
熊而長頭高脚猛憨多力能拔樹虺蛇
屬細頭大頭色如文綬大者長七八尺
○祝其君安其室居夢兆而有祥亦頌
禱之詞也○下章放此○大音泰人占之維熊維羆男

子之祥維虺維蛇女子之祥賦也大人大卜之屬占夢之官也熊羆陽物在山彊力壯毅男子之祥也虺蛇陰物穴處柔弱隱伏女子之祥也○或曰夢之有占何也曰人之精神與天地陰陽流通故晝之所爲夜之所夢其善惡吉凶各以類至是以先王建官設屬使之觀天地之會辨陰陽之氣以日月星辰占六夢之吉凶獻吉夢贈惡夢其於天人相與之際察之詳而敬之至矣故曰王前巫而後史宗祝瞽侑皆在左右王中心無爲也以守至正○乃生男子載寢之牀載衣於既反

之裳載弄之璋其泣喤喤華彭反叶胡光反朱芾音弗斯皇室家君王賦也半圭曰璋喤喤大聲也芾天子純朱諸侯黃朱皇猶煌煌也君諸侯也○寢之於牀尊之也衣之以裳服之盛也弄之以璋尚其德也言男子之生於是室者皆將服朱芾煌煌然有室有家爲君爲王矣○乃生女子載寢之地載衣之裼他計反載弄之瓦叶魚位反無非無儀叶音義唯酒食是議無父母詒以之反罹叶音麗○賦也裼褓

也瓦紡塼也儀善罹憂也○裼之於地卑之也衣之以裼即其用而無加也弄之以瓦習其所有事也有非非婦人也有善非婦人也蓋女子以順為正無非足矣有善善則亦非其吉祥可願之事也唯酒食是議而無遺父母之憂則可矣易曰無攸遂在中饋貞吉而孟子之母亦曰婦人之禮精五飯冪酒漿養舅姑縫衣裳而已矣故有閨門之修而無境外之志此之謂也

斯干九章四章章七句五章章五句

舊說厥[illegible]室
此據故[illegible]宮

室既成而落之今亦未有以見其必爲是時之詩也或曰儀禮下管新宮春秋傳宋元公賦新宮恐即此詩然亦未有明證

誰謂爾無羊三百維羣誰謂爾無牛九十其犉而純反爾羊來思其角濈濈莊立反爾牛來思其耳濕濕始立反○賦也黃牛黑脣曰犉羊以三百爲羣其羣不可數也牛之犉者九十非犉者尚多也聚其角而息濈濈然呞而動其耳濕濕然王氏曰濈濈和也羊以善觸爲患故言其和謂聚而不相

齝也濕濕潤澤也牛病則耳燥安則潤
澤也○此詩言牧事有成而牛羊衆多
也○或降于阿或飲于池（唐何反）或寢或
訛（五禾反）爾牧來思何蓑（素何反）何笠（音立）或
負其餱（音侯）三十維物（叶微律反）爾牲則具（叶居律反）
律反○訛動也何揭也蓑笠所以備
雨二十維物齊其色而別之凡為色三
十也○言牛羊無驚畏而牧人持雨具
齊飲食從其所適以順其性是以生養
蕃息至於其色無所不
備而於用無所不有也○爾牧來思以

以薪以蒸承之反以雌以雄叶于陵反爾羊來思矜矜兢兢不騫不崩麾之以肱畢來既升賦也麤曰薪細曰蒸雌雄禽獸也矜矜兢兢堅強也騫虧也崩羣疾也肱臂也既盡也升入牢也○言牧人有餘力則出取薪蒸搏禽獸其羊亦馴擾從人不假箠楚但以手麾之使來則畢來使升則既升也○牧人乃夢衆維魚矣旐音兆維旟音餘矣大人占之衆維魚矣實維豐年叶尼因反旐維旟矣室

家溱溱側巾反○賦也占夢之說未詳溱溱衆也或曰衆謂人也旐郊野所建統人少旟州里所建統人多蓋人不如魚之多旐所統不如旟所統之衆故夢人乃是魚則爲豐年旐乃是旟則爲人衆

無羊四章章八句

節音截下同彼南山維石巖巖赫赫師尹民具爾瞻叶側銜反憂心如惔徒藍反不敢戲談國既卒子律反斬叶側銜反何用不監古銜反○興也

節高峻貌巖巖積石貌赫赫顯盛貌師尹大師也大師三公尹氏蓋吉甫之後春秋書尹氏卒公羊子以爲譏世卿者即此也具俱瞻視惔燔卒終斬絶監視也○此詩家父所作刺王用尹氏以致亂言節彼南山則維石巖巖矣赫赫師尹則民具爾瞻矣而其所爲不善使人憂心如火燔灼又畏其威而不敢言也然則國既終斬絶矣汝何用而不察哉○節彼南山有實其猗於宜反叶於何反赫赫師尹不平謂何天方薦祖殿反瘥才何反喪息浪反亂弘多民

言無嘉[叶居何反]憯[七感反]莫懲嗟[叶遭哥反]○興也有實其猗未詳其義傳曰實蒲猗長也箋云猗倚也言草木滿其旁倚之畎谷也或以爲草木之實猗猗然皆不甚通薦荐通重也瘥病弘大憯曾懲創也○節彼南山則有實其猗矣赫赫師尹而不平其心則謂之何哉蘇氏曰爲政者不平其心則下之榮瘁勞佚有大相絕者矣是以神怒而重之以喪亂人怨而謗讟其上然尹氏曾不懲○尹氏大[音泰]師創咨嗟求所以自改也

維周之氐[丁禮反叶都黎反]秉國之均四方是

維天子是毗（婢尸反）俾民不迷不弔昊天不宜空我師（叶霜夷反）○賦也氐本均平維持毗輔弔愍空窮師衆也○言尹氏大師維周之氐而秉國之均則是宜有以維持四方毗輔天子而使民不迷乃其職也今乃不平其心而既不見愍弔於昊天矣則不宜久在其位使天降禍亂而我衆并及空窮也○弗躬弗親庶民弗信（叶斯人反）弗問弗仕（鉏里反下同）勿罔君子式夷式已（叶獎履反）無小人殆（叶養里反）瑣瑣（素火

反

姻亞則無膴音武仕賦也仕事罔欺也君子指王也夷平已止殆危也瑣瑣小貌壻之父曰姻兩壻相謂曰亞膴厚也○言王委政於尹氏尹氏又委政於姻亞之小人而以其未嘗問未嘗事者欺其君也故戒之曰汝之弗躬弗親庶民已不信矣其所弗問弗事則豈可以罔君子哉當平其心視所任之人有不當者則已之無以小人之故而至於危殆其國也瑣瑣姻亞而必以膴仕則小人進矣○

昊天不傭敕龍反降此鞠九六反訩許凶

昊天不惠降此大戾君子如

屆居拜反叶居氣反俾民心闋苦穴反叶胡桂反君子如夷惡烏路反怒是違賦也傭均鞫窮訩亂戾乖屆至闋息夷平違遠

也○言昊天不均而降此窮極之亂昊天不順而降此乖戾之變然所以靖之者亦在夫人而已君子無所苟而用其至則必躬必親而民之亂心息矣君子無所偏而平其心則式夷式已而民之惡怒遠矣傷王與尹民之不能也夫為政不平以召禍亂者人也而詩人以為天實為之者蓋無所歸咎而歸之天也抑有以見君臣隱諱之義焉有以見天人合一之理焉後皆放此○不

弔昊天叶鐵因反亂靡有定叶唐丁反式月斯生俾民不寧叶桑經反憂心如酲音呈誰秉國成不自爲政叶諸盈反卒勞百姓叶桑經反○賦也病酒曰酲成平卒終也○蘇氏曰天不之恤故亂未有所止而禍患與歲月增長君子憂之曰誰秉國成者乃不自爲政而以付之姻亞之小人其卒使民爲之受其勞弊以至於此也

駕彼四牡四牡項領我瞻四方蹙蹙靡所騁賦也項大也蹙蹙縮小之

貌○言駕四牡而四牡項領可以騁矣
而視四方則皆昏亂蹙蹙然無可往之
所亦將何所騁哉○東萊呂氏曰本根
病則枝葉皆瘁是以無可往之地也○
方茂爾惡相息亮反爾矛矣既夷既懌如
相醻市由反矣賦也茂盛相視懌悅也○
言方盛其惡以相加則視
其矛戟如欲戰鬭及既夷平悅懌則相
與歡然如賓主而相醻酢不以爲怪也
蓋小人之性無常而習於鬭亂其喜怒
之不可期如此是以君子無所適而可
也○昊天不平我王不寧不懲其心覆

芳服反怨其正叶諸盈反○賦也尹氏之不平若天使之故曰昊天不平若是則我王亦不得寧矣然尹氏猶不自懲創其心乃反怨人之正已者則其爲惡何時而已哉○家父音甫作誦叶疾容反以究王訩式訛爾心以畜許六反萬邦叶卜工反○賦也家氏父字周大夫也究窮訛化畜養也○家父自言作爲此誦以窮究王政昏亂之所由冀其改心易慮以畜養萬邦也陳氏曰尹氏厲威使人不得戲談而家父作詩乃復自表其出於己以身當尹氏之怒而不辭者蓋家父周之世

臣義與國俱存亡故也東萊呂氏曰篇終矣故窮其亂本而歸之王心焉致亂者雖尹氏而用尹氏者則王心之蔽也李氏曰孟子曰人不足與適也政不足與間也惟大人爲能格君心之非蓋用人之失政事之過雖皆君之非然不必先論也惟格君心之非則政事無不善矣用人皆得其當矣

節南山十章六章章八句四章章四句序以此爲幽王之詩而春秋桓十五年有家父來聘於周爲桓王之世上距幽王之終已七十五年不知其人

之同異大抵序之時世皆不足信今姑闕焉可也

正音政月繁霜我心憂傷民之訛言亦孔之將念我獨兮憂心京京叶居良反哀我小心癙音鼠憂以痒音羊○賦也正月夏之四月謂之正月者以純陽用事爲正陽之月也繁多訛僞將大也京京亦大也癙憂幽憂也痒病也○此詩亦大夫所作言霜降失節不以其時既使我心憂傷矣而造爲姦僞之言以惑羣聽者又方甚大然衆人莫以爲憂故我獨憂之以至於病也○父

大九五

毋生我胡俾我瘉庾 不自我先不自我後叶下五反 好言自口叶孔五反下同莠餘久反 言自口憂心愈愈是以有侮賦也瘉病自從莠醜也愈愈益甚之意○疾痛故呼父母而傷己適丁是時也訛言之人虛偽反覆言之好醜皆不出於心而但出於口是以我之憂心益甚而反見侵侮也○憂心惸惸其營反 念我無祿民之無辜并必政及 其臣僕哀我人斯于何從祿瞻烏爰止于誰

之屋賦也惸惸憂意也無祿猶言不幸爾辜罪并俱也古者以罪人爲臣僕亡國所虜亦以爲臣僕箕子所謂商其淪喪我罔爲臣僕是也○言不幸而遭國之將亡與此無罪之民將俱被囚虜而同爲臣僕未知將復從何人而受祿如視烏之飛不知其將止於誰之屋也○瞻彼中林侯薪侯蒸之丞反民今方殆視天夢夢莫紅反叶莫登反既克有定靡人弗勝音升有皇上帝伊誰云憎興也中林林中也侯維殆危也夢夢不明也皇大也上帝天之

神也程子曰以其形體謂之天以其主宰謂之帝。言瞻彼中林則維薪維蒸分明可見也民今方危殆疾痛號訴於天而視天反夢夢然若無意於分別善惡者然此特值其未定之時耳及其既定則未有不爲天所勝者也夫天豈有所憎而禍之乎福善禍淫亦自然之理而已申包胥曰人衆則勝天天定亦能勝人疑出於此○謂山蓋卑爲岡爲陵民之訛言寧莫之懲召彼故老訊音信之占夢叶莫登反具曰予聖誰知烏之雌雄叶故陵反○賦也山春曰岡廣平曰陵懲止也故老舊臣也訊問也占夢官名掌占夢者也具俱也烏之雌雄相似而難辨者也○謂山蓋卑而其實則岡陵之崇也今民之訛言如此矣而王猶安然莫之止也及其詢之故老訊之占夢則又皆自以為聖人亦誰能別其言之是非乎子思言於衛侯曰君之國事將日非矣公曰何故對曰有由然焉君出言自以為是而卿大夫莫敢矯其非卿大夫出言亦自以為是而士庶人莫敢矯其非君臣既自賢矣而羣下同聲賢之賢之則順而有福矯之則逆而有禍如此則善安從生詩曰具曰予聖誰知烏之雌雄抑亦似君

之居臣乎○謂天蓋高不敢不局叶居亦反謂地蓋厚不敢不蹐井亦反維號音豪斯言有倫有脊哀今之人胡爲虺吁鬼反蜴星歷反○賦也局曲也蹐累足也號長言之也脊理蜴螈也虺蜴皆毒螫之蟲也○言遭世之亂天雖高而不敢不局地雖厚而不敢不蹐其所號呼而爲此言者又皆有倫理而可考也哀今之人胡爲肆毒以害人而使之至此乎○瞻彼阪音反田有菀音鬱其特天之抗五忽反我如不

我克彼求我則如不我得執我仇仇亦不我力興也阪田崎嶇墝埆之處菀茂盛之貌特特生之苗也扤動也力謂用力○瞻彼阪田猶有菀然之特而天之扤我如恐其不我克何哉亦無所歸咎之詞也夫始而求之以爲法則惟恐不我得也及其得之則又執我堅固如仇讎然然終亦莫能用也求之其艱而棄之甚易其無常如此○心之憂矣如或結之今茲之正胡然厲叶力桀反矣燎力召反之方揚寧或滅之赫赫宗

周褒姒音似烕呼悅反之烕也正政也厲暴惡也火田爲燎揚盛也宗周鎬京也褒姒幽王之嬖妾褒國女姒姓也烕亦滅也○言我心之憂如結者爲國政之暴惡故也燎之方盛之時則寧有能撲而滅之者乎然赫赫然之宗周而十褒姒足以滅之蓋傷之也時宗周未滅以褒姒淫妒讒諂而王惑之知其必滅周也○

終其永懷又窘求隕反陰雨其車既載才再反乃棄爾輔扶雨反載如字輸爾

載才再反將七羊反伯助予叶演女反比也陰雨則泥濘而車易以陷也載車所載也輔如今人縛杖於輻以防輔車也輸墮也將請也伯或者之字也○蘇氏曰王爲淫虐譬如行險而不知止君子永思其終知其必有大難故曰終其永懷又窘陰雨王又不虞難之將至而棄賢臣焉故曰乃棄爾輔君子求助於未危故難不至苟其載之既墮而後號伯以助予則無及矣○無棄爾輔員音云于爾輻方六反叶筆力反屢顧

爾僕不輸爾載叶節力反終踰絕險曾是不意叶乙力反○比也員益也輻所以益輻也屢數顧視也僕將車者也○此承上章言若能無棄爾輔以益其輻而又數數顧視其僕則不墮爾所載而踰於絕險若初不以爲意者蓋能謹其初則厯終無難也一說王曾不以是爲意乎○魚在于沼之紹反叶音灼亦匪克樂音洛潛雖伏矣亦孔之炤音灼憂心慘慘七感反當作懆七各反念國之爲虐比也沼池也炤明易見也○魚在于沼其

爲生巳蹙矣其潛雖深然亦炤然○彼而易見言禍亂之及無所逃也

有旨酒又有嘉殽戶交反無韻未詳**洽比**毗志反**其隣昏姻孔云念我獨兮憂心慇慇**賦也

洽比皆合也云旋也慇慇然痛也○言小人得志有旨酒嘉殽以合比其隣里怡懌其昏姻而我獨憂心至於疾痛也昔人有言燕雀處堂母子相安自以爲樂也突決棟焚而怡然不知禍之將及其此之謂乎○**佌佌**音此**彼**

有屋蔌蔌音速**方有穀民今之無祿天夭**

於遥反是椓陟角反叶都木反哿哥我反矣富人哀此惸獨

賦也佌佌小貌蔌蔌窶陋貌指王所用之小人也穀祿夭禍椓害哿可獨單也○佌佌然之小人既已有屋矣蔌蔌窶陋者又將有穀矣而民今獨無祿者是天禍椓喪之爾亦無所歸怨之詞也亂至於此富人猶或可勝惸獨甚矣此孟子所以言文王發政施仁必先鰥寡孤獨也

正月十三章八章章八句五章章六句

十月之交朔月辛卯叶莫後反日有食之亦孔之醜彼月而微此日而微今此下民亦孔之哀叶於希反○賦也十月以夏正言之建亥之月也交日月交會謂晦朔之間也曆法周天三百六十五度四分度之一左旋於地一晝一夜則其行一周而又過一度日月皆右行於天一晝一夜則日行一度月行十三度十九分度之七故日一歲而一周天月二十九日有奇而一周天又逐及於日而與之會一歲凡十二會方會則月光都盡而為晦已會則月光復蘇而

氏曰朔後晦前各十五日日月相對則月光正滿而爲望晦朔而日月之合東西同度南北同道則月揜日而日爲之食望而日月之對同度同道則月亢日而月爲之食是皆有常度矣然王者脩德行政用賢去姦能使陽盛足以勝陰陰衰不能侵陽則日月之行雖或當食而月常避日故其遲速高下必有參差而不正相合不正相對者所以當食而不食也若國無政不用善使臣子背君父妾婦乘其夫小人陵君子夷狄侵中國則陰盛陽微當食必食雖曰行有常度而實爲非常之變矣蘇氏曰日食天變之大者也然正陽之月古尤忌之夏

之四月為純陽故謂之正月十月純陰疑其無陽故謂之陽月純陽而食陽弱之甚也純陰而食陰壯之甚也微虧也彼月則宜有時而虧矣此月不宜虧而今亦虧是亂亡之兆也○**日月告凶不用其行**叶戶郎反**四國無政不用其良彼月而食則維其常此日而食于何不臧**賦也行道也凡日月之食皆有常度矣而以為不用其行者月不避日失其道也然其所以然者則以四國無政不用善人故也如此則日月之食皆非常矣而以月食為其常日食

爲不滅若陰亢陽而不勝猶可言也陰勝陽而揜之不可言也故春秋日食必書而月食則無紀焉亦以此爾（二）

爗爗丁輒反**震電不寧不令**叶盧經反**百川沸騰山冢崒**徂恤反**崩高岸爲谷深谷爲陵哀今之人胡憯**七感反**莫懲**

賦也爗爗電光貌震雷也寧安徐也令善沸出騰乘也山頂曰冢崒崔嵬也高岸崩陷故爲谷深谷塡塞故爲陵憯曾也○言非但日食而已十月而雷電山崩水溢亦災異之甚者是宜恐懼修省改紀其政而幽王曾莫之懲

也董子曰國家將有失道之敗而天乃
先出災異以譴告之不知自省又出怪
異以警懼之尚不知變而傷敗乃至
此見天心仁愛人君而欲止其亂也○
皇父音甫卿士番維司徒家伯為宰仲允
膳夫聚側留反子內史蹶俱衛反維趣七走反
馬叶滿補反楀音矩維師氏豔餘贍反妻煽音扇方
處賦也皇父家伯仲允皆字也番聚蹶
楀皆氏也卿士六卿之外更為都官
以揔六官之事也或曰卿士蓋卿之士
周禮太宰之屬有上中下士公羊所謂

宰士左氏所謂周公以祭仲爲巳卿士是也蓋以宰屬而兼揔六官位卑而權重也司徒掌邦教家宰掌邦治皆卿也膳夫上士掌王之飲食膳羞者也內史中大夫掌爵祿廢置殺生予奪之法者也趣馬中士掌王馬之政者也師氏亦中大夫掌司朝得失之事者也美色曰豔豔妻即褒姒也煽熾也方處方居其所未變徙也○言所以致變異者由小人用事於外而嬖妾蠱惑王心於內以爲之主故也○抑此皇父豈曰不時胡爲我作不即我謀叶謀悲反徹我牆屋田卒汙音烏

萊叶陵之反曰予不戕在良反禮則然矣叶於姬反

○賦也。抑，發語詞。時，農隙之時也。作，動。即，就。卒，盡。汙，停水也。萊，草穢也。戕，害也。○言皇父不自以爲不時，欲動我以徙，而不與我謀，乃遽徹我牆屋，使我田不獲治，卑者汙而高者萊。又曰：非我戕汝，乃下供上役之常禮耳。○皇

父孔聖，作都于向。式亮反，下同擇三有事，亶侯多藏。才浪反不憖魚覲反遺一老，俾守我王。叶于放反擇有車馬，以居徂向。賦也。孔，甚。聖，通明

也都大邑也周禮畿內大都方百里小都方五十里皆天子公卿所封也向地名在東都畿內今孟州河陽縣是也三有事三卿也亶信侯維藏蓄也憖者心不欲而自強之詞有車馬者亦富民也徂往也○言皇父自以為聖而作都則不求賢而但取富人以為卿又不自強留一人以衛天子但有車馬者則悉與俱往不忠於上而但知貪利以自私也○黽民允反

勉從事不敢告勞無罪無辜讒口囂囂五刀反下民之孽魚列反匪降自天叶鐵因反噂子損反沓

徒合反背蒲昧反僧職競由人賦也囂衆多貌孽災害也噂聚也沓重複也職主競力也○言黽勉從王之役未嘗敢告勞也猶且無罪而遭讒然下民之孽非天之所爲也噂噂沓沓多言以相說而背則相憎專力爲此者皆由讒口之人耳○悠悠我里亦孔之痗莫背反叶呼洧反四方有羨徐面反我獨居憂民莫不逸我獨不敢休天命不徹叶直質反我不敢傚我友自逸賦也悠悠憂也里居痗病羨餘逸樂徹均也

十月之交八章章八句

浩浩昊天不駿其德降喪饑饉

斬伐四國昊天疾威弗慮

弗圖舍彼有罪既伏其辜若此無罪

淪胥以鋪 普烏反 ○賦也浩浩廣大也昊亦廣大之意駿大德惠也穀不熟曰饑蔬不熟曰饉疾威猶暴虐也慮圖皆謀也舍置淪陷胥相鋪徧也○此時饑饉之後羣臣離散其不去者作詩以責去者故推本而言昊天不大其惠降此饑饉而殺伐四國之人如何昊天曾不思慮圖謀而遽爲此乎彼有罪而死則是既伏其辜矣舍之可也此無罪者亦相牽而陷於死亡則如之何哉

（二）周宗既滅 叶莫結反 靡所止戾正大夫離居莫知我勩 夷世反 叶力制反 三事大夫莫肯夙夜 叶弋

灼反邦君諸侯莫肯朝夕（叶祥龠反）庶曰式臧

覆（孚服反）出爲惡（□之宗族則非□定也 上長也周官八職一曰）正謂六官之長皆上大夫也離居蓋以饑饉散去而因以避讒諸之禍也我不去者自我也勩勞也三事三公也大夫六卿及中下大夫也臧善覆反也○言將有易姓之禍其兆已見而天變人離又如此庶幾曰王改而爲善乃覆出爲惡而不悛也或曰疑此亦東遷後詩也

○如何昊天（叶鐵因反）

下同辟言不信（叶斯人反）如彼行邁則靡所臻

凡百君子各敬爾身胡不相畏不畏于天

賦也如何昊天呼天而訴之也辟法臻至也凡百君子指羣臣也○言如何乎昊天也法度之言而不聽信則如彼行往而無所底至也然凡百君子豈可以不戒之爲惡所不敬其身哉不敬爾身不相畏也不相畏不畏天也（一）

戎成不退叶吐類反飢成不遂曾在登反我暬思列反御憯憯千感反日瘁徂醉反凡百君子莫肯用訊音信又息悴反聽言則答譖言則退

賦也戎兵遂進也易曰不能退不能遂是也暬御近侍也國語曰居寢有暬御之箴蓋如漢侍中之官也憯憯憂貌瘁病訊告也○言兵寇已成而王之爲惡不退饑饉已成而王之遷善不遂使我暬御之臣憂之而憯憯日瘁也凡百君子莫肯以是告王者雖王有問而欲聽其言則亦答之而已不敢盡言也一有譖言及己則皆退而離居莫肯夙夜朝夕於王矣其意若曰王雖不善而君臣之義豈可以若是恝乎○**哀哉不能言匪舌是出**

維躬是瘁尺遂反**哿矣能言巧言如流俾**

躬處休 賦也出出之也瘁病哿可也。言之忠者當世之所謂不能言者也故非但出諸口而適以瘁其躬佞人之言當世所謂能言者也故巧好其言如水之流無所凝滯而使其身處於安樂之地蓋亂世昏主惡忠直而好諛佞類如此詩人所以深歎之也 ○維曰于仕 鉏里反 孔棘且殆 叶養里反 云不可使得罪于天子 叶獎履反 亦云可使怨及朋友 叶羽己反。○賦也于往棘急殆危也 ○蘇氏曰人皆曰往仕耳曾不知仕之急且危也當是之時直道者王之所謂不可使而枉道者王之所謂可使也亡道者得罪于君而枉道者見怨于友此仕之所以難也○謂爾遷于王都曰予未有室家（叶古胡反）鼠思（息嗣反）泣血（叶虚屈反）無言不疾昔爾出居誰從作爾室

賦也爾謂離居者鼠思猶言癙憂也○當是時言之難能而仕之多患如此故羣臣有去者有居者居者不忍去之無臣之無徒則告去者使復還于王都去者不聽而託於無家以拒之至於憂思泣血有無言而不痛疾者蓋其懼禍之深至於如此然所謂無家者

則非其情也故詰之曰昔爾之去也
誰爲爾作室者而今以是辭我哉

雨無正七章二章章十句二章章八句三章章六句

歐陽公曰古之人於詩多不命題而篇名往往無義例其或有命名者則必述詩之意如巷伯常武之類是也今雨無正之名據序所言與詩絶異當闕其所疑元城劉氏曰嘗讀韓詩有雨無極篇序云雨無極正大夫刺幽王也至其詩之文則比毛詩篇首多雨無其極傷

代稱穩八字恐按劉説似有理
然第一二章本皆十句今遂增
之則長短不齊非詩之例又此
詩實正大夫離居之後暬御之
臣所作其曰正大夫刺幽王者
亦非是且其爲幽王詩亦未有
所考也

祈父之什六十四章四百二十六句

詩卷第十一

宋本詩集傳

第三册

宋 朱熹撰

宋刻明印本

山東人民出版社·濟南

詩卷第十二　　朱熹集傳

小旻之什二之五

旻天疾威敷于下土謀猶回遹音聿何日斯沮在呂反謀臧不從不臧覆用叶于封反我視謀猶亦孔之邛其凶反○賦也旻幽遠之意敷布猶謀回邪遹辟沮止臧善覆反邛病也○大夫以王惑於邪謀不能斷以從善而作此詩言旻天之疾威布于下土使王之謀猶邪辟無日而止謀之善者則不從而

其不善者反用之故我視其謀猶亦甚病也○潝潝許急反訿音紫亦孔之哀叶於希反謀之其臧則具是違謀之不臧則具是依我視謀猶伊于胡底之履反叶都黎反○賦也潝潝相和也訿訿相詆也具俱底至也○言小人同而不和其慮深矣然於謀之善者則違之其不善者則從之亦何能有所定乎○我龜既厭不我告猶叶于救反謀夫孔多是用不集韓詩作就叶疾救反發言盈庭誰

敢執其咎叶巨又反如匪行邁謀是用不得

于道叶徒候反○賦也集成也○卜筮數則瀆而龜厭之故不復告其所圖之吉凶謀夫衆則是非相奪而莫適所從故所謀終亦不成蓋發言盈庭各是其是無肯任其責而決之者猶不行不邁而坐謀所適謀之雖審而亦何得於道路哉○哀哉爲猶匪先民是程匪大猶

是經維邇言是聽叶平聲維邇言是爭叶側

陘反如彼築室于道謀是用不潰于成賦也

先民古之聖賢也程法猶道經常潰遂也○言哀哉今之爲謀不以先民爲法不以大道爲常其所聽而爭者皆淺末之言以是相持如將築室而與行道之人謀之人人得爲異論其能有成也哉古語曰作舍道邊三年不成蓋出於此

○國雖靡止或聖或否方九反叶補美反民雖靡膴火吳反或哲或謀叶莫徒反或肅或艾音乂如彼泉流無淪胥以敗叶蒲寐反○賦也止定也聖通明也膴大也多也艾與乂同治也淪陷胥相也○言國論雖不定然有聖者焉

有否者焉民雖不多然有哲者焉有謀者焉有肅者焉有艾者焉但王不用善則雖有善者不能自存將如泉流之不反而淪胥以至於敗矣聖哲謀肅乂即洪範五事之德豈作此詩者亦傳箕子之學也與○不敢暴虎，不敢馮河。皮冰反人知其一，莫知其它。湯何反戰戰兢兢，如臨深淵。叶一均反如履薄冰。

賦也徒搏曰暴徒涉曰馮如馮几然也戰戰恐也兢兢戒也如臨深淵恐墜也如履薄冰恐陷也○衆人之慮不能及遠暴虎馮河之患近而易見則知避之

喪國亡家之禍隱於無形則不知以爲憂也故曰戰戰兢兢如臨深淵如履薄冰懼及其禍之詞也

小旻六章三章章八句三章章七句

蘇氏曰小旻小宛小弁小明四詩皆以小名篇所以別其爲小雅也其在小雅者謂之小故其在大雅者謂之召旻大明獨宛弁闕焉意者孔子刪之矣雖去其大而其小者猶謂之小蓋即用其舊也

宛（於阮反）彼鳴鳩翰（胡旦反）飛戾天（叶鐵因反）我心憂傷念昔先人明發不寐有懷二人

興也宛小貌鳴鳩斑鳩也翰羽戾至也明發謂將旦而光明開發也二人父母也○此大夫遭時之亂而兄弟相戒以免禍之詩故言彼宛然之小鳥亦翰飛而至于天矣則我心之憂傷豈能不念昔之先人哉是以明發不寐而有懷乎父母也言此以爲相戒之端

○人之齊聖飲酒溫克彼昏不知壹醉日富（叶筆力反）各敬爾儀天

命不又叶夷益反○賦也齊肅也聖通明也克勝也富猶甚也又復也○言齊聖之人雖醉猶溫恭自持以勝所謂不爲酒困也彼昏然而不知者則一於醉而日甚矣於是言各敬謹爾之威儀天命已去將不復來不可以不恐懼也時王以酒敗德臣下化之故此兄弟相戒首以爲說○中原有菽音叔庶民采叶此履反之螟亡丁反蛉音零有子蜾音果蠃力果反負叶蒲美反之教誨爾子式穀似叶養里反之興也中原原中也菽大豆也螟蛉桑上小青蟲也似步屈

蜾蠃土蜂也似蜂而小腰取桑蟲負之
於木空中七日而化爲其子式用穀善
也○中原有菽則庶民采之矣以興善
道人皆可行也螟蛉有子則蜾蠃負之
以興不似者可教而似也教誨爾子則
用善而似之可也善也似也終上文兩
句所興而言也戒之以不惟獨○題大
善共身又當教其子使爲善也計
反彼脊令音零載飛載鳴我日斯邁而月
斯征夙興夜寐無忝爾所生叶桑經反○興也題
視也脊令飛則鳴行則搖載則而汝忝
辱也○視彼脊令則且飛而且鳴矣我

既日斯邁，則汝亦月斯征矣。言當各務努力，不可暇逸取禍，恐不及相救恤也。夙興夜寐，各求無忝於父母而已。

○交交桑扈，音戶率場啄粟。哀我塡寡，都田反宜岸宜獄。握粟出卜，自何能穀。興也。交交，往來之貌。桑扈，竊脂也，俗呼青觜，肉食不食粟。塡與瘨同，病也。岸，亦獄也。韓詩作犴。鄉亭之繫曰犴，朝廷曰獄。○扈不食粟，而今則率場啄粟矣；病寡不宜岸獄，今則宜岸宜獄矣。言王不卹鰥寡，喜陷之於刑辟也。然不可不求所以自善之道，故握持其粟出而卜之，曰何自而能善乎言握粟以見其貧窶之甚○温温恭人，如集于木。惴惴（之瑞反）小心，如臨于谷。戰戰兢兢，如履薄冰。（賦也。温温，和柔貌。如集于木，恐隊也。如臨于谷，恐隕也。）

小宛六章，章六句。（此詩之詞最為明白，而意極懇至。說者必欲爲刺王之言，故其說穿鑿破碎，無理尤甚。今悉改定，讀者詳之。）

弁（蒲干反）彼鸒（音豫）斯（叶先齋反），歸飛提提（是移反）。

民莫不穀我獨于罹何辜于天我罪伊

何心之憂矣云如之何興也弁飛拊翼貌鸒雅烏也小

而多羣腹下白江東呼爲鵯烏斯語詞

也提提羣飛安閒之貌穀善罹憂也○

舊說幽王大子宜臼被廢而作此詩言

弁彼鸒斯則歸飛提提矣民莫不善而

我獨于憂則鸒斯之不如也何辜于天

我罪伊何者怨而慕也舜號泣于旻天

曰父母之不我愛於我何哉蓋如此矣

心之憂矣云如之何則知其無可奈何

而安之之詞也○踧踧徒歷反周道叶徒苟反鞫九六反

爲茂草叶此苟反我心憂傷惄乃歷反焉如擣丁老反叶丁口反假寐永嘆維憂用老叶魯以反心之憂矣疢丑覲反如疾首興也踧踧平易也周道大道也鞫窮惄思擣舂也不脫衣冠而寐曰假寐疢猶疾也○踧踧周道則將鞫爲茂草矣我心憂傷則惄焉如擣矣精神憒眊至於假寐之中而不忘永歎憂之之深是以未老而老也疢如疾首則又憂之甚矣○維桑與梓叶奬履反必恭敬止靡瞻匪父靡依匪母叶蒲彼反

不屬音燭于毛不離于裏天之生我我辰安在叶此里反○與也桑梓二木古者五畝之宅樹之墻下以遺子孫給蠶食具器用者也瞻者尊而仰之依者親而倚之屬連也毛膚體之餘氣末屬也離麗也裏心腹也辰猶時也○言桑梓父母所植尚且必加恭敬况父母至尊至親宜莫不瞻依也然父母之不我愛豈我不屬于父母之毛乎豈我不離于父母之裏乎無所歸咎則推之於天曰豈我生時不善哉何不祥至是也

○菀音鬱彼柳斯鳴蜩音條嘒嘒呼惠反有漼

千罪反者淵萑音丸反葦韋鬼淠淠孚計反譬彼舟流不知所屆音戒叶居氣反心之憂矣不遑假寐興也菀茂盛貌蜩蟬也嘒嘒聲也漼深貌淠淠衆也屆至遑暇也○菀彼柳斯則鳴蜩嘒嘒矣有漼者淵則萑葦淠淠矣今我獨見棄逐如舟之流于氷中不知其何所至乎是以憂之之深昔猶假寐而今不暇也○鹿斯之奔維足伎伎其宜反雉之朝雊古豆反尚求其雌叶千西反譬彼壞胡罪反木疾用無

枝心之憂矣寧莫之知興也伎伎舒貌宜疾而舒留其
羣也雊雉鳴也壞傷病也寧猶何也○
鹿斯之奔則足伎伎然雉之朝雊亦知
求其妃匹今我獨見棄逐如傷病之木
憔悴而無枝是以憂之而人莫之知也
○相息亮反彼投兔尚或先之蘇薦反叶蘇晉反
行有死人尚或墐之音覲君子秉心維其
忍之心之憂矣涕既隕之音殞興也相視投奔行道
墐埋秉執隕隊也○相彼被逐而投人
之兔尚或有哀其窮而先脫之者道有

死人尚或有哀其暴露而埋藏之者蓋皆有不忍之心焉今王信讒棄逐其子曾視投兎死人之不如則其秉心亦忍矣是以心憂而涕隕也○君子信讒如或醻之市由反叶君子不惠不舒究之市救反伐木掎矣寄彼反叶居何反析薪杝矣敕氏反叶湯何反舍彼有罪予之佗矣音捨吐賀反叶湯何反賦而興也醻報惠愛舒緩究察也掎倚也以物倚其巔也杝隨其理也佗加也○言王惟讒是聽如受醻爵得即飲之曾不加惠愛舒緩而究察之

夫苟舒緩而究察之則讒者之情得矣伐木者尚倚其巔析薪者尚隨其理皆不妄挫折之於仍捨彼有罪之譖人而加我以非其罪曾伐木析薪之不若也此則興也

莫高匪山叶所旃反莫浚蘇俊反匪泉君子無易豉反由言耳屬燭于垣無逝我梁無發我笱我躬不閱遑恤我後賦而

此也山極高矣而或陟其巔泉極深矣而或入其底故君子不可易於其言恐耳屬于垣者有所觀望左右而生讒譖也三於長交以褒姒爲后伯服爲太子

敎害之民乎遊我梁毋發我笱我躬不閱遑恤我後盡此詞也東萊呂氏曰唐德宗將廢太子而立舒王李泌諫之且曰願陛下還宮勿露此意左右聞之將樹功於舒王太子危矣此正君子無易由言耳屬于垣之謂也小弁之作大子既廢矣而猶云爾者蓋推本亂之所由生言語以爲階也

小弁八章章八句

幽王娶於申生大子宜臼後得褒姒而惑之生子伯服信其讒黜申后逐宜臼而宜臼作此以自怨也序以爲大子之傅述大子之情以爲是詩不知其

何所據也傳曰高子曰小弁小
人之詩也孟子曰何以言之曰
怨曰固哉高叟之爲詩也有人
於此越人關弓而射之則己談
笑而道之無它疏之也其兄關
弓而射之則己垂涕泣而道之
無它戚之也小弁之怨親親也
親親仁也固矣夫高叟之爲詩也
也曰凱風何以不怨曰凱風親
之過小者也小弁親之過大者
也親之過大而不怨是愈疏也
親之過小而怨是不可磯也愈
疏不孝也不可磯亦不孝也孔
子曰舜其至孝矣五十而慕

悠悠昊天曰父母且子餘反無罪無辜亂如此憮火吳反昊天已威叶紆胃反予慎無罪叶音柞昊天泰憮予慎無辜賦也悠悠遠大之貌且語詞憮大也已泰皆甚也慎審也○大夫傷於讒無所控告而訴之於天曰悠悠昊天爲人之父母胡爲使無罪之人遭亂如此其大也昊天之威已甚矣我審無罪也昊天之威甚大矣我審無辜也此自訴而求免之詞也○亂之初生僭側蔭反始既涵音含亂之又生君子

信讒君子如怒叶奴五反亂庶遄沮慈吕反君子如祉音恥亂庶遄已

賦也僭始不信之端也涵容受也君子指王也遄疾沮止也祉猶喜也言亂之所以生者由讒人以不信之言始入而王涵容不察其眞僞也亂之又生者則旣信其讒言而用之矣君子見讒人之言若怒而責之則亂庶幾遄沮矣見賢者之言若喜而納之則亂庶幾遄已矣今涵容不斷讒信不分是以讒者益勝而君子益病也蘇氏曰小人爲讒於其君必以漸入之其始也進而嘗之君容之而不拒知言之無忌

於是復進旣而君信之然後亂成○君子屢盟叶謨郎反亂是用長丁丈反叶直良反君子信盜亂是用暴盜言孔甘亂是用餤音談匪其止共音恭維王之卭其恭反○賦也屢數也盟邦國有疑則殺牲歃血告神以相要束也盜指讒人也餤進也卭病也○言君子不能已亂而屢盟以相要則亂是用長矣君子不能聖讒而信盜以爲虐則亂是用暴矣讒言之美如食之甘使人嗜之而不厭則亂是用進矣然此讒人不能供其職事徒以爲王之病而已夫

良藥苦口而利於病忠言逆耳而利於行維其言之甘而悅焉則其國豈不殆哉○奕奕寢廟君子作之秩秩大猷聖人莫之他人有心予忖七損反度待洛反之躍躍他歷反毚士咸反兔遇犬獲叶黄郭反之而典

比也奕奕大也秩秩序也猷道莫定也躍躍跳疾貌毚狡也○奕奕寢廟則君子作之秩秩大猷則聖人莫之以興他人有心則予得而忖度之而又以躍躍毚兔遇犬獲之比焉反覆興比以見讒人之心我皆得之不能隱其情也○

荏（而甚反）染柔木，君子樹（叶上主反）之。往來行言，心焉數（所主反）之。蛇蛇（以支反）碩言，出自口（叶孔五反）矣。巧言如簧，顏之厚（叶胡五反）矣。（興也）

荏染，柔貌。柔木，桐梓之屬，可用者也。行言，行道之言也。數，辨也。蛇蛇，安舒也。碩，大也，謂善言也。顏厚者，頑不知恥也。○荏染柔木，則君子樹之矣；往來行言，則心能辨之矣。若善言而出於口者，宜也；巧言如簧，則豈可出於口哉？言之徒可羞愧，而彼顏之厚，不知以爲恥也。孟子曰：「爲機變之巧者，無所用恥焉。」其斯人之謂與○彼何人斯居河之麋（音眉）無拳（音權）無勇職爲亂階（叶居奚反）既微且尰（市勇反）爾勇伊何爲猶將多爾居徒幾（音紀叶居希反）何

賦也何人斥讒人也此必有所指矣賊而惡之故爲不知其姓名而曰何人也斯語詞也水草交謂之麋拳力階梯也骭瘍爲微腫足爲尰猶謀將大也○言此讒人居下濕之地雖無拳勇可以爲亂而讒口交鬭專爲亂之階梯又有微尰之疾亦何能勇哉而爲讒謀則大且多如此是必有助之者矣然其所與居

之徒衆幾何人哉
言亦不能甚多也

巧言六章章八句以五章巧言二字名篇

彼何人斯其心孔艱叶居銀反胡逝我梁不入我門叶眉貧反伊誰云從維暴之云賦也何人
亦若不知其姓名也孔甚艱險也我舊說以爲蘇公也暴暴公也皆畿內諸侯也○舊說暴公爲卿士而譖蘇公故蘇公作詩以絶之然不欲直斥暴公故但指其從行者而言彼何人者其心甚險胡爲往我之梁而不入我之門乎既而

問其所從則暴公也夫以從暴公而不入我門則暴公之譖己也明矣但舊說於詩無明文可考○二人從行誰爲此禍未敢信其必然耳胡果反胡逝我梁不入唁我始者不如今云不我可賦也二人暴公與其徒也唁弔失位也○言二人相從而行不知誰譖己而禍之乎既使我得罪矣而其逝我梁也又不入而唁我女始者與我親厚之時豈嘗如今不以我爲可乎○彼何人斯胡逝我陳我聞其聲不見其身不愧于

人不畏于天叶鐵因反○賦也陳堂塗也堂下至門之徑也○在我之陳則又近矣聞其聲而不見其身言其蹤跡之詭祕也不愧于人則以人爲可欺也天不可欺女獨不畏于天乎柰何其譖我也○彼何人斯其爲飄風叶孚愔反胡不自北胡不自南叶尼心反胡逝我梁祇音支攪交卯反我心賦也飄風暴風也攪擾亂也○言其往來之疾若飄風然自北自南則與我不相值也今則逝我之梁則適所以攪亂我心而已○爾之安行亦不

遑舍叶商居反爾之亟紀力反行遑脂爾車壹者之來云何其盱況于反○緩也安徐遑暇舍息亟疾盱望也字林云盱張目也易曰盱豫悔三都賦云盱衡而語是也○言爾平時徐行猶不暇息而況亟行則何暇脂其車哉今亟其車則非亟也乃託以亟行而不入見我則非其有矣何不一來見我如何而使我望汝之切乎○爾還而入我心易以豉反叶以支反也還而不入否難知也壹者之來俾我祇也賦也還反易說祇安

也○言爾之往也旣不入我門矣儻還而入則我心猶庶乎其詠也還而不入則爾之心我不可得而知矣何不一來見我而使我心安乎董氏曰是詩至此其詞益緩若不知其爲譖矣○伯氏吹壎況袁反仲氏吹篪音池及爾如貫諒不我知出此三物以詛側助反爾斯叶先齋反○賦也伯仲兄弟也俱爲王臣則有兄弟之義矣樂器土曰壎大如鵝子銳上平底似稱錘六孔竹曰篪長尺四寸圍三寸七孔一孔上出徑三分凡八孔橫吹之如貫如繩之貫物也言相連屬

也諒誠也三物犬豕雞也刺其血以詛盟也○伯氏吹壎而仲氏吹篪言其心相親愛而聲相應和也與汝如物之在貫豈誠不我知而譖我哉苟曰誠不我知則出此三物以詛之可也

○為鬼為蜮或音則不可得有靦反上典面目視人罔極作此好歌以極反側

賦也蜮短狐也江淮水皆有之能含沙以射水中人影其人輒病而不見其形也靦面見人之貌也好善也反側反覆不正直也○言汝為鬼為蜮則不可得而見矣汝乃人也靦然有面目與人相視無窮極之時豈

其亦終不可則哉是以作此好歌以究而極反側之心也

何人斯八章章六句。此詩與上篇文意相似疑出一手但上篇先刺聽者此篇專責讒人耳王氏曰暴公不忠於君不義於友所謂大故也故蘇公絶之然其絶之也不斥暴公言其從行而已不著其譖也示以所疑而已既絶之矣而猶告以壹者之來俾我祇也蓋君子之處己也忠其遇人也恕使其由此悔悟更以善意從我固所願也雖其不能如此我

固不爲已甚豈若小丈夫哉一
與人絕則醜詆固拒惟恐其復
合也

萋七西反兮斐芳尾反兮成是貝錦彼譖人
者亦已大甚賦也萋斐小文之貌貝水中介蟲也
有文彩似錦時有遭讒而被宮刑爲
巷伯者作此詩言因萋斐之形而文致
之以成貝錦以比讒人者因人之小過
而飾成大罪也彼爲是者亦已大甚矣

○哆昌者反兮侈尺氏反兮成是南箕彼譖

人者誰適丁歷反下同與謀叶謨悲反○比也哆侈微張之貌南箕四星二為踵二為舌其踵狹而舌廣則大張矣適主也誰適與謀言其謀之閼也○緝緝七立反翩翩音篇叶批賓反謀欲譖人慎爾言也謂爾不信叶斯人反○賦也緝緝口舌聲或曰緝緝人之罪或曰有條理貌皆通翩翩往來貌譖人者自以爲得意矣然不慎爾言聽者有時而悟且將以爾爲不信矣○捷捷幡幡芳煩反叶芬邅反謀欲譖言豈不爾受既其女音汝遷

遷賦也捷捷儇利貌幡幡反覆貌王氏曰上好譖則固將受女然好譖不已則遇譖之禍亦既遷而及女矣曾氏曰上章及此皆忠告之詞○驕人

好好勞人草草蒼天蒼天叶鐵因反視彼驕

人矜此勞人賦也好好樂也草草憂也驕人譖行而得意勞人遇譖而失度其狀如此○彼譖人者叶掌與反誰適與謀叶滿補反

取彼譖人投畀豺叶士皆反虎豺虎不

食投畀有北有北不受叶承呪反投畀有昊

叶許宜反○賦也言彼譖人者誰適與謀者甚嫉之故重言之也或曰行文也投棄也北北方寒涼不毛之地也不食不受也言讒譖之人物所共惡也昊昊天也投畀昊天使制其罪此皆設言以見欲其死亡之甚也故好賢如緇衣惡惡如巷伯○楊園之道猗於綺反于畝丘叶祛奇反寺人孟子作爲此詩凡百君子敬而聽之興也楊園下地也猗加也畝丘高地也寺人內小臣蓋以讒被宮而爲此官也孟子其字也○楊園之道而猗于畝丘以興賤者之言或有補

於君子也蓋譖始於微者而其漸將及
於大臣故作詩使聽而謹之也劉氏曰
其後王后太子及大
夫果多以讒廢者
巷伯七章四章章四句一章五
句一章八句一章六句巷是宮內道名
秦漢所謂永巷是也伯長也主
宮內道官之長即寺人也故以
名篇班固司馬遷贊云迹其所
以自傷悼小雅巷伯之倫其意
亦謂巷伯本以被讒而遭刑也
而楊氏曰寺人內侍之微者出

入[illegible]三之三[illegible]親近於王而日
見[illegible]可[illegible]矣今也亦
傷[illegible]敘其詩
曰[illegible]君子[illegible]讀之使在位
知戒也[illegible]
亦有理姑存以[illegible]云

習習谷風維風及雨將恐將懼維予與女音汝將安將樂音洛女轉棄予叶演女反○興也習習和調貌谷風東風也將且也恐懼謂危難憂患之時也○此朋友相怨之詩故言習習谷風則維風及雨矣將恐將懼之時則維予與女矣奈何

將安將樂而女轉棄予哉○習習谷風維風及頹徒雷反將恐將懼寘之豉反予于懷叶胡隈反將安將樂棄予如遺叶烏回反○興也頹風之焚輪者也寘與置同置于懷親之也如遺忘去而不復存省也○習習谷風維山崔祖回反嵬五回反無草不死無木不萎叶於回反忘我大德思我小怨叶音未詳○比也崔嵬山巔也○習習谷風維山崔嵬則風之所被者廣矣然猶無不死之草無不萎之木況

於朋友豈可以忘大德而思小怨乎或曰興也

谷風三章章六句

蓼蓼音六者莪五河反匪莪伊蒿呼毛反哀哀父母生我劬勞比也蓼長大貌莪美菜也蒿賤草也○人民勞苦孝子不得終養而作此詩言昔謂之莪而今非莪也特蒿而已以比父母生我以爲美材可賴以終其身而今乃不得其養以死於是乃言父母生我之劬勞而重自哀傷也

○蓼蓼者莪匪莪伊蔚音尉哀

哀父母生我勞瘁似醉反○比也蔚牡菣也三月始生七月始華如胡麻華而紫赤八月爲角似小豆角銳而長瘁病也○缾之罄矣維罍之恥鮮息淺反民之生不如死之久叶舉里反矣無父何怙無母何恃出則銜恤入則靡至比也缾小罍大皆酒器也罄盡鮮寡恤憂靡無也○言缾資於罍而罍資缾猶父母與子相依爲命也故缾罄矣乃罍之恥猶父母不得其所乃子之責所以窮獨之民生不如死也蓋無父則無所怙無母

則無所恃是以出則中心銜恤入則如無所歸也○父兮生我母兮鞠我拊我音撫畜我喜六反長我丁丈反育我顧我復我出入腹我欲報之德昊天罔極賦也生者本其氣也鞠畜皆養也拊拊循也育覆育也顧旋視也復反覆也腹懷抱也罔無極窮也○言父母之恩如此欲報之以德而其恩之大如天無窮不知所以爲報也○南山烈烈飄風發發民莫不穀我獨何害叶音曷○興也烈烈高大貌發發

發疾貌穀善也○南山烈烈則飄風發發矣民莫不善而我獨何爲遭此害也哉○南山律律飄風弗弗叶分聿反民莫不穀我獨不卒興也律律猶烈烈也弗弗猶發發也卒終也言終養也

蓼莪六章四章章四句二章章八句晉王裒以父死非罪每讀詩至哀哀父母生我劬勞未嘗不三復流涕受業者爲廢此篇詩之感人如此

有饛音蒙簋音軌飧音孫有捄音求棘匕必履反周道如砥之履反其直如矢君子所履小人所視止叫反睠音眷言顧之潸所姦反焉出涕音體○興也饛滿簋貌飧熟食也捄曲貌棘匕以棘爲匕所以載鼎肉而升之於俎也砥礪石言平也矢言直也君子在位履行小人下民也睠反顧也潸涕下貌○序以爲東國困於役而傷於財譚大夫作此以告病言有饛簋飧則有捄棘匕周道如砥則其直如矢是以君子履之而小人視焉今乃顧之而出涕

者則以東方之賦役莫不由是而西輸於周也○**小東大東**叶都郎反**杼**直呂反**柚**音逐**其空**叶枯郎反**糾糾葛屨可以履霜佻佻**徒彫反**公子行彼周行**叶戶郎反**既往既來**叶六直反**使我心疚**叶訖力反○賦也小東大東東方小大之國也自周視之則諸侯之國皆在東方杼持緯者也柚受經者也空盡也佻佻輕薄不奈勞苦之貌公子諸侯之貴臣也周行大路也疚病也○言東方小大之國杼柚皆已空矣至於以葛屨履霜而其貴戚之臣奔走往來

不勝其勞使我心憂而病也○有冽音列氿音軌泉叶才勻反無浸穫薪契契苦計反寤歎哀我憚叶丁佐反人薪是穫薪尚可載叶節力反也哀我憚人亦可息也興也冽寒意也側出曰氿泉穫艾也契契憂苦也憚勞也尚庶幾也載載以歸也○蘇氏曰薪已穫矣而復浸之則腐民已勞矣而復事之則病故已艾則庶其載而畜之已勞則庶其息而安之○東人之子職勞不來音賚叶六直反西人之子粲粲衣

服叶蒲北反舟人之子熊羆是裘叶渠之反私人之子百僚是試叶申之反○賦也東人諸侯之人也職專主也來勤也西人京師人也粲粲鮮盛貌舟人舟楫之人也熊羆是裘言富也私人私家皂隸之屬也僚官試用也舟人私人皆西人也○此言賦役不均羣小得志也○或以其酒不以其漿鞙鞙胡犬反佩璲音遂不以其長維天有漢監古暫反亦有光跂丘豉反彼織女終日七襄賦也鞙鞙長貌

瑞也漢天河也跂偶貌織女星名在
漢旁三星跂然如隅也七襄未詳傳曰
反也箋云駕也駕謂更其肆也蓋天有
十二次日月所止舍所謂肆也經星一
晝一夜左旋一周而有餘則終日之閒
自卯至酉當更七次也言東人或饋
之以酒而西人曾不以為漿東人或與
之以鞙然之佩而西人曾不以為長維
天有漢則庶乎其有以監我而織女
之七襄則庶乎其能成文章以報我矣
無所赴愬而言惟
天庶乎其恤我耳○雖則七襄不成報
章睆華版反彼牽牛不以服箱東有啓明

叶謨郎反西有長庚叶古郎反有捄天畢載施之行戶郎反○賦也睆明星貌牽牛星星名服駕也箱車箱也啓明長庚皆金星也以其先日而出故謂之啓明以其後日而入故謂之長庚蓋金水二星常附日行而或先或後但金大水小故獨以金星爲言也天畢畢星也狀如掩兔之畢行列也○言彼織女不能成報我以之章牽牛不可以服我之箱而啓明長庚天畢者亦無實用但施之行列而已至是則知天亦無若我何矣（）

維南有箕不可以簸波我反揚維北有斗不

可以挹音揖酒漿維南有箕載翕許急反其
舌維北有斗西柄之揭居謁反○賦也箕斗二星以夏
秋之閒見於南方云北斗者以其在箕
之北也或曰北斗常見不隱者也翕引
也舌下二星也南斗柄固指西若北斗
而西柄則亦秋時也○言南箕既不可
以簸揚糠粃北斗既不可以挹酌酒漿
而箕引其舌反若有所吞噬斗西揭其
柄反若有所挹取於東是天非徒無若
我何乃亦若助西人而見困甚怨之詞
也

大東七章章八句

四月維夏叶後五反六月徂暑先祖匪人胡寧忍予叶演女反○興也徂往也四月六月亦以夏正數之建巳建未之月也○此亦遭亂自傷之詩言四月維夏則六月徂暑矣我先祖豈非人乎何忍使我遭此禍也無所歸咎之詞也○秋日淒淒七西反百卉許貴反具腓芳非反亂離瘼音莫矣爰家語作奚其適歸興也淒淒涼風也卉草腓病離瘼病奚何適之也○秋

日凄凄則百卉俱腓腓矣亂離瘼矣則我將何所適歸乎哉○冬日烈烈飄風發發民莫不穀我獨何害叶音曷○興也烈烈猶栗烈也發發疾貌穀善也○夏則暑秋則病冬則烈言禍亂日進無時而息也○山有嘉卉侯栗侯梅叶莫悲反廢爲殘賊莫知其尤叶于其反○興也嘉善侯維廢變尤過也○山有嘉卉則維栗與梅矣在位者變爲殘賊則誰之過哉○相息亮反彼泉水載清載濁叶殊玉反我日構禍曷

云能穀興也相視載則構合也○相彼泉水猶有時而清有時而濁而我乃日日遭害則曷云能善乎○滔滔吐刀反江漢南國之紀盡瘁以仕寧莫我有叶羽已反○興也滔滔大水貌江漢二水名紀綱紀也謂經帶包絡之也瘁病也有識有也○滔滔江漢猶爲南國之紀今也盡瘁以仕而上何其不我有哉○匪鶉徒丸反匪鳶以專反叶以句反翰飛戾天叶鐵因反匪鱣張連反匪鮪于軌反潛逃于淵叶一均反○賦也鶉鵰也鳶亦

鷙鳥也其飛上薄雲漢鱣鮪大魚也○鶉鳶則能翰飛戾天鱣鮪則能潛逃于淵我非是四者則亦無所逃矣○

山有蕨薇隰有杞桋音夷**君子作歌維以告哀**叶於希反○興也杞枸檵也桋赤楝也樹葉細而岐銳皮理錯戾好叢生山中中爲車輞○山則有蕨薇隰則有杞桋君子作歌則維以告哀而已

四月八章章四句

小旻之什十篇六十五章四百十四

句

詩卷第十二

詩卷第十三

北山之什二之六

陟彼北山言采其杞偕偕士子叶奬履反朝夕從事叶上止反王事靡盬憂我父母叶滿彼反

賦也偕偕強壯貌士子詩人自謂也大夫行役而作此詩自言陟北山而采杞以食者皆強壯之人而朝夕從事者也蓋以王事不可以不勤是以貽我父母之憂耳

○溥音普天之下叶後五反莫非王土

率土之濱莫非王臣大夫不均我從事獨賢叶下珍反○賦也溥大率循濱涯也○言土之廣臣之衆而王不均平使我從事獨勞也不斥王而曰大夫不言獨勞而曰獨賢詩人之忠厚如此

○四牡彭彭叶鋪郎反王事傍傍布彭反叶布光反嘉我未老鮮息淺反我方將旅力方剛經營四方賦也彭彭然不得息也傍傍然不得已也嘉善鮮少也以爲少而難得也將壯也旅與膂同○言王之所以使我者善我之未老而方壯旅力

可以經營四方耳猶上章之言獨賢也○或燕燕居息或盡瘁事國叶越逼反或息偃在床或不已于行叶户郎反○賦也燕燕安息貌瘁病已止也○言役使之不均也下章放此○或不知叫號户刀反或慘慘七感反劬勞或棲音西遲偃仰或王事鞅於兩反掌賦也不知叫號深居安逸不聞人聲也鞅掌失容也言事煩勞不暇爲儀容也○或湛都南反樂音洛飲酒或慘慘畏咎巨九反

或出入風議（音諷，叶魚羈反），或靡事不爲。（賦也。咎猶罪，過也。出入風議，言親信而從容也。）

北山六章，三章章六句，三章章四句

無將大車，祇（音支）自塵兮。無思百憂，祇自疧（劉氏曰：當作疷，與痻同，眉貧反）兮。（興也。將，扶進也。大車，平地任載之車，駕牛者也。祇，適。疧，病也。○此亦行役勞苦而憂思者之作。言將大車則塵汚之思百憂則病及之也○無將大車維塵冥冥叶莫迥反無思百憂不出于熲古迥反○興也冥冥昏晦也熲與耿同小明也在憂中耿耿然不能出也○無將大車維塵雝於容於勇二反兮無思百憂祇自重直龍直勇二反兮興也雝猶蔽也重猶累也

無將大車三章章四句

明明上天照臨下土我征徂西至于艽

音求野叶上與反二月初吉載離寒暑心之憂矣其毒大音泰苦念彼共音恭下章並同人涕零如雨豈不懷歸畏此罪罟音古○賦也征行徂往也艽野地名蓋遠荒之地也二月亦以夏正數之建卯月也初吉朔日也毒言心中如有藥毒也共人僚友之處者也懷思罟網也○大夫以二月西征至于歲莫而未得歸故呼天而訴之復念其僚友之處者且自言其畏罪而不敢歸也

○昔我往矣日月方除直慮反曷云其還

歲聿云莫(音慕)念我獨兮我事孔庶心之憂矣憚(丁佐反)我不暇(叶胡故反)念彼共人睠睠(音眷)懷顧豈不懷歸畏此譴怒(賦也除除舊生新也謂二月初吉也庶衆憚勞也睠睠勤厚之意譴怒罪責也○言昔以是時往今未知何時可還而歲已莫矣蓋身獨而事衆是以勤勞而不暇也○)

昔我往矣日月方奧(於六反)曷云其還政事愈蹙(子六反)歲聿云莫采蕭穫菽心之

憂矣自詒伊戚叶子六反念彼共人興言出宿豈不懷歸畏此反覆芳福反○賦也奧暖蹙急詒遺戚憂興起也反覆傾側無常之意也○言以政事愈急是以至此歲莫而猶不得歸又自咎其不能見幾遠去而自遺此憂至於不能安寢而出宿於外也

○嗟爾君子無恒安處靖共爾位正直是與神之聽之式穀以女音汝○賦也君子亦指其僚友也恒常也靖與靜同與猶助也穀祿也以猶與也○上章既自傷悼此章

又戒其僚友曰嗟女君子無以安處爲常言當有勞時勿懷安也當靖共爾位惟正直之人是助則神之聽之而以穀祿與女矣○嗟爾君子無恒安息靖共爾位好呼報反是正直神之聽之介爾景福叶筆力反○賦也息猶處也好是正直愛此正直之人也介景皆大也

小明五章三章章十二句二章章六句

鼓鍾將將七羊反淮水湯湯音傷憂心且傷淑人君子懷允不忘賦也將將聲也淮水出信陽軍桐柏山至楚州漣水軍入海湯湯沸騰之貌淑善懷思允信也○此詩之義未詳王氏曰幽王鼓鍾淮水之上為流連之樂久而忘反聞者憂傷而思古之君子不能忘也○鼓鍾喈喈音皆叶居奚反淮水湝湝音皆叶戶皆反憂心且悲叶賢雞反淑人君子其德不回叶乎為反、賦也喈喈猶將將湝湝猶湯湯悲猶傷也回邪也○鼓鍾伐鼛古毛反叶居尤反淮有三洲憂心且妯敕留反淑人君子其德不猶賦也鼛大鼓也周禮作臯云臯鼓尋有四尺三洲淮上地蘇氏曰始言湯湯水盛也中言湝湝水流也終言三洲水落而洲見也言幽王之久於淮上也妯動猶若也言不若今王之荒亂也

○鼓鍾欽欽鼓瑟鼓琴笙磬同音以雅以南叶尼心反以籥以灼反不僭子念反叶七心反○賦也欽欽亦聲也磬樂器以石爲之琴瑟在堂笙磬在下同音言其和也雅二雅也

南二南也籥籥舞也僭亂也言三者皆不僭也○蘇氏曰言幽王之不德豈其樂非古歟樂則是而人則非也

鼓鍾四章章五句此詩之義有不可知者今姑釋其訓詁名物而略以王氏蘇氏之說解之未敢信其必然也

楚楚者茨言抽敕留反其棘自昔何為我蓺魚世反黍稷我黍與與音餘我稷翼翼我

倉既盈我庾維億以爲酒食以享以祀

叶逸織反以妥湯果反以侑音又叶夷益反以介景福

叶筆力反○賦也楚楚盛密貌茨蒺藜也抽除也我爲有田祿而奉祭祀者之自稱也與與翼翼皆蕃盛貌露積曰庾十萬曰億享獻也妥安坐也禮曰詔妥尸蓋祭祀筮族人之子爲尸既奠迎之使處神坐而拜以安之也侑勸也恐尸或未飽祝侑之曰皇尸未實也介大也景亦大也○此詩述公卿有田祿者力於農事以奉其宗廟之祭故言蒺藜之地有抽除其棘者古人何乃爲此事乎

蓋將使我於此蓺黍稷也故我之黍稷既盛倉庾既實則爲酒食以享祀妥侑而介大福也

濟濟子禮反蹌蹌七羊反絜爾牛羊以往烝嘗或剝或亨普庚反叶鋪郎反或肆或將祝祭于祊補彭反叶補光反祀事孔明叶謨郎反先祖是皇神保是饗叶虛良反孝孫有慶叶祛羊反報以介福萬壽無疆

賦也濟濟蹌蹌言有容也冬祭曰烝秋祭曰嘗剝解剝其皮也亨煮熟之也肆陳之也將奉持而進之也

祊廟門內也孝子不知神之所在故使祝愽求之于門內待賓客之處也孔甚也明循備也著也皇大也君也保安也神保蓋尸之嘉號楚詞所謂靈保亦以巫降神之稱也孝孫主祭之人也慶猶福也○執爨七亂反踖

踖七亦反叶七略反爲俎孔碩叶常約反或燔音煩或炙之赦反叶陟略反君婦莫莫音麥叶木各反爲豆孔庶叶陟略反爲賓爲客叶克各反獻酬市由反交錯

禮儀卒度叶徒洛反笑語卒獲叶黃郭反神保是

格叶剛鶴反報以介福萬壽攸酢賦也[illegible]也蹟蹟敬也俎所以載牲體也碩大也燔燒肉也炙炙肝也皆所以從獻也特牲主人獻尸賓長以肝從主婦獻尸兄弟以燔從是也君婦主婦也莫莫清靜而敬至也豆所以盛內羞庶羞主婦薦之也庶多也賓客筵而戒之使助祭者既獻尸而遂與之相獻酬也主人酌賓曰獻賓飲主人曰酢主人又自飲而復飲賓曰酬賓受之奠於席前而不舉至旅而後少長相勸而交錯以徧也卒盡也度法度也獲得其宜也格來酢報也

○我孔熯而善反矣式禮

莫愆叶起巾反工祝致告徂賚孝孫叶須倫反苾蒲必反芬孝祀叶逸織反神嗜飲食卜爾百福叶筆力反如幾音機如式既齊既稷既匡既敕永錫爾極時萬時億

賦也熯竭也善其事曰工苾芬香也卜予也幾期也春秋傳曰易幾而哭是也式法齊整稷疾匡正敕戒極至也○禮行既久筋力竭矣而式禮莫愆敬之至也於是祝致神意以嘏主人曰爾飲食芳潔故報爾以福祿使其來如幾其多如法爾禮容莊敬故報爾以衆善之

極使爾無一事而不得乎此各隨其事而報之以其類也少牢嘏詞曰皇尸命工祝承致多福無疆于女孝孫來女孝孫使女受禄于天宜稼于田眉壽萬年勿替引之此大夫之禮也○禮儀既備叶蒲北反鍾鼓既戒叶訖力反孝孫徂位叶力入反工祝致告叶古得反

神具醉止皇尸載起鼓鍾送尸神保聿歸諸宰君婦廢徹直列反不遲諸父兄弟備言燕私叶息夷反○賦也戒告也徂位祭事旣畢主人往阼階下

西面之位也致告祝傳尸意告利成於主人言孝子之利養成畢也於是神醉而尸起送尸而神歸矣曰皇尸者尊稱之也鼓鍾者尸出入奏肆夏也鬼神無形言其醉而歸者誠敬之至如見之也諸宰家宰非一人之稱也廢去也不遲以疾爲敬亦不留神惠之意也祭畢既歸賓客之俎同姓則留與之燕以盡私恩所以尊賓客親骨肉也○樂具入奏叶族音以綏後禄爾殽既將莫怨具慶叶祛羊反既醉既飽

叶補苟反小大稽首神嗜飲食使君壽考叶去

久反

孔惠孔時，維其盡叶子忍反之。子子孫孫，勿替天帝反引之。

賦也。凡廟之制，前廟以奉神，後寢以藏衣冠。祭於廟而燕於寢，故於此將燕而祭時之樂皆入奏於寢也。且於祭既受祿矣，故以燕為將受後祿而綏之也。爾殽既進，與燕之人無有怨者，而皆歡慶醉飽，稽首而言曰：向者之祭，神既嗜君之飲食矣，是以使君壽考也。又言君之祭祀甚順甚時，無所不盡，子子孫孫當不廢而引長之也。

楚茨六章，章十二句。

呂氏曰：楚茨極言祭

祀所以事神受福之節致詳致
備所以惟明先王致力於民者
盡則致力於神者詳觀其威儀
之盛物品之豐所以交神明逮
羣下至于受福無疆者
非德盛政修何以致之

信彼南山維禹甸之畇畇音勻
田見反叶徒鄰反
原隰曾孫田叶地因反之我疆我理南東其
畝叶蒲彼反○賦也南山終南山也甸
治也畇畇墾辟貌曾孫主祭者之稱
曾重也自曾祖以至無窮皆得稱之也
疆者爲之大界也理者定其溝塗也畝

龍也長樂劉氏曰其遂東入于溝則其畝南矣其遂南入于溝則其畝東矣○此詩大指與楚茨略同此即其篇首四句之意也言信乎此南山者本禹之所治故其原隰墾闢而我得田之於是爲之疆理而順其地勢水勢之所宜或南其畝或東其畝也○上天同雲雨于付反雪雰雰敷云反益之以霢莫革反霂音木既優既渥叶烏谷反既霑既足生我百穀賦也同雲雲一色也將雪之候如此雰雰雪貌霢霂小雨貌優渥霑足皆饒洽之意也冬有積雪春而益之以小雨潤澤

則饒洽矣○疆場音亦翼翼黍稷彧彧於六反叶于逼反曾孫之穡以為酒食畀必寐反我尸賓壽考萬年叶尼因反○賦也場畔也翼翼整敕貌彧彧茂盛貌畀與也○言其田整敕而穀茂盛者皆曾孫之穡也於是以爲酒食而獻之於尸及賓客也陰陽和萬物遂而人心懽悅以奉宗廟則神降之福故壽考萬年也

○中田有廬疆場有瓜叶攻乎反是剝是菹側居反獻之皇祖曾孫壽考叶孔五反受天之

祜侯古反○賦也中田田中也菹酢菜也祜福也○一井之田其中百畝爲公田内以二十畝分八家爲廬舍以便田事於畔上種瓜以盡地利瓜成剥削淹漬以爲菹而獻皇祖貴四時之異物順孝子之心也○祭以清酒從以騂息營反牡享于祖考叶去久反執其鸞刀以啓其毛取其血膋音聊叶音勞○賦也清酒清潔之酒鬱鬯之屬也騂赤色周所尚也祭禮先以鬱鬯灌地求神於陰然後迎牲執者主人親執也鸞刀刀有鈴也膋脂膏也啓其毛以告純也取其血以

告殺也取其膋以升臭也合之黍稷實之於蕭而燔之以求神於陽也記曰周人尚臭灌用鬯臭鬱合鬯臭陰達於淵泉灌以圭璋用玉氣也既灌然後迎牲致陰氣也蕭合黍稷臭陽達於墻屋故既奠然後焫蕭合羶薌凡祭慎諸此魂氣歸于天形魄歸于地故祭求諸陰陽之義也○**是烝是享**叶虛良反**苾苾芬芬祀事孔明**叶謨郎反**先祖是皇報以介福萬壽無疆**賦也烝進也或曰冬祭名

信南山六章章六句

倬陟角反彼甫田叶地因反歲取十千叶倉新反我取其陳食音嗣我農人自古有年叶尼因反今適南畝叶蒲彼反或耘或耔音子叶獎履反黍稷薿薿魚起反攸介攸止烝我髦士音毛○鈕里反

賦也倬明貌甫大也十千謂一成之田地方十里爲田九萬畝而以其萬畝爲公田蓋九一之法也我食祿主祭之人也陳舊粟也農人私百畝而養公田者也有年豐年也適往也耘除草也耔雝本也蓋后稷爲田一畝三甽廣尺深尺而播

種於其中苗葉以上稍耨壠草因壝其
土以附苗根壠盡畎平則根深而能風
與旱也薿薿茂盛貌介大烝進髦俊也俊
士秀民也古者士出於農而工商不與
焉管仲曰農之子恒爲農野處而不暱
其秀民之能爲士者必足賴也即謂此
也○此詩述公卿有田祿者力於農事
以奉方社田祖之祭故言於此大田歲
取萬畝之入以爲祿食及其積之久而
有餘則又存其新而散其舊以食農人
補不足助不給也蓋以自古有年是以
陳陳相因所積如此然其用之之節又
合宜而有序如此所以粟雖甚多而無
紅腐不可食之患也又言自古既有年

矣今適南畝農人方且或耘或耔而其黍稷又已茂盛則是又將復有年矣故於其所美大止息之奧進我俊士而勞之也○以我齊音咨明叶謨郎反與我犧羊以社以方我田既臧農夫之慶叶祛羊反琴瑟擊鼓以御叶牙嫁反田祖以祈甘雨以介我稷黍以穀我士女賦也

齊與粢同曲禮曰稷曰明粢此言齊明便文以協韻耳犧羊純色之羊也社社后土也以句龍氏配方秋祭四方報成萬物周禮所謂羅弊獻禽以祀祊是也臧

善慶福御迎也田祖先嗇也謂始耕田者即神農也周禮籥章凡國祈年于田祖則吹豳雅擊土鼓以樂田畯是也穀養也又曰善也言倉廩實而知禮節也○言奉其齊盛犧牲以祭方社而曰我田之所以善者非我之所能致也乃賴農夫之福而致之耳又作樂以祭田祖而祈雨庶有以大其稷黍而養其民人也○曾孫來止以其婦子（叶獎履反）饁（于輒反）彼南畝（叶滿彼反）田畯（音俊）至喜攘（如羊反）其左右（叶羽己反）嘗其旨否（叶補美反）禾易（以豉反）長畝

同上終善且有叶羽己反曾孫不怒農夫克敏叶毋鄙反○賦也曾孫主祭者之稱非獨宗廟爲然曲禮外事曰曾孫某侯某武王禱名山大川曰有道曾孫周王發是也饁餉攘取旨美易治長竟有多敏疾也○曾孫之來適見農夫之婦子來饁耘者於是與之偕至其所而田畯亦至而喜之乃取其左右之饋而嘗其旨否言其上下相親之甚也既又見其禾之易治竟畝如一而知其終當善而且多是以曾孫不怒而其農夫益以敏於其事也○曾孫之稼如茨才私反如梁曾孫

之庾羊主反如坻直基反如京叶居良反乃求千
斯倉乃求萬斯箱黍稷稻粱農夫之慶
叶袪羊反報以介福萬壽無疆賦也茨屋蓋言其密比也
梁車梁言其穹隆也坻水中之高地也
京高丘也箱車箱也○此言收成之後
禾稼既多則求倉以處之求車以載之
而言凡此黍稷稻粱皆賴農夫之慶而
得之是宜報以大福使之萬壽無疆
也其歸美於下而欲厚報之如此

甫田四章章十句

大田多稼既種章勇反既戒既備乃事叶上止反以我覃以冉反耜叶養里反俶載南畝叶滿洧反播厥百穀叶工洛反既庭且碩叶常約反曾孫是若賦也種擇其種也戒飭其具也覃利俶始載事庭直碩大若順也○蘇氏曰田大而種多故於今歲之冬具來歲之種戒來歲之事凡既備矣然後事之取其利耜而始事於南畝既耕而播之其耕之也勤而種之也時故其生者皆直而大以順曾孫之所欲此詩爲農夫之詞以頌美其上若以答前篇之意也

○既方既皁叶子苟反既堅既好叶許苟反不稂音郎不莠餘久反去起呂反其螟莫廷反螣音特及其蟊莫侯反賊無害我田稺音稚田祖有神秉畀炎火叶虎委反○賦也方房也謂孚甲始生而未合時也實未堅者曰皁稂童梁莠似苗皆害苗之草也食心曰螟食葉曰螣食根曰蟊食節曰賊皆害苗之蟲也稺幼禾也○言其苗既盛矣又必去此四蟲然後可以無害田中之禾然非人力所及也故願田祖之神爲我持此四蟲而付之炎火之

中也姚崇遣使捕蝗引此爲證夜中設火火邊掘坑且焚且瘞蓋古之遺法如此○有渰於檢反萋萋七西反興雨祁祁雨于付反我公田遂及我私息夷反彼有不穫穉此有不斂力檢反穧才計反彼有遺秉此有滯穗伊寡婦之利賦也渰雲興貌萋萋盛貌祁祁徐也雲欲盛盛則多雨雨欲徐徐則入土公田者方里而井井九百畝其中爲公田八家皆私百畝而同養公田也穧束秉把也滯亦遺棄之意也○言農夫之心

先公後私故望此雲雨而曰天其雨我
公田而遂及我之私田乎冀怙君德而
蒙其餘惠使收成之際彼有不及穫之
穉禾此有不及斂之穧束彼有遺棄之
禾把此有滯漏之禾穗而寡婦尚得取
之以爲利也此見其豐成有餘而不盡
取又與鰥寡共之既足以爲不費之惠
而亦不棄於地也不然則粒米狼戾不
殆於輕視天物
而慢棄之乎
○曾孫來止以其婦子
饁彼南畝（子畝並見前篇）田畯至喜來方禋（音因）
祀（叶逸織反）以其騂黑與其黍稷以享以祀

同上**以介景福**叶筆力反○賦也精意以享謂之禋○農夫相告曰曾孫來矣於是與其婦子饁彼南畝之穫者而田畯亦至而喜之也曾孫之來又禋祀四方之神而賽禱焉四方各用其方色之牲此言騂黑舉南北以見其餘也以介景福農夫欲曾孫之受福也

大田四章二章章八句二章章九句

前篇有擊鼓以御田祖之文故或疑此楚茨信南山甫田大田四篇即爲豳雅其詳見於豳風之末亦未知其是否

也以然前篇上之人以我田既臧
爲農夫之慶而欲報之以介福
此篇農夫以雨我公田遂及我
私而欲其享祀以介景福上下
之情所以相賴而相報者
如此非盛德其孰能之

瞻彼洛矣維水泱泱於良反無韻未詳君子至止福禄如茨韎音昧韐音閤有奭許力反以作六師

賦也洛水名在東都會諸侯之處也泱泱深廣也君子指天子也茨積也韎茅蒐所染色也韐韠也合韋爲之周官所謂韋弁兵事之服也奭赤貌

作猶起也六師六軍也天子六軍○此天子會諸侯于東都以講武事而諸侯美天子之詩言天子至此洛水之上御戎服而起六師也○瞻彼洛矣維水泱泱君子至止鞞補頂反琫必孔反有珌賓一反君子萬年保其家室賦也鞞容刀之鞞今刀鞘也琫上飾珌下飾亦戎服也○瞻彼洛矣維水泱泱君子至止福祿既同君子萬年保其家邦叶卜工反○賦也同猶聚也

瞻彼洛矣三章章六句

裳裳者華其葉湑（思呂反）兮我覯之子我心寫（叶想與反）兮我心寫兮是以有譽處兮

興也裳裳猶堂堂董氏云古本作常常棣也湑盛貌覯見處安也○此天子美諸侯之辭蓋以答瞻彼洛矣也言裳裳者華則其葉湑然而美盛矣我覯之子則其心傾寫而悅樂之矣夫能使見者悅樂之如此則其有譽處宜矣此章與蓼蕭首章文勢全相似

○裳裳者華芸其黃矣我

覯之子維其有章矣維其有章矣是以

有慶（叶墟羊反）矣（與也芸黃盛也章文章也有文章斯有福慶矣）○

裳裳者華或黃或白（叶僕各反）我覯之子乘

其四駱乘其四駱六轡沃若（與也言其車馬威儀

之盛）○左（叶祖戈反）之左（同上）之君子宜（叶牛何反）之

右（叶羽已反）之右（同上）之君子有（叶羽已反）之維其

有（同上）之是以似（叶養里反）之（賦也言其才全德備以左之則

無所不宜以右之則無所不有維其有之於內是以形之於外者無不似其所有也

裳裳者華四章章六句

北山之什十篇四十六章三百三十四句

詩卷第十三

詩卷第十四　朱熹集傳

桑扈之什二之七

交交桑扈(侯古反)有鶯其羽君子樂(音洛)胥(叶思呂反)受天之祜(侯古反○興也交交飛往來之貌桑扈竊脂也鶯然有文章也君子指諸侯胥語詞祜福也○此亦天子燕諸侯之詩言交交桑扈則有鶯其羽矣君子樂胥則受天之祜矣頌禱之詞也)○交交桑扈有鶯其領君子樂胥萬邦之屏(卑郢

反○興也領頸屏蔽也言其能爲小國之藩衛蓋任方伯連帥之職者也○之屏之翰叶胡見反百辟音壁爲憲不戢莊立反不難叶乃多反受福不那賦也翰幹也所以當敵兩避障土者也辟君憲法也言其所統之諸侯皆以之爲法也戢歛難愼那多也不戢戢也不難難也不那那也蓋曰豈不歛乎豈不愼乎其受福豈不多乎古語聲急而然也後放此○兕徐履反觥古橫反其觩音求旨酒思柔彼交匪敖五報反萬福來求賦也兕觥爵也

觩角上曲貌旨美也思語詞也敖傲通交際之閒無所傲慢則我無事於求福而福反來求我矣

桑扈四章章四句

鴛鴦于飛畢之羅之君子萬年福祿宜叶牛何反之興也鴛鴦匹鳥也畢小罔長柄者也羅罔也君子指天子也○此諸侯所以荅桑扈也鴛鴦于飛則畢之羅之矣君子萬年則福祿宜之矣亦頌禱之詞也○

鴛鴦在梁戢其左翼君子萬

年宜其遐福叶筆力反○興也石絶水爲梁戢斂也張子曰禽鳥並棲一正一倒戢其左翼以相依於內舒其右翼以防患於外蓋左不用而右便故也遐遠也久也○乘繩證反馬在廐音救摧采卧反之秣音末叶莫佩反之君子萬年福祿艾魚蓋反叶魚肺反之興也摧莝秣粟艾養也蘇氏曰艾老也言以福祿終其身也亦通○乘馬在廐則摧之秣之矣君子萬年則福祿艾之矣乘馬在廐秣之摧叶[illegible]之君子萬年福祿

絲[illegible]之[illegible]

鴛鴦四章章四句

有頍[illegible]者弁實維伊何爾酒既旨爾殽既嘉叶居何反豈伊異人兄弟匪他湯何反蔦音鳥與女蘿力多反施以豉反于松柏叶逋莫反未見君子憂心弈弈叶弋灼反既見君子庶幾說音悅懌叶弋灼反○賦而興也頍弁貌或曰舉首貌弁皮弁嘉旨

皆美也匪他非他人也蔦寄生也葉似當盧子如覆盆子赤黑甜美女蘿兎絲也蔓連草上黃赤如金此則比也君子兄弟爲賓者也弈弈憂心無所薄也〇此亦燕兄弟親戚之詩故言有頍者弁實維伊何乎爾酒既旨爾殽既嘉則豈伊異人乎乃兄弟而匪他也又言蔦蘿施于木上以比兄弟親戚纏綿依附之意是以未見而憂既見而喜也〇有頍者弁實維何期爾酒既旨爾殽既時豈伊異人兄弟具來叶陵之反蔦與女蘿施于松上叶時掌反未見

君子憂心怲怲兵命反叶兵旺反旣見君子庶幾有臧叶才浪反○賦而興又比也何期猶伊何也時善具俱也怲怲憂盛滿也臧善也

○有頍者弁實維在首爾酒旣旨爾殽旣阜方九反豈伊異人兄弟甥舅巨九反如彼雨于付反雪先集維霰蘇薦反死喪息浪反無日無幾居豈反相見樂音洛酒今夕君子維宴賦而興又比也阜猶多也甥舅謂母姑姊妹妻

族也霰雪之始凝者也將大雨雪必先
微溫雪自上下遇溫氣而摶謂之霰久
而寒勝則大雪矣言霰集則將雪之候
以比老至則將死之微也故言死喪
無日不能久相見矣但當樂飲
以盡今夕之歡爲親親之恩也

頍弁三章章十二句

閒關車之舝兮（舝胡瞎反）思孌季女（孌力兗反）
逝兮（[illegible]）匪飢匪渴德音來括雖無
好友（叶羽已反）式燕且喜（賦也閒關設舝聲也舝車軸頭鐵也）

[illegible]則脫行則設之昏禮親迎者乘車
[illegible][illegible]脫往括會也○此燕樂其新昏
之詩故言閒關然設此車舝者蓋思彼
孌然之季女故乘此車往而迎之也匪
飢也匪渴也望其德音來括而心如飢
渴耳雖無他人亦當燕飲以相喜樂也
○依彼平林有集維鷮音驕辰彼碩女令
德來教叶居又反式燕且譽好呼報反爾無射
音亦叶都故反○興也依依茂木貌鷮雉
也微小於翟走而且鳴其尾長肉甚美
辰時碩大也爾即季女也射厭也○依
彼平林則有集維鷮辰彼碩女則以令

德來配己而教誨之是以式燕且譽而悅慕之無厭也○雖無旨酒式飲庶幾雖無嘉殽式食庶幾雖無德與女音汝式歌且舞女賦也旨嘉皆美也女亦指季女也○言我雖無旨酒嘉殽美德以與女女亦當飲食歌舞以相樂也○陟彼高岡析星歷反其柞子洛反薪叶音真析其柞薪其葉湑思呂反兮鮮息淺反我覯爾我心寫叶想羽反兮覯見也陟登柞櫟湑盛鮮少覯見也○陟岡而析薪則其葉

湑兮矣我得見爾則我心寫兮矣○高山仰叶五剛反止景行行叶戶郎反止四牡騑騑孚非反六轡如琴覯爾新昏以慰我心興也仰瞻望也景行大道也如琴謂六轡調和如琴瑟也慰安也○高山則可仰景行則可行馬服御良則可以迎季女而慰我心也此又舉其始終而言也表記曰小雅曰高山仰止景行行止子曰詩之好仁如此鄉道而行中道而廢忘身之老也不知年數之不足也俛焉日有孶孶斃而後已

車舝五章章六句

營營青蠅止于樊音煩叶汾乾反豈弟君子無信讒言比也營營往來飛聲亂人聽也青蠅汙穢能變白黑樊藩也君子謂王也詩人以王好聽讒言故以青蠅飛聲比之而戒王以勿聽也○營營青蠅止于棘叶訖逼反讒人罔極交亂四國興也棘所以為藩也極猶已也○營營青蠅止于榛士巾反讒人罔極[illegible]構[illegible]我二人[illegible]

構古候反說也
三號讒者爲二人

青蠅三章章四句

賓之初筵　左右秩秩無[illegible]大叶後二同章放此　籩豆有楚　殽戶交反核戶革反維旅　酒既和旨　飲酒孔偕音皆叶舉里反　鍾鼓既設叶書質反　舉醻市由反逸逸　大侯既抗叶居郎反　弓矢斯張　射夫既同　獻爾發功　發彼有的叶丁藥反　以祈爾

賦也初筵初卽席也左右筵之左右
辭也秩秩有序也楚列貌殽豆實也核
籩實也旅陳也和旨調美也孔甚也偕
齊一也設宿設而又遷于下也大射樂
人宿縣厥明將射乃遷樂于下以避射
位也以衆耦衆所質之的爵也逸逸往
來有序也大侯君侯也天子熊侯白質
諸侯麋侯赤質大夫布侯畫以虎豹士
布侯畫以鹿豕天子侯身一丈其中三
分居一以為質畫熊其外則丹地畫以雲
氣抗張也凡將射張侯而不繫左下綱中
掩束之至將射司馬命張侯弟子脫束
遂繫下綱也大侯張而弓矢亦張節也
射夫既同比其耦也分謂選羣侯為三

耦三耦之外其餘各自取匹謂之衆耦
獻猶奏也發發矢也的質也祈求也爵
射不中者飲豐上之觶也○衛武公飲
酒悔過而作此詩此章言因射而飲者
初筵禮儀之盛酒既調美而飲者齊一
至於設鍾鼓舉醻爵抗大侯張弓矢而
衆耦拾發各心競云
我以此求爵汝也○籥舞笙鼓樂既
和奏叶宗五反烝衎苦旦反烈祖以洽百禮百
禮既至有壬有林錫爾純嘏子孫其湛
都南反叶持林反其湛曰樂音洛各奏爾能叶奴金反

賓載手仇音拘叶求室人入又叶由怡二音
酌彼康爵以奏爾時叶酬時二音○賦
也籥舞文舞也烝
進衎樂烈業洽合也百禮言其備也壬
大林盛也言禮之盛大也錫神錫之也
爾主祭者也嘏福湛樂也各奏爾能謂
子孫各酌而獻尸尸酢所卒爵也仇讀
曰與室人有室中之事者謂佐食也又
復也賓手挹酒室人復酌爲加爵也康
安也酒所以安體也或曰康讀曰抗記
曰崇坫康圭此亦謂坫上之爵也時時
祭也蘇氏曰時物也○此言內祭○賓
而飲者始時禮樂之盛如此也

之初筵溫溫其恭其未醉止威儀反反叶分邅反曰既醉止威儀幡幡叶分邅反舍音捨其坐遷屢舞僊僊其未醉止威儀抑抑曰既醉止威儀怭怭毗必反是曰既醉不知其秩賦也反反顧禮也幡幡輕數也遷徙屢數也僊僊軒舉之狀抑抑慎密也怭怭媟嫚也秩常也○此言凡飲酒者常始乎治而卒乎亂也○賓既醉止載號乎毛反載呶女交反亂我籩豆

屢舞僛僛。起其反是曰既醉，不知其郵。叶于其反側弁之俄，屢舞傞傞。素多反既醉而出，並受其福。叶筆力反醉而不出，是謂伐德。飲酒孔嘉，叶居何反維其令儀。叶牛何反

○賦也。號呶，讙也。僛僛，傾側之狀。郵與尤同，過也。側，傾也。俄，傾貌。傞傞，不止也。出，去。伐，害。孔，甚。令，善也。○此章極言醉者之狀，因言賓醉而出，則與主人俱有美譽；醉至若此，是害其德也。飲酒之所以甚美者，以其有令儀爾，今若此則無復有儀矣。○

凡此飲酒或醉或否（叶補美反）既立之監或佐之史彼醉不臧不醉反恥式勿從謂無俾大怠（音泰 叶養里反）匪言勿言匪由勿語由醉之言俾出童羖（音古）三爵不識（叶失志二）

（音）矧（失引反）敢多又（叶夷益夷記二反○ 賊也監史司正之屬）

燕禮鄉射恐有解倦失禮者立司正以監之察儀法也謂告由從也童羖無角之羖羊必無之物也識記也○言飲酒者或醉或不醉故既立監而佐之以史

則彼醉者所爲不善而不自知使不醉者反爲之羞媿也安得從而告之使勿毛於大怠乎告之若曰所不當言者勿言所不當從者勿語醉而妄言則當罰汝使出童羖矣設言必無之物以恐之也女飲至三爵已昏然無所記矣況敢又多飲乎又丁寧以戒之也

賓之初筵五章章十四句　毛氏序曰衛武公刺幽王也韓氏序曰衛武公飲酒悔過也今按此詩意與大雅抑戒相類必武公自悔之作當從韓義

魚在在藻有頒符云反其首王在在鎬豈苦在反樂音洛飲酒興也藻水草也頒大首貌豈亦樂也○此天子燕諸侯而諸侯美天子之詩也言魚何在乎在乎藻也則有頒其首矣王何在乎在乎鎬京也則豈樂飲酒矣○魚在在藻有莘所巾反其尾王在在鎬飲酒樂豈叶去幾反○興也莘長貌○魚在在藻依于其蒲王在在鎬有那乃多反其居興也那安居處也

魚藻三章章四句

采菽采菽筐(音匡)之筥(音舉)之君子來朝(音潮)何錫予(音與)之雖無予之路車乘(乘證反)馬(叶滿補反)又何予之玄袞(古本反)及黼(音斧○興也菽)

大豆也君子諸侯也路車金路以賜同姓象路以賜異姓也玄袞玄衣而畫以卷龍也黼如斧形刺之於裳也周制諸公袞冕九章已見九罭篇侯伯鷩冕七章則自華蟲以下子男毳冕五章衣自宗彝以下而裳黼黻孤卿絺冕三章則

衣紛米而裳黼黻大夫玄冕則玄衣黻
裳而已○此天子所以答魚藻也采菽
采菽則必以筐筥盛之君子來朝則必
有以錫予之又言今雖無以予之然已
有路車乘馬玄衮及黼之賜矣其言
如此者好之無已意猶以爲薄也○
觱音必沸音弗檻胡覽反泉叶才勻反言采其芹巨斤
反君子來朝言觀其旂巨依反叶巨斤反其旂
淠淠匹弊反鸞聲嘒嘒呼惠反載驂七南反載
駟君子所屆叶居氣反○興也觱沸泉出貌檻泉正出也芹水草

可貪淠淠動貌嘒嘒聲也屆至也○觱沸檻泉則言采其芹諸侯來朝則言觀其旂見其旂聞其鸞聲又見其馬則知君子之至於是也○赤芾音弗在股邪幅在下叶後五反彼交匪紓音舒叶上與反天子所予叶演女反樂音洛樂只君子天子命叶彌并反之樂只君子福祿申之賦也脛本曰股邪幅偪也邪纏於足如今行縢所以束脛在股下也交交際也紓緩也言諸侯服此芾偪見于天子恭敬齊遫不敢紓緩則爲天子所與而申之以福祿也○維

柞之枝其葉蓬蓬樂只君子殿多見反天子之邦叶卜工反樂只君子萬福攸同平平婢延反左右亦是率從興也柞見車舝篇蓬蓬盛貌殿鎮也平平辯治也左右諸侯之臣也率循也○維柞之枝則其葉蓬蓬然樂只君子則宜鎮天子之邦而爲萬福之所聚又言其左右之臣亦從之而至此也○

汎汎芳劍反楊舟紼音弗纚力馳反維之樂只君子天子葵之樂只君子福禄膍頻尸反

之優哉游哉亦是戾叶郎之反矣興也紼繂纚維皆繫也言以大索纚其舟而繫之也葵揆也揆猶度也膍厚戾至也○汎汎楊舟則必以紼纚維之樂只君子則天子必葵之福祿必膍之於是又歎其優游而至於此也

采薇五章章八句

騂騂息營反角弓翩匹然反其反叶分邅反矣兄弟昏姻無胥遠叶於圓矣興也騂騂弓調和貌角弓以角

飾弓也騂反貌弓之爲物張之則內向而來弛之則外反而去有似兄弟昏姻親疎遠近之意胥相也○此刺王不親九族而好讒佞使宗族相怨之詩言騂騂角弓旣騂然而反矣兄弟昏姻則豈可以相遠哉○爾之遠同上矣民胥然矣爾之教矣民胥傚矣賦也爾王也上之所爲下必有甚者○此令兄弟綽綽有裕預與二音不令兄弟交相爲瘉同上○賦也令善綽寬裕饒瘉病也○言雖王化之不善然此善兄弟則綽綽有裕而不變彼不善之兄弟則

由此而交相病矣蓋指讒己之人而言也○民之無良相怨一方受爵不讓叶如羊反至于己斯亡賦也一方彼一方也○相怨者各據其一方耳若以責人之心責己愛己之心愛人使彼己之間交見而無蔽則豈有相怨者哉況兄弟相怨相讒以取爵位而不知遜讓終亦必亡而已矣○老馬反爲駒叶去聲不顧其後叶下故反如食宜饇音嗣於據反如酌孔取叶音娶○比也饇飽孔甚也○言其但知讒害人以取爵位而不知其不勝任如老

馬僬矣而反自以爲駒不顧其後將有不勝任之患也又如食之已多而宜飽矣酌之所取亦已甚矣〇**毋教猱升木如塗塗附**

君子有徽猷小人與屬音蜀叶殊遇反〇比也猱獼猴也性善升木不待教而能也塗泥附著徽美猷道屬附也〇言小人骨肉之恩本薄王又好讒佞以來之是猶教猱升木又如於泥塗之上加以泥塗附之也苟王有美道則小人將反爲善以附之不至於如此矣〇**雨**于付反

雪瀌瀌符驕反**見晛**乃見反**曰**音越韓詩劉向作聿下章

放此消莫肯下遐稼反遺式居婁力住反荀子作屢驕比也瀌瀌盛貌晛日氣也張子曰讒言遇明者當自止而王甘信之不肯貶下而遺棄之更益以長慢也○雨雪浮浮見晛曰流如蠻如髦叶莫侯反我是用憂比也浮浮猶瀌瀌也流流而去也蠻南蠻也髦夷髦也書作髳言其無禮義而相殘賊也

角弓八章章四句

有菀音鬱者柳不尚息焉上帝甚蹈戰國策作

上天甚神**無自暱焉俾予靖之後予極焉**比也

柳茂木也尚庶幾也上帝指王也蹈當

爲神言威靈可畏也暱近也靖定也極求

之盡也○王者暴虐諸侯不朝而作此

詩言彼有菀然茂盛之柳行路之人豈

不庶幾欲就止息乎以比人誰不欲朝

事王者而王甚威神使人畏之而不敢

近爾使我朝而事之以靖王室後必將

極其所欲以求於我蓋諸侯皆不朝而

王獨至則王必責之無已如齊威王朝

周而後反爲所辱也或曰興也下章放

此○**有菀者柳不尚愒焉**欺例反**上帝甚**

蹈（上見）無自瘵（側界反，叶子例反）焉（戰國策作也）。俾予靖之，後予邁（叶力制反）焉。比也。愒，息。瘵，病也。邁，過也。求之過其分也。○有鳥高飛，亦傅（音附）于天（叶鐵因反）。彼人之心，于何其臻。曷予靖之，居以凶矜。興也。傅、臻皆至也。彼人，斥王也。居，猶徒然也。凶矜，遭凶禍而可憐也。○鳥之高飛，極至於天耳。彼人之心，於何所極乎。言其貪縱無極，求責無已，人不知其所至也。如此則豈予所能靖之乎，乃徒然自取以矜耳。

菀柳三章章六句

桑扈之什十篇四十三章二百八十二句

詩卷第十四

詩卷第十五　朱熹集傳

都人士之什二之八

彼都人士狐裘黃黃其容不改出言有章行歸于周萬民所望叶音亡○賦也都王都也黃黃狐裘色也不改有常也章文章也周鎬京也○亂離之後人不復見昔日都邑之盛人物儀容之美而作此詩以歎惜之也○彼都人士臺笠緇撮七活反叶租悅反彼君子女綢直留反直

如髮叶方月反我不見兮我心不說音悅賦也臺（）夫須也緇撮緇布冠也其制小僅可撮其髻也君子女都人貴家之女也綢直如髮未詳其義然以四章推之亦言其髮之美耳（）彼都人九

士充耳琇音秀實彼君子女謂之尹吉我不見兮我心苑於粉反結叶繳質反（）賦也琇美石也以玉為瑱尹吉未詳鄭氏曰吉讀為姞尹氏姞氏周之昏姻舊姓也人見都人之女咸謂尹氏姞氏之女言其有禮法也李氏曰所謂尹吉猶晉言王謝唐言崔盧

拌盧也心苑屈也積也○彼都人士垂帶而厲叶落蓋反彼君子女卷音權髮如蠆初邁反我不見兮言從之邁賦也厲垂帶之貌卷髮鬢傍短髮不可斂者曲上卷然以爲飾也蠆螫蟲也尾末揵然似髮之曲上者邁行也蓋曰是不可得見也得見則我從之邁矣思之甚也○匪伊垂之帶則有餘匪伊卷之髮則有旟我不見兮云何盱喜俱反矣賦也旟揚也盱望也說見何人斯篇○此言士之帶非故垂之

也帶自有餘耳女之髮非故卷之也髮自有旟耳言其自然閑美不假脩飾也然不可得而見矣則如何而不望之乎

都人士五章章六句

終朝采綠不盈一匊弓六反予髮曲局薄言歸沐賦也自旦及食時為終朝綠王芻也兩手曰匊局卷也猶言首如飛蓬也○婦人思其君子而言終朝采綠而不盈一匊者思念之深不專於事也又念其髮之曲局於是舍之而歸沐以待其君子之還也○終朝

采藍[illegible]不盈一襜[illegible]五日爲[illegible]即藍期六日不詹[illegible]之藍勝也詹與[illegible]之約也六日[illegible]之子于狩文尺敗[illegible]言韔其弓[illegible]之子于釣言綸之繩鄉也之子謂其君子也絲曰綸○言君子若歸而欲往對鄉[illegible]爲之韔其弓欲往釣耶我則爲之綸其繩望之切思之深欲無往而不[illegible]與之俱也其釣維何維魴音房及鱮

音叙叶 維魴及鱮薄言觀者 [illegible]與反

音濟 [illegible]時也於

其釣而有獲也又從而

觀之亦上章之意也

采綠四章章四句

芃芃黍苗陰雨膏之 [illegible] 悠悠南行召伯勞之 [illegible]

[illegible]芃芃長大貌悠[illegible]

[illegible]

我任我輦 [illegible]

力展反我車我牛叶魚其反我行既集蓋云歸

哉叶將黎反○賦也任負任者也輦人輓車也牛所以駕大車也集成也營

謝之役既成而歸也○我徒我御我師我旅我行

既集蓋云歸處賦也徒步行者御乘車者五百人爲旅五旅爲

師春秋傳曰君行師從卿行旅從○肅肅謝功召伯營

之烈烈征師召伯成之賦也肅肅嚴正之貌謝邑名申

伯所封國也今在鄧州信陽軍功工役

之事也營治也烈烈威武貌征行也

○原隰既平泉流既清召伯有成王心則寧賦也土治曰平水治曰清○言召伯營謝邑相其原隰之宜通其水泉之利此功既成宣王之心則安也

黍苗五章章四句此宣王時詩與大雅崧高相表裏

隰桑有阿其葉有難乃多反既見君子其樂如何音洛下同興也隰下濕之處宜桑者也阿美貌難盛貌皆言枝葉條垂之狀○此喜見君子之詩言隰桑有阿則其葉有難矣既見君子則其

樂如何哉詞意大槩與菁菁者莪相類然所謂君子則不知其何所指矣或曰比也下章放此○隰桑有阿其葉有沃烏酷反叶鬱縛反既見君子云何不樂興也沃光澤貌○隰桑有阿其葉有幽叶於交反既見君子德音孔膠音交○興也幽黑色也膠固也○心乎愛叶許既反矣遐不謂矣中心藏之何日忘之賦也遐與何同表記作瑕鄭氏注曰瑕之言胡也謂猶告也○言我中心誠愛君子而既見之則何不遂

以告之而但中心藏之將使何日而忘之邪楚詞所謂思公子兮未敢言意蓋如此愛之根於中者深故發之遲而存之久也

隰桑四章章四句

白華音花菅音姦兮白茅束兮之子之遠俾比也白華野菅也已漚為菅之子斥幽王也俾使也我申后自我獨兮我也幽王娶申女以為后又得褒姒而黜申后故申后作此詩言白華為菅則白茅為束二物至微猶必相須為用何之子之遠而俾我獨耶○英

英英白雲露彼菅茅叶莫侯反天步艱難之子不猶比也英英輕明之貌白雲水土輕清之氣當夜而上騰者也露即其散而下降者也步行也天步猶言時運也猶圖也或曰猶如也○言雲之澤物無微不被今時運艱難而之子不圖不如白雲之露菅茅也○滮符彪反池北流浸彼稻田叶地因反嘯歌傷懷念彼碩人比也滮流貌北流豐鎬之間水

多北流碩人尊大之稱亦謂幽王也○言小水微流尚能浸灌王之尊大而反不能通其寵澤所以使我嘯歌傷懷而念之也

○樵彼桑薪，卬烘樵祖焦反卬五綱反烘火東反于煁。市林反維彼碩人，實勞我心。北也樵采也桑薪薪之善者也卬我烘燎也煁無釜之竈可燎而不可烹飪者也○桑薪宜以烹飪而但爲燎燭以比嫡后之尊而見卑賤也反（一）

鼓鍾于宮，聲聞

音問于外念子懆懆七到反視我邁邁比也懆懆憂貌邁邁不顧也○鼓鍾于宮則聲聞于外矣念子懆懆而反視我邁邁何哉○有鶖音秋在梁有鶴在林維彼碩人實勞我心比也鶖禿鶖也梁魚梁也○蘇氏曰鶖鶴皆以魚爲食然鶴之於鶖清濁則有間矣今鶖在梁而鶴在林鶖則飽而鶴則飢矣幽王進褒姒而黜申后○譬之養鶖而棄鶴也○鴛鴦

在梁戢其左翼之子無良二三其德比也戢其左翼言不失其常也良善也二三其德則鴛鴦之不如矣○有扁步典反斯石履之都禮反叶稽移卑兮之子之遠俾我疷兮反比也扁扁卑貌俾使疷病也○有扁然而卑之石則履之者亦卑矣如妾之賤則寵之者亦賤矣是以之子之遠而俾我疷也

白華八章章四句

緜蠻黃鳥，止于丘阿。道之云遠，我勞如何。飲（於鴆反）之食（音嗣）之，教之誨之。命彼後車，謂之載之。比也。緜蠻，鳥聲。阿，曲阿也。後車，副車也。○此微賤勞苦而思有所託者，爲鳥言以自比也。蓋曰緜蠻之黃鳥，自言止于丘阿而不能前，蓋道遠而勞甚矣。當是時也，有能飲之食之、教之誨之，又命後車以載之者乎。○緜蠻黃鳥，止于丘隅。豈敢憚行，畏

不能趨飲之食之教之誨之命彼後車

謂之載之比也隅角憚畏也趨疾行也○緜蠻黃鳥

止于丘側豈敢憚行畏不能極飲之食

之教之誨之命彼後車謂之載之比也側傍

極至也閔語云六所剌
駕則夕撫丁寧閔

緜蠻三章章八句

幡幡孚煩反瓠葉采之亨之普庚反，叶鋪郎反君子有酒酌言嘗之賦也幡幡瓠葉貌○此亦燕飲之詩言幡幡瓠葉采之亨之至薄也然君子有酒則亦以是酌而嘗之蓋述主人之謙詞言物雖薄而必與賓客共之也○有兔他故反斯首炮白交反之燔音煩叶汾乾反之君子有酒酌言獻叶虛言反之賦也有兔斯首一兔也猶數魚以尾也毛曰炮加火曰燔亦薄物也獻獻之於賓也○有兔斯首燔之炙音隻叶陟略反之君子有酒酌言酢才洛反之賦也炕火曰炙謂以物貫之而舉於

火上以炙之酢報也賓既卒爵而酌主人也○有兔斯首燔之炮叶蒲侯反之君子有酒酌言醻市周反之

賦也醻導飲也

瓠葉四章章四句

漸漸並士銜反下同之石維其高矣山川悠遠維其勞矣武人東征不遑朝叶直高反矣賦也漸漸高峻之貌武人將帥也遑暇也言無朝旦之暇也○將帥出征經歷險遠

不堪勞苦而作此詩也○漸漸之石維其卒在律反矣山川悠遠曷其沒叶莫筆反矣武人東征不遑出矣賦也卒崔嵬也謂山巔之末也曷何沒盡也言所登歷何時而可盡也不遑出謂但知深入不暇謀出也○有豕白蹢音的烝涉波矣月離于畢俾滂普郎反沱徒河反矣武人東征不遑他湯何反矣賦也蹢蹄也烝衆也離月所宿也畢星名豕涉波月離畢將雨之驗也○張子曰豕之負塗曳泥其常

性也今其足皆白衆與涉波而去水患之多可知矣此言久役又逢大雨甚勞苦而不暇及他事也

漸漸之石三章章六句

苕音條之華音花芸音云其黄矣心之憂矣維其傷矣比也苕陵苕也本草去即今之紫葳蔓生附於喬木之上其華黄赤色亦名凌霄○詩人自以身逢周室之衰如苕附物而生雖榮不久故以爲比而自言其心之憂傷也○苕之華其葉青青子零

反知我如此不如無生叶桑經反（）比也青青盛貌然亦何能久哉〇牂子桑反羊墳扶云反首三星在罶音柳人可以食鮮息淺反可以飽叶補苟反〇賦也牂羊牝羊也墳大也羊瘠則首大也罶笱也罶中無魚而水靜但見三星之光而已〇言饑饉之餘百物彫耗如此苟且得食足矣豈可望其飽哉（）

苕之華三章章四句陳氏曰此詩其詞簡其情哀周室將亡不可救矣詩人傷之而已

何草不黄何日不行叶户郎反何人不將經營四方興也草衰則黄將亦行也○周室將士征役不息行者苦之故作此詩言何草而不黄何日而不行何人而不將以經營於四方也哉○何草不玄叶胡勾反何人不矜古頑反韓詩作鰥叶居陵反哀我征夫獨爲匪民興也玄赤黑色也既黄而玄也無妻曰矜言從役過時而不得歸失其室家之樂也哀我征夫豈獨爲非民哉○匪兕徐履反匪虎率彼曠野叶上與反哀我

征夫朝夕不暇叶後五反○賦也率循曠空也○言征夫非兕非虎何爲使之循曠野而朝夕不得閑暇也有芃薄工反者

狐與車叶率彼幽草有棧士板反之車行彼

周道興也芃尾長貌棧車役車也周道大道也言不得休息也

何草不黃四章章四句

都人士之什十篇四十三章

二百句

詩卷第十五

詩卷第十六　　朱熹集傳

大雅三 說見小雅

文王之什三之一

文王在上於音烏下同昭于天叶鐵因反周雖舊邦其命維新有周不顯帝命不時叶上紙反文王陟降在帝左右叶羽己反○賦也於歎辭昭明也命天命也不顯猶言豈不顯也帝上帝也不時猶言豈不時也左右旁側也○[illegible]

公追述文王之德明周家所以受命而代商者皆由於此以戒成王此章言文王既沒而其神在上昭明于天是以周邦雖自后稷始封千有餘年而其受天命則自今始也夫文王在上而昭于天則其德顯矣周雖舊邦而命則新則其命時矣故又曰有周豈不顯帝命豈不時乎蓋以文王之神在天一升一降無時不在上帝之左右是以子孫蒙其福澤而君有天下也春秋傳天王追命諸侯之詞曰叔父陟恪在我先王之左右以佐事上帝語意與此正相似或疑恪亦降字之誤理或然也〇亹亹亹音尾文王令聞聞音問不

已陳錫哉周矣文王孫子叶從之心文王孫子本支百世凡周之士不顯亦世叶世

強勉之貌令聞善譽也陳猶敷也哉語辭侯維也本宗子也支庶子也○文王非有所勉也純亦不已而人見其若有所勉耳其德不已故令既沒而其令聞猶不已也令聞不已是以上帝敷錫于周維文王孫子則使之本宗百世爲天子支庶百世爲諸侯而又及其臣子使凡周之士亦世世脩德與周匹休焉

○世之不顯厥猶翼翼思皇多士生此

王國叶于逼反王國克生維周之楨音貞濟濟子禮反多士文王以寧賦也猶謀也翼翼勉敬也思語辭皇美楨榦也濟濟多貌○此承上章而言其傳世豈不顯乎而其謀猷皆能勉敬如此也美哉此衆多之賢士而生於此文王之國也文王之國能生此衆多之士則足以爲國之榦而文王亦賴以爲安矣蓋言文王得人之盛而宜其傳世之顯也○穆穆文王於緝熙敬止假古雅反哉天命有商孫子商之孫子其麗

不億上帝既命侯于周服叶蒲北反○賦也穆穆深遠之意緝續熙明亦不已之意止語辭假大麗數也不億不止於億也侯維也○言穆穆然文王之德不已其敬如此是以大命集焉以有商孫子觀之則可見矣蓋商之孫子其數不止於億然以上帝之命集於文王也而今皆維服于周矣○侯服于周天命靡常殷士膚敏祼古亂反將于京叶居良反厥作祼將常服黼音甫冔況甫反王之藎才刃反臣無念爾祖賦也諸侯

之大夫入天子之國曰其士則殷士者
商孫子之臣屬也膚美敏疾也祼灌鬯
也將行也酌而送之也京周之京師也
黼黼裳也冔殷冠也蓋先代之後統承
先王脩其禮物作賓于王家時王不敢
變焉而亦所以爲戒也王指成王也蓋
進也言其忠愛之篤進進無已也無念
猶言豈得無念也爾祖文王也○言商
之孫子而侯服于周以天命之不可常
也故殷之士助祭於周京而服商之服
也於是呼王之藎臣而告之曰得無念
爾祖文王之德乎蓋以戒王而不敢斥
言猶所謂敬告僕夫云爾劉向曰孔子
論詩至於殷士膚敏祼將于京喟然嘆

曰大哉天命善不可不傳于後嗣是以富貴無常蓋傷微子之事周而痛殷之亡也○無念爾祖聿于筆反脩厥德永言配命自求多福叶筆力反殷之未喪息浪反師克配上帝宜鑒于殷駿音峻命不易以豉反○賦也聿發語辭永長配合也命天理也師衆也上帝天之主宰也駿大也不易言其難也○言欲念爾祖在於自脩其德而又常自省察使其所行無不合於天理則盛大之福自我致之有不外求而得矣又言殷未失天下之時其德足以配

乎上帝矣今其子孫乃如此宜以爲鑒
而自省焉則知天命之難保矣大學傳
曰得衆則得國失衆
則失國此之謂也○命之不易無遏
爾躬叶姑弘反宣昭義問有虞殷自天叶鐵因反
上天之載無聲無臭叶初尤反儀刑文王萬
邦作孚叶房尤反○賦也遏絶宣布昭明義善也問聞通有又通虞度
載事儀象刑法孚信也○言天命之不
易保故告之使無若紂之自絶于天而
布明其善譽於天下又度殷之所以廢
興者而折之於天然上天之事無聲無

臭不可得而度也惟取法於文王則萬邦作而信之矣子思子曰維天之命於穆不已蓋曰天之所以為天也於乎不顯文王之德之純蓋曰文王之所以為文也純亦不已夫知天之所以為天又知文王之所以為文則夫與天同德者可得而言矣是詩首言文王在上於昭于天文王陟降在帝左右而終之以此其旨深矣

文王七章章八句

東萊呂氏曰呂氏春秋引此詩以為周公所作味其詞意信非周公不能作也○今按此

詩一章言文王有顯德而上帝
有成命也二章言天命集于文
王則不唯尊榮其身又使其[illegible]
孫百世爲天子諸侯也三章[illegible]
命周之福不唯及[illegible]世子孫[illegible]
及其羣臣之後嗣[illegible]
命既絕于商則[illegible]
又使其子孫來[illegible]
[illegible]

反覆至深切矣故立之樂官而
因以爲天子諸侯朝會之樂蓋
將以戒于後世之君臣而又以
昭先王之德於天下也國語以
爲兩君相見之樂特舉其一端
而言耳然此詩之首章言文王
之昭于天而不言其所以昭次
章言其令聞不已而不言其所
以聞至於四章然後所以昭明
而不已者乃可得而見焉然亦
多詠歎之言而語其所以爲德
之實則不越乎敬之一字而已
然則後章所謂修厥德而儀刑
之者豈可以它求哉亦勉於此

而已矣

明明在下赫赫在上叶辰羊反天難忱市林反斯不易以豉反維王天位殷適音的使不挾子燮反四方賦也明明德之明也赫赫命之顯也忱信也不易難也天位天子之位也殷適殷之適嗣也挾有也○此亦周公戒成王之詩將陳文武受命故先言在下者有明明之德則在上者有赫赫之命達于上下去就無常此天之所以難忱而爲君之所以不易也紂居天位爲殷嗣乃使之不得挾四

方而有之蓋以此爾○摯（音至）仲氏任（音壬）自彼殷商

來嫁于周曰嬪（毗申反）于京（叶居良反）乃及王

季維德之行（叶戶郎反）大任（音泰）有身（叶尸羊反）生

此文王賦也摯國名仲中女也任摯國姓也殷商商之諸侯也嬪婦也

京周京也曰嬪于京疊言以釋上句之意猶曰釐降二女于嬀汭嬪于虞也王

季文王父也身懷孕也○將言文王之聖而追本其所從來者如此蓋曰自其

父母而已然矣○維此文王小心翼翼昭事上

帝聿懷多福[illegible]厥德不回以受方國

[illegible]

天監在下有命既集[illegible]文王初載天作之合在洽之陽在渭之涘[illegible]文王嘉止大邦有子

[illegible]

子人似也○將言武王伐商之事故此
又推其本而言天之監照實在於下其
命既集於周矣故於文王之初年而默
定其配所以洽陽渭涘當文王將昏之
期天大邦有子也蓋
曰非人之所能爲矣○**大邦有子俔**牽遍
反**天之妹文定厥祥親迎**魚敬反**于渭造**
舟爲梁不顯其光賦也俔磬也韓詩作
磬說文云俔譬也孔
氏曰如今俗語譬喻物曰磬作然也文
禮祥吉也言卜得吉而以納幣之禮定
其祥也造作梁橋也作船於水比之而
加版於其上以通行者即今之浮橋也

三舟上

傳曰天子造舟諸侯維舟大夫方舟士特舟張子曰造舟爲梁文王所制而周世遂以爲天子之禮也不顯顯也○有命自天命此文王于周于京叶居良反纘子管反女維莘所巾反長丁丈反子維行叶戶郎反篤生武王保右叶羽已反命爾燮伐大商賦也纘繼也莘國名長子長女大姒也[illegible]燮和也○言天既命文王於周之京而克纘大任之女事者維莘國以其長女來嫁于我也天又篤厚之使生武王

王保之助之命之而使之順天命以伐商也○殷商之旅其會如林矢于牧野維予侯興叶音歆上帝臨女音汝無貳爾心

賦也如林言衆也書曰受率其旅若林矢陳也牧野在朝歌南七十里侯維貳疑也爾武王也○此章言武王伐紂之時紂衆會集如林以拒武王而皆陳于牧野則維我之師爲有興起之勢耳然衆心猶恐武王以衆寡之不敵而有所疑也故勉之曰上帝臨女毋貳爾心蓋知天命之必然而贊其決也然武王非必有所疑也設言以見衆心之同非武王

之得已耳○牧野洋洋檀車煌煌駟騵（音元）彭彭（叶鋪郎反）維師尚父時維鷹揚涼（音亮）彼武王肆伐大商會朝清明（叶謨郎反）○賦也洋洋廣大之貌檀堅木宜爲車者也煌煌鮮明貌駵馬白腹曰騵彭彭彊盛貌師尚父太公望爲太師而號尚父也鷹揚如鷹之飛揚而將擊言其猛也涼漢書作亮佐助也肆縱兵也會朝會戰之旦也○此章言武王師衆之盛將帥之賢伐商以除穢濁不崇朝而天下清明所以終首章之意也

大明八章四章章六句四章章八句

名義見小旻篇。一章言天命無常惟德是與二章言王季大任之德以及文王三章言文王之德四章五章六章言文王大姒之德以及武王七章言武王伐紂八章言武王克商以終首章之意其章以六句八句相間又國語以此及下篇皆爲兩君相見之樂說見上篇

緜緜瓜瓞田節反民之初生自土沮七余反

漆（音七）古公亶（都但反）父（音甫）陶（音桃）復（音福）陶穴（叶戶橘反）未有家室

比也。緜緜，不絶貌。大曰瓜，小曰瓞。瓜之近本初生者常小，其蔓不絶，至末而後大也。民，周人也。自，從。土，地也。沮、漆，二水名，在豳地。古公，號也。亶父，名也，或曰字也。後乃追稱大王焉。陶，窰竈也。復，重窰也。穴，土室也。家，門内之通名也。豳地近西戎而苦寒，故其俗如此。○此亦周公戒成王，追述大王始遷岐周以開王業，而文王因之以受天命也。此其首章，言瓜先小而後大，以比周人始生於漆沮之上，而古公之時，居於窰竈土室之中，其國甚小至文王而後大也○古公亶父來朝走馬叶滿補反率西水滸呼五反至于岐下叶後五反爰及姜女聿來胥宇賦也朝早也走馬避狄難也率循也滸水厓也漆沮之側也岐下岐山之下也姜女大王妃也胥相宇宅也孟子曰大王居邠狄人侵之事之以皮幣珠玉犬馬而不得免乃屬其耆老而告之曰狄人之所欲者吾土地也吾聞之也君子不以其所以養人者害人二三子何患乎無君我將去之去邠踰梁山邑于岐山之下居焉邠人曰仁人也不可失也從之者

如歸市

○周原膴膴音武，堇音謹荼如飴音移。爰始爰謀叶謨悲反，爰契苦計反我龜。曰止曰時，築室于茲叶津之反。○賦也。周，地名，在岐山之南。廣平曰原。膴膴，肥美貌。堇，烏頭也。荼，苦菜，蓼屬也。飴，餳也。契，所以然火而灼龜者也，儀禮所謂楚焞是也。或曰以刀刻龜甲欲鑽之處也。○言周原土地之美，雖物之苦者亦甘，於是大王始與豳人之從己者謀居之，又契龜而卜之，既得吉兆，乃告其民曰：可以止於是而築室矣。或曰：時謂土功之時也。

迺慰迺止，迺

左廼右叶羽已反廼疆廼理廼宣廼畝叶滿彼反

自西徂東周爰執事叶上止反○賦也慰安止居也左右東西列之也疆謂畫其大界理謂別其條理也宣布散而居也或曰導其溝洫也畝治其田疇也自西徂東自西水滸而徂東也周徧也言靡事不爲也○

乃召司空乃召司徒俾立室家叶古胡反其

繩則直縮叶色六反版以載叶節力反作廟翼翼

賦也司空掌營國邑司徒掌徒役之事繩所以爲直凡營度位處皆先以繩正

之既正則束板而築也縮束也載上下
相承也言以索束版投土築訖則升下
而上以相承載也君子將營宮室宗廟
爲先廐庫爲次居室爲後翼翼嚴正也
○捄音俱之陾陾耳升反度待洛反之薨薨築
之登登削屢馮馮扶冰反百堵丁古反皆興
鼛音皋鼓弗勝音升○捄也捄盛土於器也陾陾衆也度投土於版
也薨薨衆聲也登登相應聲削屢牆成
而削治重復也馮馮牆堅聲五版爲堵
興起也此言治宮室也鼛鼓長一丈二
尺以鼓役事弗勝者言其樂事勸功鼓

不能止也○迺立臯門，臯門有伉。苦浪反，叶苦郎反。迺立應門，應門將將。七羊反。迺立冢土，戎醜攸行。叶戶郎反。○賦也。傳曰：王之郭門曰臯門。伉，高貌。王之正門曰應門。將將，嚴正也。大王之時未有制度，特作二門，其名如此。及周之有天下，遂尊以爲天子之門，而諸侯不得立焉。冢土，大社也，亦大王所立，而後因以爲天子之制也。戎醜，大衆也。起大事，動大衆，必有事乎社而後出，謂之宜。○肆不殄田典反厥慍，紆問反亦不隕韻敏反厥問。

柞子洛反棫音域拔蒲貝反矣行道兌吐外反矣混音昆夷駾徒對反矣維其喙許貴反矣賦也肆故今也猶言遂也承上起下之辭殄絕慍怒隕墜也問聞通謂聲譽也柞櫟也枝長葉盛叢生有刺棫白桵也小木亦叢生有刺拔挺拔而上不拳曲蒙密也兌通也始通道於柞棫之閒也駾突喙息也○言大王雖不能殄絕混夷之慍怒亦不隕墜己之聲問蓋雖聖賢不能必人之不怒己但不廢其自脩之實耳然大王始至此岐下之時林木深阻人物鮮少至於其後生齒漸繁歸附日衆則

木拔道通混夷畏之而奔突竄伏維其
喙息而已言德盛而混夷自服也蓋已
爲文王之時矣○**虞芮**如銳反**質厥成文王蹶厥**居衛
反**厥生**叶桑經反**予曰有疏附**叶上聲**予曰有**
先息薦反**後**胡豆反叶下五反**予曰有奔奏**與走通叶
宗五反**予曰有禦侮**賦也虞芮二國名質正成平也傳曰虞芮
之君相與爭田久而不平乃相與朝周
入其境則耕者讓畔行者讓路入其邑
男女異路班白不提挈入其朝士讓爲
大夫大夫讓爲卿二國之君感而相謂

曰我等小人不可以履君子之境乃相讓以其所爭田爲閒田而退天下聞之而歸者四十餘國蘇氏曰虞在陝之平陸芮在同之馮翊平陸有閒原焉則虞芮之所讓也蹶生未詳其義或曰蹶動而疾也生猶起也子詩人自下也率下親上曰疏附相道前後曰先後喻德宣譽曰奔奏武臣折衝曰禦侮言昆夷既服而虞芮來質其訟之成於是諸侯歸周者衆而天下向此動其興起之勢昇雖其德之[illegible][illegible]亦由有此四臣之助而然故各以[illegible][illegible][illegible]之其詞繁而不殺者所以深歎其得人之盛也

緜九章章六句一章言在豳二章言至岐三章言定宅四章言授田居民五章言作宗廟六章言治宮室七章言作門社八章言至文王而服混夷九章言文王受命之事餘說見上篇

芃芃薄紅反棫雨逼反樸音卜薪之槱音酉之濟濟子禮反辟音壁王左右趣叶此苟反之興也芃芃木盛貌樸叢生也言根枝迫迮相附著也槱積也濟濟容貌之美也辟君也君王謂

文王也○此亦以咏歌文王之德言芃芃棫樸則薪之槱之矣濟濟辟王則左右趣之矣蓋德盛而人心歸附趣向之也○濟濟辟王左右

奉璋峩峩五歌反髦士攸宜叶牛何反○賦也半圭曰璋祭祀之禮王祼以圭瓚諸臣助之亞祼以璋瓚左右奉之其判在內亦有趣向之意峩峩盛壯也髦俊也○

淠匹世反彼涇音經舟烝徒楫音接叶籍入反之周王于邁六師及之興也淠舟行貌涇水名烝衆楫櫂于往邁行也六師六軍也○言淠彼涇

舟則舟中之人無不楫之周王于邁則六師之衆追而及之蓋衆歸其德不令而從也○倬陟角反彼雲漢爲章于天叶鐵因反

周王壽考遐不作人興也倬大也雲漢天河也在箕斗二星之間其長竟天章文章也文王九十七乃終故言壽考遐與何同作人謂變化鼓舞之也○追對迴反琢陟角反其章金玉其

相勉勉我王綱紀四方興也追雕也金曰雕玉曰琢相質也勉勉猶言不已也凡網罟張之爲綱理之爲紀○追之琢之則所以美其

文者至矣。金之玉之，則所以美其質者至矣。勉勉我王，則所以綱紀乎四方者至矣。

棫樸五章，章四句。此詩前三章言文王之德為人所歸，後二章言文王之德有以振作綱紀天下之人，而人歸之。自此以下至假樂，皆不知何人所作，疑多出於周公也。

瞻彼旱麓（音鹿），榛楛（音戶）濟濟（子禮反）。豈弟君子，干祿豈弟。興也。旱，山名。麓，山足也。榛，似栗而小。楛，似荊而赤。

濟衆多也豈弟樂易也君子指文王也○此亦以咏歌文王之德言旱山之麓則榛楛濟濟然矣豈弟君子則其干祿也豈弟矣干祿豈弟言其干祿之有道猶曰其爭也君子云爾㈠

瑟所乙反**彼玉瓚**才旱反**黃流在中豈弟君子福祿攸降**叶乎攻反

○與也瑟縝密貌玉瓚圭瓚也以圭爲柄黃金爲勺青金爲外而朱其中也黃流鬱鬯也釀秬黍爲酒築鬱金煮而和之使芬芳條鬯以瓚酌而祼之也攸所降下也○言瑟然之玉瓚則必有黃流在其中豈弟之君子則必有福祿下其躬明寶器

不薦於褻味而黃流不注於瓦缶則知盛德必享於祿壽而福澤不降於淫人矣○鳶弋專反飛戾天因叶鐵魚躍于淵叶均反豈弟君子遐不作人

興也鳶鴟類戾至也李氏曰抱朴子曰鳶之在下無力及至乎上聳身直翅而已蓋鳶之飛全不用力亦如魚躍怡然自得而不知其所以然也遐何也言鳶之飛則戾于天矣魚之躍則出于淵矣豈弟君子而何不作人乎言其必作人也

○清酒既載叶節力反騂息營反牡既備

北蕉二六反以享以祀叶逸織反以介景福叶筆力反（）賦

也載在尊也備全具也承上章（）[illegible]言其來之備則祭必受福也

（）瑟彼柞棫民所燎力召反矣豈弟君子神所勞力報反

矣興也瑟茂密貌燎爨也或曰熂燎除其旁草使木茂也勞慰撫

也（）莫莫葛藟力軌反施以豉反于條枚莫回

反豈弟君子求福不回興也莫莫盛貌回邪也

旱麓六章章四句

思齊側皆反 大音泰任文王之母莫後反 思媚美記反 周姜京室之婦房九反 大音泰上姒嗣徽音則百斯男叶尼心反○賦也思語辭齊莊媚愛也周姜大王之妃大姜也京周也大姒文王之妃也徽美也百男擧成數而言其多也○此詩亦歌文王之德而推本言之曰此莊敬之大任乃文王之母實能媚于周姜而稱其為周室之婦至於大姒又能繼其美德之音而子孫衆多上有聖母所以成之者遠内有賢妃所以助之者深也

惠于宗公神罔

時怨神罔時恫音通刑于寡妻至于兄弟以御牙嫁反于家邦叶卜工反○賦也惠順也宗公宗廟先公也恫痛也刑儀法也寡妻猶言寡小君也御迎也○言文王順于先公而鬼神歆之無怨恫者其儀法內施於閨門而至于兄弟以御于家邦也孔子曰家齊而后國治孟子曰言舉斯心加諸彼而已張子曰言接神人各得其道也○

雝雝於容反在宮肅肅在廟叶音貌不顯亦臨無射音亦亦保叶音鮑○賦也雝雝和之至也肅肅敬之至也

不顯亦臨無射亦保不顯幽隱之處也射與斁同厭也保猶守也○言文王在閨門之内則極其和在宗廟之中則極其敬雖居幽隱亦常若有臨之者雖無厭射亦常有所守焉其純亦不已蓋如是○**肆戎疾不殄烈假**古雅反**不瑕不聞亦式不諫亦入**式與下諧亦韻未詳○賦也肆故今也戎大也疾猶難也大難如羑里之囚及昆夷玁狁之屬也殄絕烈光假大瑕過也此兩句與不殄厥慍亦不隕厥問相表裏聞猶舊也式法也○承上章言文王之德如此故其大難雖不殄絕而光大亦無玷缺雖事之無所前聞者

而亦無不合於法度雖無諫諍之者而亦未嘗不入於善傳所謂性與天合是也（）肆成人有德小子有造古之人無斁譽髦斯士賦也冠以上爲成人小子童子也造爲也古之人指文王也譽名髦俊也○承上章言文王之德見於事者如此故一時人材皆得其所成就蓋由其德純而不已故令此士皆有譽於天下而成其俊乂之美也

思齊五章二章章六句三章章

四句

皇矣上帝，臨下有赫。（叶黑各反）監觀四方，求民之莫。維此二國，其政不獲。維彼四國，爰究爰度。上帝耆之，憎其式廓。乃眷西顧，此維與宅。

賦也。皇，大。臨，視也。赫，威明也。監亦視也。莫，定也。二國，夏商也。不獲，謂失其道也。四國，四方之國也。究，尋。度，謀。耆、憎、式廓，未詳其義。或曰：耆，致也。憎，當作增。式廓，猶言規模也。此

謂岐周之地也○此詩叙大王大伯王
季之德以及文王伐密伐崇之事也此
其首章先言天之臨下甚明但求民之
安定而已彼夏商之政既不得矣故求
於四方之國苟上帝之所欲致者則增
大其疆境之規模於是乃眷然顧視西
土以此岐周之地
與大王爲居宅也○作之屏之其
菑莊持反其翳一計反脩之平之其灌其栵
音例啓之辟之婢亦反其檉丑貞反其椐羌居反叶
紀庶反攘之剔他歷反之其檿烏劒反其柘章夜
反

反叶都故反

帝遷明德串古患反**夷載路天立厥配受命既固**賦也作拔起也屏去之也菑木立死者也翳自斃者也或曰小木蒙密蔽翳者也修平皆治之使疏密正直得宜也灌叢生者也栵行生者也啓辟芟除也檉河柳也似楊赤色生河邊椐樻也腫節似扶老可爲杖者也攘剔謂穿剔去其繁冗使成長也檿山桑也與柘皆美材可爲弓幹又可蠶也明德謂明德之君即大王也串夷載路未詳或曰串夷即混夷載路謂滿路而去所謂混夷駾矣者也配賢妃也謂大姜○此章言大王遷於岐

周之舊蓋岐周之地本皆山林險阻無人之境而近於昆夷矣已居之人物漸盛然後漸次開闢如此乃上帝遷此明德之君使居其地而昆夷遠遁天又爲之立鄰國以輔之是以受命堅固而卒成王業也 ○帝省息井反其山柞棫斯拔蒲貝反松柏斯兌徒外反帝作邦作對自大音泰伯王季維此王季因心則友叶羽己反則友其兄叶虚王反則篤其慶叶祛羊反載錫之光受祿無喪息浪反叶平聲奄有

四方賦也拔兌見緜篇此亦言其山林之閒道路通也對猶當也作對言擇其可當此國者以君之也大伯大王之長子王季大王之少子也因心非勉強也善兄弟曰友兄謂大伯也篤厚載則也奄字之義在忽遽之閒○言帝省其山而見其木拔道通則知民之歸之者益衆矣於是既作之邦又與之賢君以嗣其業蓋自其初生大伯王季之時而已定矣於是大伯見王季生文王又知天命之有在故適吳不反大王沒而國傳於王季及文王而周道大興也然以大伯而避王季則王季疑於不友故又特言王季所以友其兄者乃因其心

之自然而無待於勉强既受大伯之讓則益脩其德以厚周家之慶而與其兄以讓德之光猶曰彰其知人之明不爲徒讓耳其德如是故能受天禄而不失至于文武而奄有四方也（）維此王季帝度待洛反其心貊武伯反其德音其德克明克明克類克長丁丈反克君王于況反或如字此大邦克順克比必里反比毗至反于文王其德靡悔叶虎既受帝祉音恥施以豉反于孫子叶奬履反○賦

也度能度物制義也貊春秋傳樂記皆作莫謂其莫然清靜也克明能察是非也克類能分善惡也克長教誨不倦也克君賞慶刑威也言其賞不僭故人以爲慶刑不濫故人以爲威也順慈和徧服也比上下相親也比于至于也悔遺恨也○言上帝制王季之心使有尺寸能度義又清靜其德音使無非閒之言是以王季之德能此六者至於文王而其德亦無遺恨是以既受上帝之福而延及于孫子也○帝謂文王無然畔援于願反無然歆羨錢面反誕先登于岸叶魚戰反密人不

恭敢距大邦（叶卜攻反）侵阮（魚宛反）徂共（音恭）王赫斯怒（叶暖五反）爰整其旅以按（音遏）徂旅以篤于周祜（候五反）以對于天下○（叶後五反）賦也帝謂文王設爲天命文王之詞如下所言也無然猶言不可如此也畔離畔也援攀援也言舍此而取彼也歆欲之動也羨愛慕也言肆情以徇物也岸道之極至處也密密須氏也姞姓之國在今寧州阮國名在今涇州徂往也共阮國之地名今涇州之共池是也其旅周師也按遏也徂旅密師之往共者也祜福對

答也〇人心有所畔援有所歆羨則溺於人欲之流而不能以自濟文王無是二者故獨能先知先覺以造道之極至蓋天實命之而非人力之所及也是以密人不恭敢距其命而擅興師旅以侵阮而往至于共則赫怒整兵而往遏其衆以厚周家之福而答天下之心蓋亦因其可怒而怒之初未嘗有所畔援歆羨也此文王[illegible]之怒也

依其在京[illegible]侵自阮疆陟我高岡無矢我陵我陵我阿無飲我泉我泉我池[illegible]度[illegible]其鮮[illegible]

原居岐之陽在渭之將萬邦之方下民之王

賦也依安貌京周京也矢陳鮮善也將側方鄉也○言文王安然在周之京而所整之兵既遏密人遂從阮疆而出以侵密所陟之岡即爲我岡而人無敢陳兵於陵飲水於泉以拒我也於是相其高原而徙都焉所謂程邑也其地於漢爲扶風安陵今在京兆府咸陽縣

○帝謂文王予懷明德不大聲以色不長丁丈反夏以革不識不知順帝之則帝謂文王詢爾仇方

同爾兄弟以爾鉤援音爰與爾臨衝以伐崇墉

賦也予設為上帝之自稱也懷眷念也明德文王之明德也以猶與也夏革未詳則法也仇方讎國也兄弟與國也鉤援鉤梯也所以鉤引上城所謂雲梯者也臨臨車也在上臨下者也衝衝車也從旁衝突者也皆攻城之具也崇國名在今京兆府鄠縣墉城也史記崇侯虎譖西伯於紂紂囚西伯於羑里西伯之臣閎夭之徒求美女奇物善馬以獻紂紂乃赦西伯賜之弓矢鈇鉞得專征伐曰譖西伯者崇侯虎也西伯歸三年伐崇侯虎而作豐邑[illegible]帝

眷念文王而言其德之深微不暴著其形迹又能不作聰明以循天理故又命之以伐崇也呂氏曰此言文王德不形而功無迹與天同體而已雖興兵以伐崇莫非順帝之則而非我也○臨衝閑閑叶胡貧反崇墉言言執訊音信連連攸馘古獲反安安叶於肩反是類是禡馬嫁反叶滿補反是致是附叶上聲四方以無侮臨衝茀茀音弗叶分聿反崇墉仡仡魚乞反是伐是肆是絕是忽叶虛屈反四方以

無拂叶分聿反○賦也閑閑徐緩也言言高大也連連屬續狀馘割耳也安安不輕暴也類將出師祭上帝也禡至所征之地而祭始造軍者謂黃帝及蚩尤也致致其至也附使之來附也茀茀強盛貌佗佗堅壯貌肆縱兵也忽滅拂矢也春秋傳曰文王伐崇三旬不降退脩教而復伐之因壘而降○言文王伐崇之初緩攻徐戰告祀羣神以致附來者而四方無不畏服及終不服則從之以滅之而四方無不服從也夫始攻之緩戰之徐也非力不足也非示之弱也將以致附而全之也及其終不下而肆之

也則入洙不可以留而洙人不可
以不御故也此所謂文王之師也

皇矣八章章十二句一章二章言天命大
王三章四章言天命王季五章
六章言天命文王伐密七章八
章言天命
文王伐崇

經始靈臺叶田飴反經之營之庶民攻之不
日成之經始勿亟居力反庶民子來叶六直反
○賦也經度也靈臺文王所作謂之靈
者言其倏然而成如神靈之所為也營

表攻作也不日不終日也亟急也○國之有臺所以望氛祲察災祥時觀游節勞佚也文王之臺方其經度營表之際而庶民已來作之所以不終日而成也雖文王心恐煩民戒令勿亟而民心樂之如子趨父事不召自來也孟子謂文王以民力爲臺爲沼而民歡樂之謂其臺曰靈臺謂其沼曰靈沼此之謂也

○王在靈囿叶音郁麀音憂鹿攸伏麀鹿濯濯直角反白鳥翯翯戶角反王在靈沼叶音灼於音烏下同牣音刃魚躍賦也靈囿臺之下有囿所以域養禽獸也

牝也伏言安其所處不驚擾也濯濯肥澤貌翯翯潔白貌靈沼沼之中有水也牣滿也魚滿而躍躍言多而得其所也（一）

虡音巨業維樅七凶反賁扶云反鼓維鏞音庸於論盧門反鼓鐘於樂音洛辟音壁廱

賦也虡植木以懸鐘磬其橫者曰栒業栒上大版刻之捷業如鋸齒者也樅業上懸鐘磬處以綵色為崇牙其狀樅樅然者也賁大鼓也長八尺鼓四尺中圍加三之一鏞大鐘也論倫也言得其倫理也辟壁通廱澤也辟廱天子之學大射行禮之處也水旋丘如璧以節觀者故曰辟

廱()於論鼓鍾於樂辟廱鼉徒河反鼓逢逢薄紅反矇音蒙瞍音叟奏公賦也鼉似蜥蜴長丈餘皮可冒鼓逢逢和也有眸子而無見曰矇無眸子曰瞍古者樂師皆以瞽者爲之以其善聽而審於音也公事也聞鼉鼓之聲而知矇瞍方奏其事也

靈臺四章二章章六句二章章四句

東萊呂氏曰前二章樂文王有臺池鳥獸之樂也後二章樂文王有鐘鼓之樂也皆述民樂之詞也

下武維周世有哲王三后在天王配于京

叶居良反○賦也下義未詳或曰字當作文言文王武王實造周也哲王通言大王王季也三后大王王季文王也在天既没而其精神上與天合也王武王也配對也謂繼其位以對三后也京鎬京也○此章美武王能纘大王王

季文王之緒○王配于京世德作求

而有天下也○叶孚尤反○賦也言

言配命成王之孚武王能繼先王之德

而長言合於天理故能成王者之信於

天下也若暫合而遽離暫得而遽失則

不足以成○成王之孚下土之式永言

其信矣

孝思孝思維則賦也式則皆法也○言

武王所以能成王者之信而爲四方之法者以其長言孝思而

不忘是以其孝可爲法耳若有時而忘

之則其孝者僞

耳何足法哉○媚茲一人應侯順德

永言孝思昭哉嗣服叶蒲北反○賦也媚愛也一人謂武王應如丕應徯志之應侯維服事也○言天下之人皆愛戴武王以為天子而所以應之維以順德是武王能長言孝思而明哉其嗣先王之事也○昭茲來許繩其祖武於萬斯年受天之祜候古反○賦也昭茲承上句而言茲哉聲相近古蓋通用也來後世也許猶所也繩繼武迹也○言武王之道昭明如此來世能繼其迹則久荷天祿而不替矣○受天之祜四方來賀於萬斯年不

遐有佐賦也賀朝賀也周末秦強天子致胙諸侯皆賀遐何通佐助也蓋曰豈不有助乎云爾

下武六章章四句或疑此詩有成王字當為康王以後之詩然考尋文意恐當只如舊說且其文體亦與上下篇血脈通貫非有誤也

文王有聲遹尹橘反駿音峻有聲遹求厥寧遹觀厥成文王烝哉賦也遹義未詳疑與聿同發語辭也

駿大烝君也○此詩言文王遷豐武王遷鎬之事而首章推本之曰文王之有聲也甚大乎其有聲也蓋以求天下之安寧而觀其成功耳文王之德如是信乎其克君也哉○文王受命有此武功既伐于崇作邑于豐文王烝哉賦也伐崇事見皇矣篇作邑徙都也豐即崇國之地在今鄠縣杜陵西南○築城伊減況域反作豐伊匹匪棘居力反其欲禮記作猶遹追來孝叶許六反或呼候反王后烝哉賦也減成溝也方十里為成成

閒有溝深廣各八尺匹稱棘急也王后亦指文王也○言文王營豐邑之城因舊溝爲限而築之其作邑居亦稱其城而不侈大皆非急成己之所欲也特追先人之志而來致其孝耳○王公伊濯直角反維豐之垣音袁四方攸同王后維翰叶胡田反王后烝哉賦也公功也濯著明也○王之功所以著明者以其能築此豐之垣故爾四方於是來歸而以文王爲楨榦也○豐水東注維禹之績四方攸同皇王維辟皇王烝哉賦也豐水

東北流徑豐邑之東入渭而注于河績功也皇王有天下之號指武王也辟君也○言豐水東注由禹之功故四方得以來同於此而以武王爲君此武王未作鎬京時也○

鎬京辟廱自西自東自南自北無思不服叶蒲北反**皇王烝哉**

賦也鎬京武王所營也在豐水東去豐邑二十五里張子曰周家自后稷居邰公劉居豳大王邑岐而文王則遷于豐至武王又居于鎬當是時民之歸者日衆其地有不能容不得不遷也辟廱說見前篇張子曰靈臺辟廱文王之學也鎬京辟廱武王之學

也至此始為天子之學矣無思不服心服也孟子曰天下不心服而王者未之有也○此言武王徙居鎬京講學行禮而天下自服也○考卜維王宅是鎬京叶居良反維龜正之叶諸盈反武王成之武王烝哉賦也考稽宅居正決也成之作邑居也張子曰此舉謚者追述其事之言也○豐水有芑武王豈不仕鉏里反詒厥孫謀以燕翼子叶奬履反武王烝哉興也芑草名仕事詒遺燕安翼敬也子成王也○鎬京猶在豐水下

流故取以起興言豐水猶有芑武王豈無所事乎詒厥孫謀以燕翼子則武王之事也謀及其孫則子可以無事矣或曰賦也言豐水之旁生物繁茂武王豈不欲有事於此哉但以欲遺孫謀以安翼子故不得而不遷耳

文王有聲八章章五句 此詩以武功稱文王至於武王則言皇王維辟無思不服而已蓋文王既造其始則武王續而終之無難也又以見文王之文非不足於武而武王之有天下非以力取之也

文王之什十篇六十六章四百一十四句鄭譜此以上爲文武時詩以下爲成王周公時詩今按文王首句即云文王在上則非文王之詩矣又曰無念爾祖則非武王之詩矣大明有聲并言文武者非一安得爲文武之時所作乎蓋正雅皆成王周公以後之詩但此什皆爲追述文武之德故譜因此而誤耳

卷終

宋本詩集傳

第四册

宋 朱熹撰

宋刻明印本

山東人民出版社·濟南

詩卷第十七　　朱熹集傳

生民之什三之二

厥初生民時維姜嫄（音原叶魚倫反）生民如何克禋（音因）克祀（叶養里反）以弗無子（叶獎履反）履帝武敏（叶母鄙反）歆攸介攸止載震載夙（叶相即反）載生載育（叶曰逼反）時維后稷

賦也民人也謂周人也時是也姜嫄炎帝後姜姓有邰氏女名嫄爲高辛之世妃精意以享謂之禋祀祀

郊禖也弗之言祓也祓無子求有子也古者立郊禖蓋祭天於郊而以先媒配之也變媒言禖者神之也其禮以玄鳥至之日用太牢祀之天子親往后率九嬪御乃禮天子所御帶以弓韣授以弓矢于郊禖之前也履踐也帝上帝也武迹敏拇歆動也猶驚異也介大也震娠也夙肅也生子者及月辰居側室也育養也○姜嫄出祀郊禖見大人迹而履其拇遂歆歆然如有人道之感於是即其所大所止之處而震動有娠乃周人所由以生之始也周公制禮尊后稷以配天故作此詩以推本其始生之祥明其受命於天固有以異於常人也然巨跡

之說先儒或頗疑之而張子曰天地之始固未嘗先有人也則人固有化而生者矣蓋天地之氣生之也蘇氏亦曰凡物之異於常物者其取天地之氣常多故其生也或異麒麟之生異於犬羊蛟龍之生異於魚鼈物固有然者矣神人之生而有以異於人何足怪哉斯言得之矣○誕彌厥月先

生如達他末反不坼勑宅反不副孚逼反叶字迫反

無菑音災無害叶音曷以赫厥靈上帝不寧

不康禋祀叶養里反居然生子叶奬履反○賦也

辭彌終也終十月之期也先生首生也達小羊也羊子易生無留難也坼副皆裂也赫顯也不寧寧也不康康也居然猶徒然也○凡人之生必坼副災害其母而首生之子尤難今姜嫄首生后稷如羊子之易無坼副災害之苦是顯其靈異也上帝豈不寧乎豈不康我之禋祀乎而使我無人道而徒然生是子也

（二）誕寘之隘巷牛羊腓字之隘於懈反腓符非反

誕寘之平林會伐平林誕寘之寒冰鳥覆翼[illegible]之鳥乃去矣后稷呱矣叶去

烝 寘覃實訏（音吁去）厥聲載路（訏大路大[illegible]）字愛倍值也伐人代木而收之復去矣藉也以一翼覆之以一翼藉之也呱啼聲也覃長訏大載滿也滿路言其聲之大也○無人道而生子或者以爲不祥故棄之而有此異也○於是始收而養之

誕實匍（音蒲）匐（蒲北反）克岐克嶷（魚極反）以就口食蓺之荏（而甚反）菽旆旆禾役穟穟（音遂）麻麥幪幪（莫孔反）瓜瓞唪唪（布孔反）○賦也匍匐手足並行也岐嶷峻茂之

狀就向也口食自能食也蓋六七歲時也蓺樹也荏菽大豆也旆旆枝旟揚起也役列也穟穟苗美好之貌也幪幪然茂密也唪唪然多實也○言后稷能食時已有種殖之志蓋其天性然也史記曰棄為兒時其遊戲好種殖麻麥美及為成人遂好耕農堯舉以為農師○

誕后稷之穡有相（以亮反）之道（叶徒口反）茀（音弗）厥豐草（叶此苟反）種（大聲）之黄茂（叶莫口反）實方實苞（叶補苟反）實種（上聲）實褎（叶徐久反）實發實秀（叶思久反）實堅實好（叶…）

[illegible]反實栗即有邰叶[illegible]家室賦也相助也盡人力之功也茀治也種布之也黄茂嘉穀也方房也苞甲而未拆也此[illegible]其[illegible]也種甲拆而可為種也褎漸長也發盡發也秀始穟也堅其實堅也好形味好也穎實繁碩而垂末也栗不秕也既收成見其實皆栗栗然不秕也邰后稷之母家也或曰其或滅或遷而遂以其地封后稷與○言后稷之穡如此故堯以其有功於民封於邰使即其母家而居之以主姜嫄之祀故周人亦世祀姜嫄焉○誕降嘉種維秬音巨維秠孚鄙反

維穈音門維芑音起恒古鄧反之秬秠是穫是畝叶蒲洧反恒之穈芑是任音壬是負叶扶委反以歸肇祀叶養里反○賦也降降是種於民也書曰稷降播種是也秬黑黍也秠黑黍一稃二米者也穈赤梁粟也芑白梁粟也恒徧也謂徧種之也任肩任也負背負也既成則穫而棲之於畝任負而歸以供祭祀也秬秠言穫畝穈芑言任負互文耳肇始也后稷始受國為祭主故曰肇祀○誕我祀如何或舂書容反或揄[illegible]或蹂

音柔釋之叟叟所留反烝之浮浮音浮載謀載惟
取蕭祭脂取羝都禮反以軷蒲末反叶蒲昧反載
燔載烈如字叶力制反以興嗣歲叶音雪又如字○賦也我
祀承上章而言后稷之祀也揄抒臼也
簸揚去糠也蹂蹂禾取穀以繼之也釋
淅米也叟叟聲也浮浮氣也謀卜日擇
士也惟齊戒具脩也蕭蒿也脂膟骨也
宗廟之祭取蕭合膟膋爇之使臭達墻
屋也羝牡羊也軷祭行道之神也燔傅
諸火也烈貫之而加于火也四者皆○
祭祀之事所以興來歲而繼往歲也

卬五郎反**盛**音成**于豆，于豆于登。其香始升，上帝居歆**。下與今叶**胡臭亶時**。叶上止反**后稷肇祀**叶養里反**庶無罪悔**叶呼委反**以迄**叶許乙反**于今**

上聲欽叶○賦也。卬，我也。木曰豆，以薦菹醢也。瓦曰登，以薦大羹也。居，安也。鬼神食氣曰歆。胡，何。臭，香。亶，誠也。時，言得其時也。迄，至也。○此章言其尊祖配天之祭，其香始升，而上帝已安而饗之，言應之疾也。此何但臭之薦，信得其時哉？蓋自后稷之肇祀，則庶無罪悔，而至于今矣。曾氏曰：自后稷肇祀以來

祈後稷以來先祖其告恐一有罪悔獲戾于天關載時年亦此心不易故曰庶無罪悔以迄于今言周人世世用心如此也

生民八章四章章十句四章章八句

此詩未詳所用豈郊祀之後亦有受釐頒胙之禮也

與舊說第三章八句第四章十句今按第三章當爲十句第四章當爲八句則去呱訏路音韻諧協呱聲載路文勢通貫而此詩八章皆以十句八句相間爲次又二章以後七章以前每章

章之首皆有誕字

敦徒端反彼行葦牛羊勿踐履方苞方體維葉泥泥乃禮反戚戚兄弟待禮反莫遠具爾或肆之筵或授之几

興也敦聚貌勾萌之時也行道也勿戒止之辭也苞甲而未坼也體成形也泥泥柔澤貌戚戚親也莫猶勿也具俱也爾與邇同肆陳也○疑此祭畢而燕父兄耆老之詩故言敦彼行葦而牛羊勿踐履則方苞方體而葉泥泥矣戚戚兄弟莫遠具爾則或肆之筵而

或授之几矣此方言其興盛設席之初而慇懃篤厚之意繼此則以次而漸之外矣讀者詳之○肆筵設席叶祥勺反授几有緝御

叶魚駕反或獻或酢才洛反洗爵奠斝古雅反叶古訝醓他感反醢以薦叶卽略反或燔或炙叶陟略反

嘉殽脾婢支反臄渠略反或歌或咢五洛反○賦也

設席重席也緝續御侍也有相續代而侍者言不乏使也進酒於客曰獻客答之曰酢主人又洗爵醻客客受而奠之不舉也斝爵也夏曰醆殷曰斝周曰爵

醓醢之多汁者也燔用肉炙用肝臄口上肉也歌者比於琴瑟也徒擊鼓曰咢○言侍御獻醻飲食歌樂之盛也○敦音彫下同弓既堅叶古因反四鍭既鈞音侯舍音捨矢既均序賓以賢叶下珍反敦弓既句古候反叶古侯反既挾子協反四鍭如樹叶上主反序賓以不侮賦也敦雕通畫也天子雕弓也堅猶勁也鍭金鏃翦羽矢也鈞參亭也謂參分之一在前二在後三訂之而平者前有鐵重也舍釋也謂發矢也均皆中也賢射多中也投壺曰

某賢於某若干純耦則曰奇均則曰左右均是也句彀通謂引滿也射禮搢三挾一既挾四鏃則徧釋矣如樹中之就樹之言貫革而堅正也不侮以令弟子辭所謂無憮無敖無偝立無踰言者也或曰不以中病不中者也射以中多爲雋以不侮爲德○言○曾孫維主如字既燕而射以爲樂也

或叶當白反酒醴維醹如主反或叶奴口反酌以大斗叶腫庚反或如字以祈黃耇叶果五反或如字黃耇台湯來反背叶必墨反以引以翼壽考維祺音其以

介景福叶筆力反○賦也曾孫主祭者之稱今祭畢而燕故因而稱之也醹厚也大斗柄長三尺祈求也黃耇老人之稱以祈黃耇猶曰以介眉壽云爾古器物款識云用蘄萬壽用蘄永命多福用蘄眉壽萬年無疆皆此類也台鮐通大老則背有鮐文引導翼輔祺吉也○此頌禱之詞欲其飲此酒而得老壽又相引導輔翼以享壽祺介景福也

行葦四章章八句毛七章二章章六句五章章四句鄭八章章四句毛首章以四句興二句不成文理二章

又一説韻鄭皆章八起興州無所與皆誤今正之如此

既醉以酒，既飽以德。君子萬年，介爾景福。叶筆力反○賦也。德，恩惠也。君子，謂王也。爾，亦指王也。○此父兄所以答行葦之詩，言享其飲食恩意之厚，而願其受福如此也。○既醉以酒，爾殽既將。君子萬年，介爾昭明。叶謨郎反○賦也。殽，俎實也。將，行也，亦奉持而進之意。昭明，猶光大也。○昭明有融，高朗令終。令終有俶，尺六反公尸嘉告叶姑沃反○賦也融明之盛也春秋傳曰明而未融朗虛明也令終善終也洪範所謂考終命古器物銘所謂令終令命是也俶始也公尸君尸也周稱王而尸但曰公尸蓋因其舊如秦已稱皇帝而其男女猶稱公子公主也嘏告以善言告之謂嘏辭也蓋欲其終者必善其始今固未終也而既有其始矣於是公尸以嘏告之○

其告維何籩豆靜嘉叶居何反

朋友攸攝攝以威儀叶牛何反○賦也靜嘉清潔而美也朋友指賓客也助祭者說見楚茨篇攝檢也公尸以汝之祭祀籩豆之薦既

靜[illegible]戒
當神[illegible]之辭
○威儀孔時止叶上反君子有孝子叶復反孝子不匱求位反永錫爾類賦也。孝子，主人之嗣子也。儀禮祭祀之終有嗣舉奠。匱，竭。類，善也。○言汝之威儀既得其宜，又有孝子以舉奠，孝子之孝誠而不竭，則宜永錫汝以善矣。東萊呂氏曰：君子既孝而嗣子又孝，其孝可謂源源不竭矣。○其類維何？室家之壼苦本反叶苦俊反君子萬年，永錫祚才故反胤羊刃反○

賦也壼宮中之巷也言深遠而嚴肅也祚福祿也胤子孫也錫之以善莫大於此○其胤維何天被皮寄反爾祿君子萬年景命有僕賦也僕附也○言將使爾有子孫者先當使爾被天祿而爲天命之所附屬下章乃言子孫之事○其僕維何釐力之反爾女士鉏里反釐爾女士從以孫子叶獎履反○賦也釐予也女士女之有士行者謂生淑媛使爲之妃也從隨也謂又生賢子孫也

既醉八章章四句

鳧（音扶）鷖（於雞反）在涇公尸來燕來寧爾酒既清爾殽既馨公尸燕飲福禄來成（興也）

鳧水鳥如鴨者鷖鷗也涇水名爾自歌工而指主人也馨香之遠聞也○此祭之明日繹而賓尸之樂故言鳧鷖則在涇矣公尸則來燕來寧矣酒清殽馨則公尸燕飲而福禄來成矣

○鳧鷖在沙（叶桑何反）公尸來燕來宜（叶牛何反）爾酒既多爾殽既嘉（叶居何反）

公尸燕飲福禄來爲叶吾禾反○興也爲助也（）鳧鷖在渚公尸來燕來處爾酒既湑爾殽伊脯公尸燕飲福禄來下叶後五反○興也渚水中高地也湑酒之沐者也（）鳧鷖在潨在公反公尸來燕來宗既燕于宗福禄攸降叶乎攻反公尸燕飲福禄來崇興也潨水會也來宗之宗尊也于宗之宗廟也崇積而高大也（）鳧鷖在亹亹音門公尸來止熏熏

旨酒欣欣燔炙芬芬公尸燕飲無有後艱叶居銀反○潨水會也亹水流峽中兩岸如門也熏熏和說也欣欣樂也芬芬香也

鳧鷖五章章六句

假中庸春秋傳皆作嘉令當作嘉樂音洛君子叶音則顯顯令德宜民宜人受祿于天叶鐵因反保右音又命叶彌并反之自天申之賦也嘉美也君子指王也民庶民也

人在位者也申重也○言王之德既宜民人而受天祿矣而天之於王猶反覆眷顧之不厭既保之右之命之而又申重之也○蘇氏曰即公尸之所以答鳧鷖者也

○干祿百福叶筆力反子孫千億穆穆皇皇宜君宜王不愆不忘率由舊章賦也穆穆敬也皇皇美也君諸侯也王天子也愆過也率循也舊章先王之禮樂政刑也○言王者干祿而得百福故其子孫之蕃至於千億適為天子庶為諸侯無不穆穆皇皇[illegible]

威儀抑抑德音秩秩無

怨無惡烏路反率由羣匹受福無疆四方
之綱賦也抑抑密也秩秩有常也匹類
也○言有威儀聲譽之美又能無
私怨惡以任衆賢是以能受無疆之福
爲四方之綱此與下章皆稱願其子孫
之辭也或曰無怨無
惡不爲人所怨惡也○之綱之紀燕及
朋友叶羽已反百辟卿士叶鉏里反媚于天
子叶獎履反不解佳賣反于位民之攸塈許既反○
賦也燕安也朋友亦謂諸臣也解隋塈
息也○言人君能綱紀四方而臣下賴

之以安則百辟卿士媚而愛之維欲其不解于位而爲民所安息也東萊呂氏曰君燕其臣臣媚其君此上下交而爲泰之時也泰之時所憂者怠荒而已此詩所以終於不解于位民之攸塈也方嘉之又規之者蓋臯陶賡歌之意也民之勞逸在下而樞機在上上逸則下勞矣上勞則下逸矣不解于位乃民之所由休息也

假樂四章章六句

篤公劉匪居匪康迺埸迺疆迺積迺

倉廼裹[音果]餱[音侯]糧[音良]于橐[他洛反]于囊[乃郎反]思輯[音集]用光弓矢斯張干戈戚揚爰方啓行[叶户郎反]○賦也篤厚也公劉后稷之曾孫也事見豳風居安康寧也場疆田畔也積露積也餱食糧糗也無底曰橐有底曰囊輯和戚斧揚鉞方始也○舊說召康公以成王將涖政當戒以民事故咏公劉之事以告之曰厚哉公劉之於民也其在西戎不敢寧居治其田疇實其倉廩既富且強於是裹其餱糧思以輯和其民人而光顯其國家然後以其弓矢斧鉞之備爰始

啓行而遷都於豳焉
若亦不出其封內也○篤公劉于胥斯
原既庶既繁叶紛乾反既順廼宣而無永嘆
陟則在巘魚蹇反叶魚軒反復降在原何
以舟之維玉及瑤音遙鞞必頂反琫必孔反
容刀

欲相□以告□燕此鄉飲□□□□公山原□□□葬□□□以如是之飲服而親如是□□□□所以爲□於□□□

篤公劉逝彼百泉瞻彼溥原普音迺陟南岡乃覯于京叶居良反京師之野叶上與反于時處處于時廬旅于時言言于時語語

賦也溥大觀見也京高丘也師衆也京師高山而衆居也董氏曰所謂京師者蓋起於此其後世因以所都爲京師也時是也處處居室也廬寄也旅賓旅也直言曰言論難曰語○此章言營度

邑居也自下觀之則往百泉而望廣原
自上觀之則陟南岡而觀于京於是爲
之居室於是廬其賓旅於是言其
所言於是語其所語無不於斯焉○篤
公劉于京斯依叶於豈反蹌蹌七羊反濟濟子禮反
俾筵俾几既登乃依同上乃造七到反其
曹執豕于牢酌之用匏步交反食音嗣之飲於鴆反
之君之宗之就用之字爲韻○賦也依安也蹌蹌濟濟
羣臣有威儀貌俾使也使人爲之設筵
几也登登筵也依依几也曹羣牧之處

也以示慈惠飲用飽爲飫儉以質也宗尊也主也嫡子孫主祭祀而族人尊之以爲主也○此章言宮室既成而落之既以飲食勞其羣臣而又爲之君爲之宗焉 東萊呂氏曰既饗燕而定經制以整屬其民上則皆統於君下則各統於宗蓋古者建國立宗其事相須楚執戎蠻子而致邑立宗以誘其遺民即其事也

○篤公劉既溥既長既景迺岡相息亮反其陰陽觀其流泉其軍三單音丹叶多涓反度待洛反其隰原徹田爲糧度同上其夕陽豳

居允荒賦也溥廣也言其芟夷墾辟土地既廣而且長也景考日景以正四方也岡登高以望也相視也陰陽向背寒暖之宜也流泉水泉灌溉之利也三單未詳徹通也一井之田九百畝八家皆私百畝同養公田耕則通力而作收則計畝而分也周之徹法自此始其後周公蓋因而脩之耳山西曰夕陽允信荒大也○此言辨土宜以授所徙之民定其軍賦與其稅法又度山西之田以廣之而豳人之居於此益大矣○

篤公劉于豳斯館叶古玩反涉渭爲亂取厲取鍛丁亂反止基廼

理爰衆爰有[illegible]又[illegible]夾其皇澗遡其過古禾反
澗止旅廼密芮鞫[illegible]反之即賦也館客舍也亂舟之截流横渡者也厲砥鍛鐵止居基定也理疆理也衆人多也有財足也遡鄉也皇過二澗名芮水名出吳山西北東入涇周禮職方作汭鞫水外也〇此章又總敘其始終言其始來未定居之時涉渭取材而爲舟以來往取厲取鍛而成宮室既止基於此矣乃疆理其田野則日益繁庶富足其居有夾澗者有遡澗者其止居之衆日以益密乃復即芮鞫而居之而豳地日以廣矣

公劉六章章十句

洞音迥酌彼行潦音老挹音揖彼注茲可以餴甫云反饎昌志反叶昌里反豈弟君子民之父母叶蒲彼反○興也洞遠也行潦流潦也餴烝米一熟而以水沃之乃再烝也饎酒食也君子指王也○舊說以為召康公戒成王言遠酌彼行潦挹之於彼而注之於此尚可以餴饎況豈弟之君子豈不為民之父母乎傳曰豈以彊教之弟以悅安之民皆有父之尊有母之親又曰民之所好好之民之所惡惡之此

之謂民之父母○洞酌彼行潦挹彼注兹可以濯罍音雷豈弟君子民之攸歸叶古回反○興也濯滌也○洞酌彼行潦挹彼注兹可以濯溉古愛反叶古氣反豈弟君子民之攸塈許既反○興也溉亦滌也塈息也

洞酌三章章五句

有卷音權者阿叶與歌飄風自南叶尼心反豈弟

君子來游來歌與阿叶以矢其音賦也卷曲也阿大陵也豈弟君子指王也矢陳也○此詩舊說亦召康公作疑公從成王游歌於卷阿之上因王之歌而作此以爲戒此章總序以發端也○伴音判奐音喚爾游矣優游爾休矣豈弟君子俾爾彌爾性似先公酋在由反矣賦也伴奐優游閑暇之意爾君子皆指王也彌終也性猶命也○言爾既伴奐優游矣又呼而告之言使爾終其壽命似先君善始而善終也自此至第四章皆極言壽考

盛以讀王心而歆動之五章以後乃告以所以致此之由也○爾土宇昄符版反章亦孔之厚叶狠以下主二反矣豈弟君子俾爾彌爾性百神爾主叶當口腫庚二反矣賦也昄大章明也或曰昄當爲版版章猶版圖也言爾土宇昄章既甚厚矣又使爾終其身常爲天地山川鬼神之主也○爾受命長矣茀芳弗反祿爾康矣豈弟君子俾爾彌爾性純嘏爾常矣賦也茀嘏皆福也常常享之也○

有馮符氷反有翼有孝有德以引以翼豈弟君子四方爲則

賦也馮謂可爲依者翼謂可爲輔者孝謂能事親者德謂得於己者引導其前也翼相其左右也東萊呂氏曰賢者之行非一端必曰有孝有德何也蓋人主常與慈祥篤實之人處其所以興起善端涵養德性鎮其躁而消其邪日改月化有不知其然者矣○言得賢以自輔如此則其德日將而四方以爲則矣自此章以下皆言所以致上章福祿之由也

○顒顒卬卬如圭如璋令聞音問令望

叶汜方反豈弟君子四方爲綱綱也顒顒卬卬尊嚴也如圭如璋純潔也令聞善譽也令望威儀可望法也○承上章言得馮翼孝德之助則能如此而四方以爲綱矣○鳳凰于飛翽翽呼會反其羽亦集爰止藹藹王多吉士鉏里反維君子使媚于天子興也鳳凰靈鳥也雄曰鳳雌曰凰翽翽羽聲也鄭氏以爲因時鳳凰至故以爲喻理或然也藹藹衆多也媚順愛也○鳳凰于飛則翽翽其羽而集於其所止矣藹藹王多吉士則維王之所使而皆媚

于天子矣既曰君子又曰天子猶曰士于出征以佐天子云爾○鳳凰于飛翽翽其羽亦傅（附音）于天（叶鐵因反）藹藹王多吉人維君子命（叶彌并反）媚于庶人（興也）

媚于庶人[illegible]愛[illegible]

○鳳凰鳴矣于彼高岡梧桐生矣于彼朝陽菶菶（布孔反）萋萋（七西反）[illegible]

雝雝喈喈（叶[illegible]）[illegible]興也[illegible]

[illegible]鳳鳴[illegible]

之和也○君子之車既庶且多君子之馬既閑且馳叶唐何反矢詩不多維以遂歌賦也

承上章之興也菶菶萋萋則雝雝喈喈矣君子之車馬則既衆多而閑習矣其意若曰是亦足以待天下之賢者而不厭其多矣遂歌蓋繼王之聲而遂歌之猶書所謂賡載歌也

卷阿十章六章章五句四章章六句

民亦勞止汔許乙反可小康惠此中國以綏四方無縱詭居毀反隨以謹無良式遏寇虐憯七感反不畏明叶謨郎反柔遠能邇以定我王

賦也汔幾也中國京師也四方諸夏也京師諸夏之根本也詭隨不顧是非而妄隨人也謹歛束之意憯曾也明天之明命也柔安也能順習也○序說以此爲召穆公刺厲王之詩以今考之乃同列相戒之詞耳未必專爲刺王而發然其憂時感事之意亦可見矣蘇氏曰人未有無故而妄從人者

維無良之人肯從其若可以爲其懽以爲
敬之以爲之故無縱詭隨以謹無良之人
首句寇虐無畏之人止然後寇遂亂懲
申上者定矣穆公名虎康公之後厲王
名胡成王七世孫也○民亦勞止汔可小休惠此
中國以爲民逑無縱詭隨以謹惛怓女交
反叶反猶反式遏寇虐無俾民憂無棄爾勞
以爲王休賦也逑聚也惛怓猶讙譁也勞猶功也言無棄爾之前功
也休美也○民亦勞止汔可小息惠此京師

以綏四國叶于逼反無縱詭隨以謹罔極式

遏寇虐無俾作慝吐得反敬慎威儀以近

有德賦也罔極為惡無窮極之人也有德有德之人也○民亦

勞止汔可小愒起例反惠此中國俾民憂

泄以世反無縱詭隨以謹醜厲式遏寇虐

無俾正敗叶蒲寐反戎雖小子而式弘大叶特

計反○賦也愒息泄去厲惡也正敗正

道敗壞也戎女也言女雖小子而其所

爲甚廣大不可不謹也〇民亦勞止汔可小安惠此中國國無有殘無縱詭隨以謹繾綣式遏寇虐無俾正反王欲玉女音汝是用大諫春秋傳荀子皆作簡音簡〇賦也繾綣小人之固結其君者也正反反於正也玉寶愛之意言王欲以女爲玉而寶愛之故我用王之意大諫正於女蓋託爲王意以相戒也

民勞五章章十句

上帝板板下民卒癉當簡反 出話不然爲猶不遠靡聖管管不實於亶猶之未遠是用大諫叶音簡○賦也板板反也卒盡癉病猶謀也管管無所依也亶誠也○序以此爲凡伯刺厲王之詩今考其意亦與前篇相類但責之益深切耳此章首言天反其常道而使民盡病矣而女之出言皆不合理爲謀又不久遠其心以爲無復聖人但恣己妄行而無所依據又不實之於誠信豈其謀之未遠而然乎世亂乃人所爲而曰上帝板板者無所歸咎之詞耳○

天之方難（叶泥涓反）無然憲憲（叶虛言反）天之方蹶（俱衛反）無然泄泄（以世反）辭之輯（音集叶徂合反）矣民之洽矣辭之懌（叶弋灼反）矣民之莫矣

賦也憲憲欣欣也蹶動也泄泄猶沓沓也詍詍弛緩之意孟子曰事君無義進退無禮言則非先王之道者猶沓沓也輯和洽合懌悅莫定也辭輯而懌則言必以先王之道矣所以民無不合無不定也

○我雖異事及爾同僚我即爾謀聽我囂囂（許驕反）我言維

服勿以爲笑叶思邀反先民有言詢于芻叶如
反蕘如謠反○賦也異事不同職也同
寮同爲王臣也春秋傳曰同官爲
寮即就也囂囂自得不肯受言之貌服
事也猶曰我所言者乃今之急事也先
民古之賢人也芻蕘采薪者古
人尚詢及芻蕘況其寮友乎○天之
方虐無然謔謔虛虐反老夫灌灌小子蹻蹻
其略反匪我言耄莫報反叶毛博反爾用憂[illegible]謔
多將熇熇[illegible]不可救藥[illegible]

匸屏灌灌[illegible]
也嬌嬌[illegible]
可而謔[illegible]
之故曰[illegible]
戲耳大[illegible]
俟[illegible]可復救矣

天之方懠，才細反。無爲夸毗。苦花反。威儀卒迷，善人載尸。民之方殿屎，許伊反。則莫我敢葵。喪息浪反。亂蔑資，叶箋西反。曾莫惠我師。叶霜夷反。○賦也。懠，怒。夸，大。毗，附也。小人之於人，不以大言夸之，則以謏言呲之也尸則不言不爲飲食而已者也殿屎呻吟也葵揆也蔑猶滅也資與咨同嗟嘆聲也惠順師衆也○戒小人毋得夸毗使威儀迷亂而善人不得有所爲也又言民方愁苦呻吟而莫敢揆度其所以然者是以至於喪亂滅亡而卒無能惠我師者也

○天之牖民如壎許元反如篪音池如璋如圭如取如攜攜無曰益牖民孔易以豉反叶夷益反民之多辟匹亦反下同無自立辟

賦也牖開明也猶言天啓其心也壎唱而篪和璋判而圭合取

求携得而無所費皆言易也辟邪辟也○言天之開民其易如此以明上之化下其易亦然今民既多邪辟矣豈可又自立邪辟以道之邪○

价音介**人維藩**叶分邅反**大師維垣大邦維屛大宗維翰**叶胡田反**懷德維寧宗子維城無俾城壞**叶胡罪胡威二反**無獨斯畏**叶紆會於非二反

○賦也价大也大德之人也藩籬師衆也垣牆也大邦強國也屛樹也所以爲蔽也大宗強族也翰幹也宗子同姓也○言是六者皆君之所恃以安而德其本也有德則得是五

者之助不然則親戚叛之而城壞城壞
則藩垣屏翰皆壞而獨居獨居而所可
畏者至矣○敬天之怒無敢戲豫敬天之渝用朱反
無敢馳驅昊天曰明叶謨郎反及爾出
王叶往如字昊天曰旦叶得絹反及爾游衍叶怡川
戰反○賦也渝變也王往通言出而有
所往也旦亦明也衍寬縱之意○言天
之聰明無所不及不可以不敬也板板
也難也蹶也虐也懠也其怒而變也其
發而不之敬也亦知其有日監在茲者
乎張子曰天體物而不遺猶仁體事而

無不在[illegible]無一事
而非仁也昊天曰明及爾出王昊天曰
旦及爾游衍無一物之不體也

板八章章八句

生民之什十篇六十一章四百三十三句

詩卷第十七

詩卷第十八

蕩之什三之三

蕩蕩上帝下民之辟（必亦反）疾威上帝其命多辟（匹亦反）天生烝民其命匪諶（市林反或叶市隆反）靡不有初鮮克有終（叶諸深反或如字）○賦也

蕩蕩廣大貌辟君也疾威猶暴虐也多辟多邪僻也烝衆諶信也○言此蕩蕩之上帝乃下民之君也今此暴虐之上帝其命乃多邪僻者何哉蓋天生衆民

其命有不可信者蓋其降命之初無有不善而人少能以善道自終是以致此大亂使天命亦罔克終如疾威而多辟也蓋始為烈天之辭而卒自解之如此劉康公曰民受天地之中以生所謂命也能者養之以福不能者敗以取禍此之謂也

（）文王曰咨咨女音汝殷商曾是彊禦曾是掊蒲侯反克曾是在位曾是在服叶蒲北反天降慆他刀反德女興是力賦也此設為文王之言也咨嗟也殷商紂也彊禦暴虐之臣也掊克聚斂之臣也服事也慆慢

興起也方如力行之力○詩人知厲王之將亡故爲此詩託於文王所以嗟嘆殷紂者言此暴虐聚斂之臣在位用事乃天降慆慢之德而害民然非其自爲之也乃汝興起此人而力爲之耳

○文王曰咨咨女殷商而秉義類彊禦多懟直類反流言以對寇攘式內侯作側慮反侯祝周救反靡屆靡究

賦也而亦女也義善懟怨也流言浮浪不根之言也侯維也作讀爲詛詛祝怨謗也○言汝當用善類而反任此暴虐多怨之人使用流言以應對則是

爲氣益撓禍而[illegible]修内矣〇文王曰咨
是以致怨謗之無極也
咨女殷商女炰白交反烋火交反于中國叶于
過反斂怨以爲德不明爾德時無背布内反
無側爾德不明以無陪[illegible]無卿[illegible]
氣健[illegible]斂怨以爲德[illegible]
反日以爲德[illegible]
後[illegible]
不[illegible]
文王曰咨咨女
殷商天不湎[illegible]爾以酒不義從式[illegible]

袁反既愆爾止，靡明靡晦。叶呼洧反式號式呼，火故反俾晝作夜。叶羊茹反○賦也。湎，飲酒變色也。式，用也。言天不使爾沉湎於酒，而惟不義是從是用也。止，容止也。

○文王曰咨，咨女殷商。如蜩如螗，音唐如沸如羹。叶盧當反小大近喪，息浪反叶平聲人尚乎由行。叶戶郎反內奰皮器反于中國，覃及鬼方。賦也。蜩、螗，皆蟬也。如蟬鳴，如沸羹，皆亂意也。小者大者幾於喪亡矣，尚且由此而行，不知變也。奰，怒。覃，延。

也鬼方遠夷之國也言自近及遠無不怨怒也○文王曰咨咨女殷商匪上帝不時叶上止反殷不用舊叶巨己反雖無老成人尚有典刑曾是莫聽湯經反大命以傾賦也老成人舊臣也典刑舊法也言非上帝為此不善之時但以殷不用舊致此禍爾雖無老成人與圖先王舊政然典刑尚在可以循守乃無聽用之者是以大命傾覆而不可救也○文王曰咨咨女殷商人亦有言顛沛之揭紀竭反又去例反

二反 枝葉未有害 許曷瑕愬二反 本實先撥 蒲末反叶方吠筆烈二反 殷鑒不遠在夏后之世 叶始制私列二反○賦也顛沛仆拔也揭木根蹶起之貌撥猶絶也鑒視也夏后桀也○言大木揭然將蹶枝葉未有折傷而其根本之實已先絶然後此木乃相隨而顛拔爾蘇氏曰商周之衰典刑未廢諸侯未畔四夷未起而其君先爲不義以自絶於天莫可救止正猶此爾殷鑒在夏蓋爲文王歎紂之辭然周鑒之在殷亦可知矣

蕩八章章八句

抑抑威儀維德之隅人亦有言靡哲不愚庶人之愚亦職維疾哲人之愚亦維斯戾

[illegible]容，言有其威儀則是無所而不
善[illegible]人之愚蓋有稟賦之偏宜有
[illegible]是哲人
[illegible]其常矣○**無競維人四方**

其訓之有覺德行下孟反**四國順之訏**況于反**謨定命遠猶辰告**叶古得反**敬慎威儀維民之則**競也競強也覺直大也訏大謨謀也大謀謂不爲一身之謀而有天下之慮也定審定不改易也命號令也猶圖也遠謀謂不爲一時之計而爲長久之規也辰時告戒也辰告謂以時播告也則法也○言天地之性人爲

貴故能盡人道[illegible]

德行則四國皆順從[illegible]

其命[illegible]時[illegible]敬[illegible]威儀[illegible]

然後[illegible]為[illegible]下法也

其在于今，興迷亂于政。[illegible]

顛覆厥德，荒湛于酒。[illegible]

女雖湛樂從，[illegible]

弗念厥紹。罔敷求先王，克共明刑。

[illegible]（肆皇天弗尚 聲 如彼泉流無淪胥以亡夙興夜寐洒埽廷內維民之章脩爾車馬弓矢戎兵 反 用戒戎作用逷 他歷反 蠻方 賦也弗尚厭棄之也淪陷胥相章表戒備戎兵作起逷遠也○言天所不尚則無乃淪陷相與而亡如泉流之易乎是以內自庭除之近外及蠻方之遠細而寢興洒埽之常大而車馬戎兵之變慮無不周備無不飭也上章所謂訏

謨定命遠猶辰告者於此見矣 質爾人民謹爾侯度

用戒不虞 慎爾出話敬爾威儀

無不柔嘉 白圭之玷

磨也斯言之玷不可爲也

以䜴反由言無曰苟矣此二句不淂謂莫捫音門朕

舌言不可逝叶音折與舌叶矣無言不讎叶市又反

無德不報叶蒲救反惠于朋友叶羽已反庶民小

子叶奘履反子孫繩繩萬民靡不承賦也易輕捫持

逝去讎荅承奉也○言不可輕易其言

蓋無人為我執持其舌者故言語由己

易致差失常當執守不可放去也且天

下之理無有言而不讎無有德而不報

者若爾能惠于朋友庶民小子則子孫

繩繩而萬民靡不承矣皆謹言之效也

○視爾友君子輯音集柔爾顏叶魚堅反不遐有愆相息亮反在爾室尚不媿于屋漏無曰不顯莫予云覯神之格叶剛鶴反思不可度待洛反思矧可射音亦叶弋灼反思賦也輯和也遐何通愆過也尚庶幾也屋漏室西北隅也觀見格至度測矧況也射斁通厭也○言視爾友於君子之時和柔爾之顏色其戒懼之意常若自省曰豈不至於有過乎蓋常人之情其脩於顯者無不如此然視爾獨居於室之時亦當庶幾不愧

于屋漏然後可爾無曰此非顯明之處而莫予見也當知鬼神之妙無物不體其至於是有不可得而測者不顯亦臨猶懼有失況可厭射而不敬乎此言不但脩之於外又當戒謹恐懼乎其所不睹不聞也子思子曰君子不動而敬不言而信又曰夫微之顯誠之不可揜如此此正心誠意之極功而武公及之則亦聖賢之徒矣○辟爾爲德俾臧俾嘉叶居何反淑愼爾止不愆于儀叶牛何反不僭不賊鮮息淺反不爲則投我以桃報之以李彼童而

角實虹[illegible]小子[illegible]賦也[illegible]

[illegible]

荏[illegible]染[illegible]

柔木[illegible]緡之絲[illegible]溫溫恭人維德

之基其維哲[illegible]告之話言順德之行[illegible]

其維愚人覆謂我僭[illegible]民各有心

奧也荏染柔貌柔木柔忍之木也緡綸也被之綸以為弓也話言古之善言也覆猶反也僭不信也民各有心言人心不同愚智相越之遠也○於音烏乎音呼小子叶獎履反未知臧否音鄙匪手攜之言示之事叶上止反匪面命之言提其耳借曰未知亦既抱子上同民之靡盈誰夙知而莫音慕成賦也非徒手攜之也而又示之以事非徒面命之也而又提其耳所以喻之者詳且切矣假令言汝未有知識則汝既長大而抱子宜有

知矣人若不自盈滿能受教戒則豈有既早知而反晚成者乎○昊天

孔昭叶音灼我生靡樂音洛視爾夢夢莫公反

我心慘慘當作懆七到反叶七各反誨爾諄諄之純反

聽我藐藐美角反匪用爲教叶入聲覆用爲

虐借曰未知亦聿既耄叶音莫○賊也夢夢不明亂意

也慘慘憂貌諄諄詳熟也藐藐忽畧貌耄老也八十九十曰耄公史所謂年九

十有五時也於乎小子見上章告爾舊止聽

用我謀庶無大悔叶虎委反天方艱難曰喪息浪反厥國叶于逼反取譬不遠昊天不忒他得反回遹于橘反其德俾民大棘賦也舊舊章也或曰久也止語詞庶幸悔恨忒差遹僻棘急也○言天運方此艱難將喪厥國矣我之取譬夫豈遠哉觀天道福禍之不差忒則知之矣今女乃回遹其德而使民至於困急則喪厥國也必矣

抑十二章三章章八句九章章

十句

楚語左史倚相曰昔衛武公年數九十五矣猶箴儆於國曰自卿以下至于師長士苟在朝者無謂我老耄而舍我必恭恪於朝夕以交戒我

故見序說爲刺厲王者誤矣

菀音鬱彼桑柔與劉憂叶篇內多放此其下侯旬捋力活反采其劉瘼音莫此下民不殄心憂倉初亮反兄與況同填舊說古塵字兮倬彼昊天叶鐵因反甯不我矜比也菀茂旬徧劉殘殄絕也倉兄與愴怳同悲閔之意也填未詳舊說與塵陳同蓋言久也或疑與瘨字同爲病之義但召旻篇內二字並出又恐未然今姑闕之倬明貌○舊說此爲芮伯刺厲王而作春秋傳

亦曰芮良夫之詩則其說是也以桑爲比者桑之爲物其葉最盛然及其采之也一朝而盡無黃落之漸故取以比周之盛時如葉之茂其陰無所不徧至於厲王肆行暴虐以敗其成業王室忽焉凋弊如桑之既采民失其蔭而受其病故君子憂之不絕於心悲閔之其甚而至於病遂號天而訴之也○四牡騤騤旟旐有翩叶批賓反亂生不夷靡國不泯叶彌鄰反民靡有黎具禍以燼叶咨辛反於音烏乎音吁有哀叶音休國步斯頻賦也夷平泯滅黎黑也謂

黎齊也具俱也燼灰燼也步猶運也頻

急蹙也○厲王之亂天下征役不息而

其民見其車馬旌旗而厭苦之自

此至第四章皆征役者之怨辭也○國

步蔑資天不我將叶子兩反靡所止疑魚乞反叶

如字云徂何往君子實維秉心無競叶其兩反

誰生厲階叶居奚反至今爲梗古杏反叶古黨反○賦也

蔑滅資咨將養也疑讀如儀禮疑立之

疑定也徂亦往也競爭厲怨梗病也○

言國將危亡天不我養居無所定徂無

所往然非君子之有爭心也誰實爲此

禍階使至今爲病乎蓋曰禍○憂心慇
有根原其所從來也遠矣
慇念我土宇我生不辰逢天僤都但反怒
叶暖五反自西徂東[illegible]靡所定處多我覯
痻武巾反孔棘我圉賦也土鄉[illegible]
圉邊也[illegible]曰[illegible]多[illegible]
見病[illegible]矣我[illegible]不[illegible]邊也[illegible]爲謀爲
毖[illegible]亂況斯削告爾憂恤誨爾序爵
誰能執熱逝不以濯其何能淑載胥及

溺叶奴學反○賦也烝庶況滋也序爵辨別賢否之道也執熱手持熱物也○蘇氏曰王豈不謀且慎哉然而不得其道適所以長亂而自削耳故告之以其所當憂而誨之以序爵且曰誰能執熱而不濯者賢者之能已亂猶濯之能解熱耳不然則其何能善哉相與入於陷溺而已○如彼遡風叶孚音反亦孔之僾音愛民有肅心荓普耕反云不逮好呼報反是稼穡力民代食稼穡維寶代食維好賦也遡鄉僾唈肅進荓使也○蘇氏曰君子視厲王

之亂悶然如遡風之人唈而不能息雖
有欲進之心皆使之曰世亂矣非吾所
能及也於是退而稼穡盡其筋力與民
同事以代祿食而已當是時也仕進之
憂甚於稼穡之勞故曰稼穡維
寶代食維好言雖勞而無患也○天降
喪息浪反亂滅我立王降此蟊賊稼穡卒
痒音羊哀恫音通中國具贅之芮反卒荒靡有
旅力以念穹蒼賦也贅屬也所具何以贅屬也言危也春秋傳曰若
若綴旒然與此義同亦盡荒虛也旅與
膂同穹蒼天也穹言其形蒼言其色○

言天降喪亂匡已滅我所立之王矣又降此蟊賊則我之稼穡又病而不得以代食矣哀此中國皆危盡荒是以危困之極無力以念天禍也此詩之作不知的在何時其言滅我立王則疑在共和之後也維此惠君民人所瞻叶側姜反秉心宣猶考慎其相息亮反叶平聲維彼不順自獨俾臧自有肺腸俾民卒狂賦也惠順也順順於義理也宣徧猶謀相輔狂惑也○言彼順理之君所以爲民所尊仰者以其能秉持其心周徧謀度考擇其輔相必衆以爲賢而後用

之彼不順理之君則自以爲善而不考
衆謀自有私見而不通衆志所以使民
眩惑至於狂亂也○瞻彼中林甡甡所巾反其鹿
朋友已譖子念反不胥以穀人亦有
言進退維谷譖不信也[illegible]
也言[illegible]無明君下[illegible]
皆窮[illegible]維此聖人瞻言百里維彼愚人
也[illegible]
覆狂以喜匪言不能胡斯畏忌[illegible]

也聖人所以幾乎所視而言者無遠而不察愚人不知禍之將至而反狂以喜今用事者盖如此我非不能言也如此畏忌何哉言王忌惡人不可救諫也〇維此良人弗求弗迪（迪進也）維彼忍心是顧是復（房六反）民之貪亂寧爲荼毒（賦也迪進也忍殘忍也顧念復重也荼苦菜也味苦氣辛能殺物故謂之荼毒也〇言不求善人進而用之其所顧念重復而不巳者乃忍心不仁之人民不堪命所以肆行貪亂而安爲荼毒也）〇大風有隧（音遂）有空大谷

維此良人作爲式穀維彼不順征以中垢古口反叶居六反○興也隧道式用穀善也征以中垢未詳其義或曰征行也中隱暗也垢汚穢也○大風之行有隧蓋多出於空谷之中以興下文若子小人所行亦各有道耳○大風有隧貪人敗類聽言則對誦言如醉匪用其良覆俾我悖叶蒲寐反○興也敗類猶言圯族也上使貪人爲政我以其或能聽我之言而對之然亦知其不能聽也故誦言而中心如醉由王不用善人而反使我至此

悖眊也厲王說榮夷公芮良夫曰王室其將卑乎夫榮公好專利而不備大難夫利百物之所生也天地之所載也而或專之其害多矣此詩所謂貪人其榮公也與芮伯之憂非一日矣○嗟爾朋友予豈不知而作如彼飛蟲時亦弋獲叶胡郭反既之陰於鳩反女音汝反予來赫叶黑各反○賦也如彼飛蟲時亦弋獲言己之所言或亦有中猶曰千慮而一得也之往陰覆也赫威怒之貌我以言告女是往陰覆於女女反來加赫然之怒於己也張子曰既往蓋告於女反

謂我來恐動也亦通○民之罔極職涼善背叶必墨反爲民不利如云不克民之回適職競用力

賦也職專也涼義未詳傳曰涼薄也鄭讀作諒信也疑鄭說爲得之善背工爲反覆也克勝也回適邪僻也民之所以貧亂而不知所止者[illegible]之人爲直諒而實善背又爲民所不利之事如恐不勝而力爲之也民之[illegible]而然[illegible]

民之未戾職盜爲寇涼曰不可覆背善詈

方習反雖曰匪予既作爾歌卜辟介計康了究延也其之所以未定者三自盡其爲之極也蓋其爲言也亦以八爲不可矣及其反背也則又工爲惡言以詈君子是其色厲內荏直可謂穿窬之盜矣然其人又自文飾以爲此非我言也則我已作爾歌矣言得其情且事已著明不可揜覆也

桑柔十六章八章章八句八章章六句

倬彼雲漢，昭回于天。（叶鐵因反）王曰於乎，（音烏）（叶音）何辜今之人？天降喪亂，（叶息浪反）饑饉薦（在甸反）臻。靡神不舉，靡愛斯牲。（叶桑經反）圭璧既卒，寧莫我聽？（叶丁反）

○賦也。雲漢，天河也。昭，光也。回，轉也。言其光隨天而轉也。薦，荐通，重也。臻，至也。靡神不舉，所謂國有凶荒，則索鬼神而祭之也。圭璧，禮神之玉也。卒，盡也。寧，猶何也。○舊說以為宣王承厲王之烈，內有撥亂之志，遇災而懼，側身修行，欲銷去之。天下喜於王化復行，百姓見憂，故作

叔作此詩以美之言雲漢著夜晴則天河明故述王仰訴於天之詞如此也

○旱既大(音泰)甚蘊隆蟲蟲不殄禋祀自郊徂宮上下奠瘞靡神不宗后稷不克上帝不臨(叶力中反)耗斁(丁故反)下土寧丁我躬

賦也蘊蓄隆盛也蟲蟲熱氣也殄絕也郊祀天地也宮宗廟也上祭天下祭地奠其禮瘞其物宗尊也克勝也言后稷欲救此旱災而不能勝也臨享也稷以親言帝以尊言也斁敗丁當也何以當我之身而有是災也或曰與其耗

戮下上寧使災害當我身也亦通○旱既大甚則不可推吐雷反兢兢業業如霆如雷周餘黎民靡有孑遺叶夷回反下同昊天上帝則不我遺胡不相畏先祖于摧在雷反○賦也推去也兢兢恐也業業危也如霆如雷言畏之甚也孑無右臂貌遺餘也言大亂之後周之餘民無復有半身之遺者而上帝又降旱災使我亦不見遺也摧滅也言先祖之祀將自此而滅也○旱既大甚則不可沮在呂反赫

赫炎炎云我無所大命近止靡瞻靡顧叶果五反羣公先正則不我助叶床所反父母先祖胡寧忍予叶演女反○賦也且止也赫赫旱氣也炎炎熱氣也無所無所容也大命近止死將至也瞻仰顧望也羣公先正月令所謂雩祀百辟卿士之有益於民者以祈穀實者也於羣公先正但言其不見助至父母先祖則以恩望之矣所謂垂涕泣而道之也○旱既大甚滌滌徒歷反山川叶樞倫反旱魃蒲末反爲虐如惔音談

如焚叶符匀反我心憚暑憂心如熏羣公先正則不我聞叶微匀反昊天上帝寧俾我遯叶徒匀反○賦也滌滌言山無木川無水如滌而除之也魃旱神也惔焚之也憚勞也畏也熏灼也遯逃也○言天又不肯使我得逃遯而去也（）旱既大甚黽勉畏去胡寧瘨我以旱都田反憯七感反不知其故祈年孔夙方社不莫音暮昊天上帝則不我虞叶元具反敬恭明神宜

無悔怒賦也亟勑叟去出黑所之也蕢病悄曾迎祈年孟春祈穀于上帝孟冬祈來年于天宗是也方祭四方也社祭土神也虞度海恨也言天曾不度我之心如我之敬事明神宜可以無恨怒也〇旱既大甚散無友紀鞫居六反哉庶正疚哉冢宰叶獎里反趣七口反馬師氏膳夫左右叶羽己反靡人不周無不能止瞻卬音仰昊天云如何里賦也友紀猶言綱紀也或曰友疑作有鞫窮也庶正衆官之長也疚病也冢宰又衆

長之長也趣馬掌馬之官師氏掌以兵守王門者膳夫掌食之官也歲凶年穀不登則趣馬不秣師氏弛其兵馳道不除祭事不縣膳夫徹膳左右布而不脩大夫不食梁士飲酒不樂周救也無不能止言諸臣無有一人不周救百姓者無有自言不能而遂止不為也里憂也與漢書無俚之俚同聊賴之意也（　）

瞻卬昊天有嘒呼惠反其星大夫君子昭假古雅反無贏力呈反大命近止無棄爾成何求為我以戾庶正音征瞻卬昊天曷

惠其寧賦也嘒明貌昭明假至也言仰天以望雨則有嘒然之明星未有雨徵也然羣臣竭其精誠而助王以昭假于天者已無餘矣雖今死亡將近然不可以棄其前功當益求所以昭假者而修之固非求爲我之一身而已乃所以定衆正也於是語終又仰天而訴之曰果何時而惠我以安寧乎張子曰不敢斥言雨者畏懼之甚且不敢必云爾

雲漢八章章十句

崧息中反高維嶽駿音峻極于天叶鐵因反維嶽

降神生甫及申維申及甫維周之翰叶胡干反四國于蕃叶分邅反四方于宣

賦也山大而高曰崧嶽山之尊者東岱南霍西華北恒是也駿大也甫甫侯也即穆王時作呂刑者或曰此是宣王時人而作呂刑者之子孫也申申伯也皆姜姓之國也翰幹蕃蔽也○宣王之舅申伯出封于謝而尹吉甫作詩以送之言嶽山高大而降其神靈和氣以生甫侯申伯實能為周之楨幹屏蔽而宣其德澤於天下也蓋申伯之先神農之後為唐虞四嶽總領方嶽諸侯而奉嶽神之祭能修其職嶽神

享之故此詩推本申伯之所以生以爲嶽降神而爲之也〇亹亹申伯王纘祖管反之事于邑于謝南國是式叶失吏反王命召伯叶逋莫反定申伯之宅叶達各反登是南邦叶卜工反世執其功賦也亹亹強勉之貌纘繼也使之繼其先世之事也邑國都之處也謝在今鄧州南陽縣周之南土也式使諸侯以爲法也召伯召穆公虎也登成也世世執其功言使申伯後世常守其功也或曰大封之禮召公之世職也〇王命申伯式是

邦（叶卜功反）因是謝人以作爾庸王命召伯徹申伯土田（叶地因反）王命傳御遷其私人

賦也庸城也言因謝邑之人而爲國也鄭氏曰庸功也爲國以起其功也徹定其經界正其賦稅也傳御申伯家臣之長也私人家人遷使就國也漢明帝送侯印與東平王蒼諸子而以手詔賜其國中傳蓋古制如此

○申伯之功召伯是營有俶（尺叔反）其城寢廟既成既成藐藐王錫申伯（叶逋各反）四牡蹻蹻

汎思各反鉤膺濯濯賦也假始作也藐藐深貌蹻蹻壯貌濯濯光明

貌○王遣申伯路車乘繩證反馬叶蒲補反我

圖爾居莫如南土錫爾介圭以作爾寶

叶補音往近鄭音記按說文從辵從丌今從斤誤王舅南土

是保叶音補○賦也介圭諸矦之封圭也近辭也○申伯信

邁王餞賤淺反于郿芒悲反申伯還南謝于

誠歸王命召伯徹申伯土疆以峙直里反

其粻音張式遄市專反其行叶戶郎反○賦也郿在今鳳翔
府郿縣在鎬京之西岐周之東而申在鎬京之東南時王在岐周故餞于郿也
言信邁誠歸以見王之數留疑於行之不果故也峙積粻糧遄速也召伯之營
謝也則已斂其稅賦積其餱糧使廬市有止宿之委積故能使申伯無留行也
○申伯番番音波叶分邅反既入于謝徒御嘽嘽
嘽吐丹反周邦咸喜戎有良翰叶胡干反不顯
申伯王之元舅文武是憲叶虛言反○賦也番番武

勇貌嘽嘽衆盛也戎女也申伯既入于謝周人皆以爲喜而相謂曰汝今有良翰矣元長憲法也言文武之士皆以申伯爲法也或曰申伯能以文王武王爲法也○申伯之德柔惠且直揉汝又反此萬邦聞音問于四國叶于逼反吉甫作誦其詩孔碩其風肆好以贈申伯賦也揉治也吉甫尹吉甫周之卿士誦工師所誦之詞也碩大風聲肆遂也

崧高八章章八句

天生烝民有物有則民之秉彝音夷好呼報反是懿德天監有周昭假音格于下叶後五反保茲天子生仲山甫賦也烝衆則法秉執彝常懿美監視昭明假至保佑也仲山甫樊侯之字也○宣王命樊侯仲山甫築城于齊而尹吉甫作詩以送之言天生衆民有是物必有是則蓋自百骸九竅五藏而達之君臣父子夫婦長幼朋友無非物也而莫不有法焉如視之明聽之聰貌之恭言之順君臣有義父子有親之類是也是乃民所執之常性故其情無不好此

美德者而况天之監視有周能以昭明
之德感格于下故保祐之而爲之生此
賢佐仲山甫焉則所以鍾其秀氣而
全其美德者又非特如凡民而已也昔
孔子讀詩至此而贊之曰爲此詩者其
知道乎故有物必有則民之秉彜也故
好是懿德而孟子引之以證性善○仲
之說其指深矣讀者其致思焉

山甫之德柔嘉維則令儀令色小心翼
翼古訓是式威儀是力天子是若明命
使賦叶韻若賦未詳○賦也嘉美令善
也儀威儀也色顏色也翼翼恭敬

貌古訓先王之遺典也式法力勉若順
賦布也○東萊呂氏曰柔嘉維則不過
其則也過其則斯爲弱不得謂之柔嘉
矣令儀令色小心翼翼古之人[illegible]
[illegible]
[illegible]
[illegible]
王命仲山甫式是
百辟纘戎祖考王躬是保出納
王命王之喉舌賦政于外四方爰發
[illegible]
[illegible]

肅肅

王命仲山甫將之邦國若否音鄙仲山甫明叶謨郎反之既明且哲以保其身夙夜匪解佳賣反以事一人賦也肅肅嚴也將奉行也若順也順否猶臧否也明謂明於理哲謂察於事保身蓋順理以守身非趨利避害而偷以全

軀之謂也解怠也一人天子也○人亦有言柔則茹忍與反之剛則吐之維仲山甫柔亦不茹剛亦不吐不侮矜古頑反寡叶果五反不畏彊禦

賦也人亦有言世俗之言也茹納也○不茹柔故不侮矜寡不吐剛故不畏強禦以此觀之則仲山甫之柔嘉非軟美之謂而其保身未嘗枉道以徇人可知矣

○人亦有言德輶羊久反如毛民鮮息淺反克舉之我儀圖叶丁五反之維仲山甫舉

之愛莫助[illegible]之袞職有闕維仲山甫

補之[illegible]

袞職有闕也○言人皆言德甚輶而易

舉然人莫能舉也我於是謀度其能舉

之者則惟仲山甫而已是以心誠愛之

而恨其不能有以助之蓋愛之也秉彝

好德人之性也而不能助者能舉與否在

彼而已固無待於人之助而亦非人之

所能助也至於王職有闕失亦惟仲山

甫獨能補之蓋惟大人然後能格君心

之非未有不能自舉其

德而能補君之闕者也○仲山甫出祖

四牡業業征夫捷捷（在接反）每懷靡及（叶極業反）

四牡彭彭（叶鋪郎反）八鸞鏘鏘（七羊反）王命

仲山甫城彼東方

[illegible]

四牡騤騤

八鸞喈喈

仲山甫徂齊式

遄其歸吉甫作誦穆如清風（叶孚愔反）仲山甫永懷以慰其心

賦也式遄其歸欲其以於外也與采長也清風清微之風化養萬物者以其遄行而有所懷思故以此詩慰其心焉

烝民八章章八句

曾氏曰賦政于外雖仲山甫之職然保王躬補王闕尤其所急城彼東方其心永懷蓋有所不安者尹吉甫深知之作誦而告以遄歸所以安其心也

奕奕梁山維禹甸之有倬其道（下與韓……）

矦受命王親命之纘戎祖考上與道叶無廢

朕命夙夜匪解音懈叶訖力反虔共爾位朕命

不易榦古旦反不庭方以佐戎辟

[illegible]

四牡奕

奕孔脩且張韓侯入覲以其介圭入覲

于王王錫韓侯淑旂綏章簟茀錯衡户門

玄袞赤舄鉤膺鏤鍚鞹鞃

反淺幭鞗革金厄○軛也脩 於栗反

長張大也介圭封圭執之為贄以合瑞

于王也淑善也交龍曰旂綏章染鳥羽

或旄牛尾為之注於旂竿之首為表章

者也鏤刻金也馬眉上飾曰鍚今當盧

也鞹去毛之革也鞹式中也謂兩較之
間横木可憑者以鞹持之使牢固也淺
虎皮也幭覆式也字一作幦又作幎以
有毛之皮覆式上也鞗革轡首也金厄
以金爲環纒搤轡首也○韓侯出祖出宿于屠顯
父音甫餞之清酒百壺其殽維何炰白交反
鼈鮮魚其蔌音速維何維筍息尹反及蒲其
贈維何乘繩證反馬路車音居籩豆有且子余反
侯氏燕胥賦也出祖而祭必祖者尊
其所往之則如始行焉屠地

名鞃曰幦也顯父周之卿士也蔌菜殽也筍竹萌也蒲蒲蒻也且多貌侯氏鞹襮諸侯來朝者之冊胥相也或曰語辭（）韓侯取七住反妻汾符云反王之甥蹶俱衛反父音甫之子汁樊麗反韓侯迎魚敬反觀止于蹶之里百兩音亮又如字彭彭補汁郎反八鸞鏘鏘不顯其光諸娣大計反從之祁祁巨移反如雲韓侯顧之爛其盈門叫眉貧反○賦也此言韓侯既覲而還遂以親迎也汾王厲王也厲

王流于彘在汾水之上故時人以目王焉猶言莒郊公黎比公也蹶父周之卿士姞姓也諸娣衆妾也一娶九女二國媵之皆有娣姪也祁祁徐靚也如雲衆多也

蹶父孔武靡國不到為韓姞相攸莫如韓樂孔樂韓土川澤訏訏魴鱮甫甫麀鹿噳噳有熊有羆有貓有虎慶既令居韓姞燕譽

姞姞然[illegible]相攸得所嫁之[illegible]也虎[illegible]也貓似虎[illegible]皆也[illegible]肉[illegible]無[illegible]也、溥彼韓城燕[illegible]師所完以先祖受命因時百蠻王錫韓侯其追其貊（母伯反）奄受北國因以其伯實墉實壑實畝實籍獻其貔（音毗）皮赤豹黃羆賦也溥大也燕召公之國也師衆也追貊夷狄之國也墉城壑池籍稅也貔猛獸名○韓初封時召公爲司空王命以其衆爲

築比城如召伯營謝山甫城齊春秋諸
侯城邢城楚丘之類也丁以韓侯之先
因是蠻貊長之故錫之追貊使爲之
伯……城……而

韓奕六章章十二句

江漢浮浮武夫滔滔匪安匪遊淮
夷來求既出我車既設我旟匪安匪舒
淮夷來鋪

[illegible]江漢湯

湯[illegible]武[illegible]經營四方告成于

王四方旣平王國庶定[illegible]時靡有爭

[illegible]

[illegible]王心載寧[illegible]

江漢之滸音虎王命召虎式辟音闢四

方徹我疆土匪疚匪棘王國來極于理

于理至于南海叶虎委反○賦也虎召穆公名也辟與闢同徹井其田也疚病棘急也極中之表也居中而爲四方所取正也○言江漢旣平王又命召公闢四方之侵地而治其疆界非以病之非以急之也但使其來取正於王國而已於是遂疆理之盡南海而止也○王命召虎來旬來宣文武受命召公維翰叶胡千反無曰予小子叶獎禮反召公是似叶養里反肇敏戎公用錫爾祉賦也旬徧也宣布也自江漢之滸言之故曰來召公召康公

頌也。鮮……[illegible]……漢代

女公功……[illegible]……漢

之許備……[illegible]……武

受命作……[illegible]……無……[illegible]……

下……[illegible]……故……公之事……能

開敕……[illegible]……錫……以祉福如……所

也。云（一）

釐[illegible]反[illegible] 爾圭瓚十旱反 秬[illegible]鬯初亮反

三（一）卣音酉 韻未詳 無 告于文人，錫山土田。叶地因反

于周受命，叶滿井反，下同 自召祖命，虎拜稽首。

天子萬年。叶彌因反（一）賦也。釐，賜。卣，尊也。文人，先祖之有文德者。謂

文王也周岐周也召祖穆公之祖康公
也○王此敘王賜召公策命之詞言錫爾
圭瓚秬鬯者使之以祀其先祖又告于
文人而錫之山川土田以廣其封邑蓋
古者爵人必於祖廟示不敢專也又使
往受命於岐周從其祖康公受命於文
王之所以寵異之而召公拜稽首以受
王命之策書也人臣之恩無以報謝
[illegible]汝召[illegible]

虎拜稽首對揚王休[illegible]

[illegible]

作召公考[illegible]天子萬壽[illegible]明明

天子[illegible]令聞不已矢其文德洽此

八八八

四國叶于逼反。賦也。對，答。揚，稱。休，美。考，成。矢，陳也。○言穆公既受賜，遂答稱天子之美命，作康公之廟器，而勒王策命之詞，以考其成，且祝天子以萬壽也。古器物銘云：「郱拜稽首，敢對揚天子休命，用作朕皇考龔伯尊敦，郱其眉壽萬年無疆。」語正相類，但彼自祝其壽，而此祝君壽耳。既又美其君之令聞，而進之以不已，勸其君以文德而不欲其極意於武功，古人愛君之心於此可見矣。

江漢六章章八句

赫赫明明王命卿士叶音所南仲大音泰下同祖大師皇父音甫整我六師以脩我戎叶音汝既敬既戒叶訖力反惠此南國叶越偪反

賦也卿士即皇父之官也南仲見出車篇大祖始祖也大師皇父之兼官也我爲宣王之自我也戎兵器也○宣王自將以伐淮北之夷而命卿士之謂南仲爲大祖兼大師而字皇父者整治其從行之六軍修其戎事以除淮夷之亂而惠此南方之國詩人作此以美之必言南仲大祖者稱其世功以美之○王

謂尹氏命程伯休父左右陳行戶郎反戒我師旅率彼淮浦省此徐土不留不處三事就緒賦也尹氏吉甫也蓋爲內史掌策命卿大夫也程伯休父周大夫三事未詳或曰三農之事也○言王詔尹氏策命程伯休父爲司馬使之左右陳其行列循淮浦而省徐州之土蓋伐淮北之徐州夷也上章既命皇父而此章又命程伯休父者蓋王親命大師以三公治其軍事而使內史命司馬以六卿副之耳○赫赫業業叶五却反有嚴

天子王舒保作匪紹匪遊徐方繹騷叶蘇侯反震驚徐方如雷如霆徐方震驚賦也赫赫顯也業業大也嚴威也天子自將其威可畏也王舒保作未詳其義或曰舒徐也保安作行也言王師舒徐而安行也紹糾緊也遊遨遊也繹連絡也騷擾動也○夷厲以來周室衰弱至是而天子自將以征不庭其師始出不疾不遲而徐方之人皆已震動如雷、霆作於其上不遑安矣王奮厥武如震如怒叶暖五反進厥虎臣闞呼檻反如虓火交反虎鋪（普胡反）敦淮濆（符云反）仍執醜虜截彼淮浦王師之所（賦也進鼓而進之也闞奮怒之貌虓虎之自怒也鋪布也布其師旅也敦厚也厚集其陳也仍就也老子曰攘臂而仍之截截然不可犯之貌）○王旅嘽嘽（吐丹反）如飛如翰如江如漢如山之苞（叶補鉤反）如川之流緜緜翼翼不測不克濯征徐國○（叶越逼反）（賦也嘽嘽衆盛貌翰羽苞本也如飛如翰疾也如江如漢衆也如山不可動也如川不

可禦也緜緜不可絕也翼翼不可亂也不測不可知也不克不可勝也濯大也

○王猶允塞徐方既來叶六直反徐方既同天子之功四方既平徐方來庭徐方不回王曰還歸叶古回反○賦也猶道允信塞實庭朝回違也還歸帥師而歸也○前篇召公帥師以出歸告成功故備載其褒賞之詞此篇王實親行故於卒章反復其辭以歸功於天子言王道甚大而遠方懷之非獨兵威然也序所謂因以為戒者是也

常武六章章八句

瞻卬昊天則不我惠孔填舊亢占塵字不寧降此大厲邦靡有定士民其瘵側界反叶側例反蟊音牟賊蟊疾靡有夷屆音戒叶居氣反罪罟不收靡有夷瘳敕留反○賦也填久厲亂瘵病也蟊賊害苗之蟲也疾害夷平屆極罟網也○此刺幽王嬖褒姒任奄人以致亂之詩首言昊天不惠而降亂無所歸咎之詞也蘇氏曰國有所定則民安其福無所定則受

其病於是有小人爲之蟊賊刑罪爲之罔罟凡此皆民之所以病也○人

有土田女音汝反有酉由二音之人有民人女

覆奪徒活反之此宜無罪女反收殖酉殖由二反

之彼宜有罪女覆說音脫之賦也反覆收拘說赦也

○哲夫成城哲婦傾城懿厥哲婦爲梟

古堯反爲鴟處之反婦有長舌維厲之階叶居

奚反亂匪降自天叶鐵因反生自婦人匪教匪

誨叶呼位反**時維婦寺**賦也哲知也城猶國也哲婦蓋指褒姒也傾覆懿美也梟鴟惡聲之鳥也長舌能多言者也階梯也寺奄人也●言男子正位乎外爲國家之主故有知則能立國婦人以無非無儀爲善無所事哲哲則適以覆國而已故此懿美之哲婦而反爲梟鴟蓋以其多言而能爲禍亂之梯也若是則亂豈眞自天降如首章之說哉特由此婦人而已蓋其言雖多而非有教誨之益者是惟婦人與奄人耳豈可近哉上文但言婦人之禍末句兼以奄人爲言蓋二者常相倚而爲姦不可不并以爲戒也歐陽公常言宦者之

禍甚於女寵，其言尤爲深切，有國家者可不戒哉。

○鞫人忮(之豉反)忒，譖(子念反)始竟背(音佩，叶必墨反)。豈曰不極，伊胡爲慝。如賈(音古)三倍，君子是識。婦無公事，休其蠶織。

賦也。鞫，窮。忮，害。忒，變也。譖，不信也。竟，終。背，反。極，已也。慝，惡也。賈，居貨者也。三倍，獲利之多也。公事，朝廷之事。蠶織，婦人之業。言婦寺能以其知辨窮人之言，其心忮害而變詐無常，既以譖妄唱始於前，而終或不驗於後，則亦不復自謂其言之放恣無所極已，而反曰是何足爲慝乎。夫

商賈之利非君子之所宜識如朝廷之事非婦人之所宜與也今賈三倍而君子識其所以然婦人無朝廷之事而舍其蠶織以圖之則豈不爲慝哉○

天何以刺叶音砌何神不富叶方未反舍音捨爾介狄維予胥忌不弔不祥威儀不類人之云亡邦國殄瘁賦也刺責介大胥相弔閔也○言天何用責王神何用不富王哉凡以王信用婦人之故也是必將有夷狄之大患今王舍之不忌而反以我之正言不諱爲忌何哉夫天之降不祥庶幾王懼而自脩

今王遇災而不恤又不謹其威儀又無善人以輔之則國之殄瘁宜矣或曰介狄即指婦寺猶所謂女戎者也○天之降罔維其優矣人之云亡心之憂矣天之降罔維其幾矣人之云亡心之悲矣賦也罔罟優多幾近也蓋承上章之意而重言之以警王也○觱音必沸音弗檻胡覽反泉維其深矣心之憂矣寧自今矣不自我先不自我後叶下五反藐藐昊天無不克鞏叶音

古無忝皇祖式救爾後同上○興也觱沸泉涌貌檻泉泉上出者藐藐高遠貌鞏固也○言泉之瀵涌上出其深深矣我心之憂亦非適今日然也然而禍亂之極適當此時蓋已無可爲者惟天高遠雖若無意於物然其功用神明不測雖危亂之極亦無不能鞏固之者幽王苟能改過自脩而不忝其祖則天意可回來者猶必可救而子孫亦蒙其福矣

瞻卬七章三章章十句四章章八句

旻天疾威天篤降喪息浪反叶桑郎反瘨都田反

我饑饉民卒流亡我居圉魚呂反卒荒賦也

篤厚瘨病卒盡也居國中也圉邊垂也

○此刺幽王任用小人以致饑饉侵削

之詩○天降罪罟蟊賊內訌戶工反昏椓

靡共音恭潰潰回遹實靖夷我邦叶

[illegible]

[illegible]

[illegible]

[illegible]

[illegible]

人而王乃使之治平我邦所以致亂也○皐皐訿訿音紫曾不知其玷丁險反兢兢業業孔填已見上篇不寧我位孔貶賦也皐皐頑慢之意訿訿務爲謗毁也玷缺也填久也○言小人在位所爲如此而王不知其缺至於戒敬恐懼甚病而不寧者其位乃更見貶黜其顛倒錯亂之甚如此○如彼歲旱草不潰茂集注作遂如彼棲苴音西苴七如反我相息亮反此邦無不潰止叶韻未詳○賦也潰遂也棲苴水中浮草棲於

木上者言枯槁無潤澤也相視潰亂也○維昔之富不如時維今之疚不如茲彼疏斯粺薄賣反胡不自替職兄音怳下同斯引叶韻未詳○賦也時是疚病也疏糲也粺則精矣替廢也兄怳同引長也○言昔之富未嘗若是之疚也而今之疚又未有若此之甚也彼小人之與君子如疏與粺其分審矣而易不自替以渫君子乎而使我心專爲此故至於愴怳引長而不能自已也○池之竭矣不云自頻泉之竭矣不云自中

叶諸仍反溥斯害矣職兄斯弘不烖我躬叶姑弘反○賦也頻崖溥廣弘大也○池水之鍾也泉水之發也故池之竭由外之不入泉之竭由内之不出言禍亂有所從起而今不云然也此其爲害亦已廣矣是使我心專爲此故至於愴怳日益弘大而憂之曰是豈不烖及我躬也乎

○昔先王受命有如召公日辟國百里音闢今也日蹙子六反國百里於音烏乎音呼哀哉維今之人不尚有舊叶巨已反○賦也先王文武也

召公康公也辟開蹙促也○文王之世周公治內召公治外故周人之詩謂之周南諸矦之詩謂之召南所謂日闢國百里云者言文王之化自北而南至於江漢之間服從之國日以益衆及虞芮質成而其旁諸矦聞之相帥歸周者四十餘國焉今謂幽王之時促國蓋犬戎內侵諸矦外畔也又歎息哀痛而言今世雖亂豈不猶有舊德可用之人哉言有之而不用耳

召旻七章四章章五句三章章七句

因其首章稱旻天卒章稱召公故謂之召旻以別小旻也

蕩之什十一篇九十二章七百六十九句

詩卷第十八

詩卷第十九　　朱熹集傳

頌四　頌者，宗廟之樂歌，大序所謂美盛德之形容，以其成功告於神明者也。蓋頌與容古字通用，故序以此言之。周頌三十一篇，多周公所定，而亦或有康王以後之詩。魯頌四篇，商頌五篇，因亦以類附焉。凡五卷。

周頌清廟之什四之一

於音烏穆清廟，肅雝顯相。息亮反濟濟子禮反

多士，秉文之德。對越在天，駿奔走在廟。

不顯不承無射音亦與斁同於人斯周頌多不叶韻

未詳其說○賦也於歎辭穆深遠也清清靜也肅敬雝和顯明相助也謂助祭之公卿諸侯也濟濟衆也多士與祭執事之人也越於也駿大而疾也承尊奉也斯語辭○此周公既成洛邑而朝諸侯因率之以祀文王之樂歌言於穆哉此清靜之廟其助祭之公侯皆敬且和而其執事之人又無不執行文王之德既對越其在天之神而又駿奔走其在廟之主如此則是文王之德豈不顯乎豈不承乎信乎其無有厭斁於人也

清廟一章八句書稱王在新邑烝祭歲文王騂牛一武王騂牛一實周公攝政之七年而此其升歌之辭也書大傳曰周公升歌清廟苟在廟中嘗見文王者愀然如復見文王焉樂記曰清廟之瑟朱弦而疏越壹倡而三嘆有遺音者矣鄭氏曰朱弦練朱弦練則聲濁越瑟底孔也疏之使聲遲也唱發歌句也三歎三人從歎之耳漢因秦樂乾豆上奏登歌獨上歌不以筦弦亂人聲欲在位者徧聞之猶古清廟之歌也

維天之命於(音烏)穆不已於(音同上)乎(音呼)不顯文王之德之純(賦也天命即天道也不已言無窮也純不雜也)○此亦祭文王之詩言天道無窮而文王之德純一不雜與天無間以贊文王之盛也子思子曰維天之命於穆不已蓋曰天之所以爲天也於乎不顯文王之德之純蓋曰文王之所以爲文王也純亦不已程子曰天道不已文王純於天道亦不已純則無二無雜不已則無間斷先後

假(春秋傳作何)以溢(春秋傳作恤)我我其收之駿惠我文王曾

孫篤之何之爲假聲之轉也恤之爲溢字之訛也收受駿大惠順順也曾孫後王也篤厚也○言文王之神將何以恤我乎有則我當受之以大順文王之道後王又當篤厚之而不忘也

維天之命一章八句

維清緝熙文王之典肇禋音因迄許乞反用有成維周之禎賦也清清明也緝續熙明肇始禋祀迄至也○此亦祭文王之詩言所當清明而緝熙者文王之典也故自始祀至今有成實

惟周之禎祥也然此詩疑有闕文焉

維清一章五句

烈文辟公音壁下同錫茲祉福惠我無疆子孫保之賦也烈光也辟公諸侯也○此祭於宗廟而獻助祭諸侯之樂歌言諸侯助祭使我獲福則是諸侯錫此祉福而惠我以無疆使我子孫保之也

無封靡于爾邦維王其崇之念茲戎功繼序其皇之封靡之義未詳或曰封專利以自封殖也靡汰

後也崇尊尚也戎大皇大也○言汝能無封靡于爾邦則王當尊汝又念汝有此助祭錫福之大功則使汝之子孫繼序而益大之也**無競維人四方其訓之不顯維德百辟其刑之於**音烏**乎**音呼**前王不忘**又言莫強於人莫顯於德先王之德所以人不能忘者用此道也此戒飭而勸勉之也中庸引不顯惟德百辟其刑之而曰故君子篤恭而天下平大學引於乎前王不忘而曰君子賢其賢而親其親小人樂其樂而利其利此以沒世不忘也

烈文一章十三句此篇以公疆兩韻相叶未詳當從何讀意亦可互用也

天作高山大[illegible]王荒之彼作矣文王康之彼徂矣岐沈括曰後漢書西南夷傳作彼岨者岐今按彼書岨但作徂而引韓詩薛君章句亦但訓為往獨矣字正作者如沈氏說然其下復云岐雖阻僻則似又有岨意韓子亦云彼岐有岨疑或別有所據故今從之而定讀岐字絕句有夷之行叶戶郎反子孫保之賦也

高山謂岐山也荒治康安也岨險僻之意也夷平行路也○此祭大王之詩言天作岐山而大王始治之大王旣作而文王又安之於是彼險僻之岐山人歸者衆而有平易之道路子孫當世世保守而不失也

天作一章八句

昊天有成命二后受之成王不敢康夙夜基命宥密於音烏緝熙單厥心肆其靖之

賦也二后文武也成王名誦武王之子也基積累於下以承藉乎上者也

宥宏深也密靜密也於歎詞靖安也○此詩多道成王之德疑祀成王之詩也言天祚周以天下既有定命而文武受之矣成王繼之又能不敢康寧而其夙夜積德以承藉天命者又宏深而靜密是能繼續光明文武之業而盡其心故今能安靜天下而保其所受之命也國語叔向引此詩而言曰是道成王之德也成王能明文昭定武烈者也以此證之則其爲祀成王之詩無疑矣

昊天有成命一章七句此康王以後之

詩

我將我享維羊維牛維天其右叶音由之賦也將奉享獻右尊也神坐東向在饌之右所以尊之也○此宗祀文王於明堂以配上帝之樂歌言奉其牛羊以享上帝而曰天庶其降而在此牛羊之右乎蓋不敢必也儀式刑文王之典日靖四方伊嘏古雅反文王既右享叶虛良反之儀式刑皆法也嘏錫福也○言我儀式刑文王之典以靖天下則此能錫福之文王既降而在此之右以享我祭若有以見其必然矣我其夙夜畏天之威

于時保之又言天與文王既皆右享我矣則我其敢不夙夜畏天之威以保天與文王所以降鑒之意乎

我將一章十句程子曰萬物本乎天人本乎祖故冬至祭天而以祖配之以冬至氣之始也萬物成形於帝而人成形於父故季秋享帝而以父配之以季秋成物之時也陳氏曰古者祭天於圜丘掃地而行事器用陶匏牲用犢其禮極簡聖人之意以爲未足以盡其意之委曲故於季秋之月有大

享之禮焉天則帝也郊而曰天所以尊之也故以后稷配焉后稷遠矣配稷於郊亦以尊稷也明堂而曰帝所以親之也以文王配焉文王親也配文王於明堂亦以親文王也尊尊而親親

周道備矣然則郊者古禮而明堂者周制也周公以義起之也

東萊呂氏曰於天維庶其饗之不敢加一辭焉於文王則言儀式其典曰靖四方天不待贊法文王所以法天也卒章惟言畏天之威而不及文王者統於尊也畏天所以畏文王也天與文

王一
也

時邁其邦昊天其子之賦也邁行也邦諸侯之國也周制十有二年王巡守殷國柴望祭告諸侯畢朝○此巡守而朝會祭告之樂歌也言我之以時巡行諸侯也天其子我乎哉蓋不敢必也實右序有周薄言震之莫不震疊懷柔百神及河喬嶽允王維后右尊序次震動疊懼懷來柔安允信也○既而曰天實右序有周矣是以使我薄言震之而四方諸侯莫不震懼又能懷來百神

神以至于河之深廣嶽之崇高而莫不感格則是信乎周王之爲天下君矣

明昭有周式序在位載戢側立反干戈載櫜古刀反弓矢我求懿德肆于時夏戶雅反允王保之○戢聚櫜韜肆陳也夏中國也又言明昭乎我周也既以慶讓黜陟之典式序在位之諸侯又收斂其干戈弓矢而益求懿美之德以布陳于中國則信乎王之能保天命也或曰此詩即所謂肆夏以其有肆于時夏之語而命之也

時邁一章十五句春秋傳曰昔武王克商作頌曰載戢干戈而外傳又以爲周文公之頌則此詩乃武王之世周公所作也外傳又曰金奏肆夏繁遏渠天子以饗元侯也韋昭注云肆夏一名樊韶夏一名遏納夏一名渠即周禮九夏之三也呂叔玉云肆夏時邁也繁遏執競也渠思文也

執競武王無競維烈不顯成康上帝是皇賦也此祭武王成王康王之詩競強也言武王持其自強不息之心故其

功烈之盛天下莫得而競豈不顯哉成王康王之德亦上帝之所君也

自彼成康奄有四方斤斤紀覲反其明叶謨郎反○斤斤明之察也言成康之德明著如此也

鍾鼓喤喤華彭反叶胡光反磬筦音管將將七羊反降福穰穰如羊反○喤喤和也將將集也穰穰多也言今作樂以祭而受福也

降福簡簡威儀反反既醉既飽福祿來反簡簡大也反反謹重也反覆也言受福之多而愈益謹重是以既醉既飽而福祿之來反覆而

不厭也

執競一章十四句此昭王以後之詩國語說見前篇

思文后稷克配彼天立我烝民莫匪爾極貽我來牟帝命率育叶日逼反無此疆爾界叶訖力反陳常于時夏賦也思語辭文言有文德也立粒通極至也德之至也貽遺也來小麥牟大麥也率徧育養也○后稷之德真可配天蓋使我烝民得以粒食者莫非其德之至也且其貽我民以來

牟之種乃上帝之命以此徧養下民者是以無有遠近彼此之殊而得以陳其君臣父子之常道於中國也或曰此詩即所謂納夏者亦以其有時夏之語而命之也

思文一章八句國語說見時邁篇

清廟之什十篇十章九十五句

周頌臣工之什四之二

嗟嗟臣工，敬爾在公。王釐（力之反）爾成，來咨來茹（如預反○賦也。嗟嗟，重歎以深勑之也。臣工，羣臣百官也。公，公家也。釐，賜也。成，成法也。茹，度也。○此戒農官之詞。先言王有成法以賜女，女當來咨來度以）。嗟嗟保介，維莫（音暮）之春，亦又何求？如何新畬（音余）？於（音烏）皇來牟，將受厥明。明昭上帝，迄用康年。命我衆人，庤（持示反）乃錢（子淺反）鎛（音博），奄觀銍（□□□）艾（音刈○保介見月）

今三章三句一六句然皆爲籍田而言蓋農官之一詞也莫春一稱建辰夏正之三月也畬二歲三也於皇歎美之辭來牟麥也明上帝之明賜也言麥將熟也迄至也康年猶豐年也衆人甸徒也庤具也錢銚鎛鉏皆田器也銍穫禾短鐮也艾穫也之此乃言所戒之事言三月則當治其新畬矣今如何哉然麥亦將熟則可以受上帝之明賜而此明昭之上帝又將賜我新畬以豐年也於是命甸徒具農器以治其新畬而又將忽見其收成也

臣工一章十五句

噫嘻成王既昭假音格爾率時農夫播厥百穀駿音峻發爾私終三十里亦服爾耕十千維耦叶音擬○賦也噫嘻亦歎詞也昭明假格也爾田官也時是駿大發耕也私私田也三十里萬夫之地四旁有川內方三十三里有奇言三十舉成數也耦二人並耕也○此連上篇亦戒農官之詞昭假爾猶言格汝衆庶蓋成王始置田官而嘗戒命之也爾當率是農夫播其百穀使之大發其私田皆服其耕事萬人為耦而並耕也蓋耕本以二人為耦今合一川之衆為言

故云萬人同出井力齊心如合一耦也此必鄉遂之官司稼之屬其職以萬夫爲界者溝洫用貢法無公田故皆謂之私蘇氏曰民田爾我公田遂及我私而君曰駿發爾私終三十里其上下之閒交相忠愛如此

噫嘻一章八句

振鷺于飛于彼西雝我客戾止亦有斯容

賦也振振羣飛貌鷺白鳥雝澤也客謂二王之後夏之後杞商之後宋於周爲客天子有事膰焉有喪拜焉者也○此二王之後來助祭之詩言鷺飛于西

雝之水而我客來助祭者其容貌**在彼**脩整亦如鷺之潔白也或曰興也**無惡**烏路反**在此無斁**叶丁故反**庶幾夙夜**叶羊茹反**以永終譽**彼其國也在國無惡之者在此無斁之者如是則庶幾其能夙夜以永終此譽矣陳氏曰在彼不以我革其命而有惡於我知天命無常惟德是與其心服也在我者以彼嗟其命而有厭於彼崇德象賢統承先王忠厚之至也

振鷺一章八句

豐年多黍多稌音杜亦有高廩力錦反萬億及秭咨履反爲酒爲醴烝畀祖妣以洽百禮降福孔皆叶舉里反○賦也稌稻也黍宜高燥而寒稌宜下濕而暑黍稌皆熟則百穀無不熟矣亦助語辭數萬至萬曰億數億至億曰秭烝進畀予洽備皆徧也此秋冬報賽田事之樂歌蓋祀田祖先農方社之屬也言其收入之多至於可以供祭祀備百禮而神降之福將甚徧也

豐年一章七句

有瞽有瞽在周之庭賦也瞽樂官無目者也○序以此爲始作樂而合乎祖之詩兩句總序其事也設業設虡音巨崇牙樹羽應田縣鼓鞉音桃磬柷尺叔反圉魚呂反既備乃奏叶音祖簫管備舉以上叶瞽字○業虡崇牙見靈臺篇樹羽置五采之羽於崇牙之上也應小鞞田大鼓也鄭氏曰田當作朄朄小鼓也縣鼓周制也夏后氏足鼓殷楹鼓周縣鼓鞉如鼓而小有柄兩耳持其柄搖之則旁耳還自擊磬石磬也柷狀如漆桶以木爲之中有椎連底挏之

令左右擊以起樂者也圉亦作敔狀如伏虎背上有二十七鉏鋙刻以木長尺櫟之以止樂者也簫編小竹管喤喤音横爲之管如篴併兩而吹之者也喤横

厥聲肅雝和鳴先祖是聽我客戾止永觀厥成以上叶庭字○我客二王後也觀視也成樂闋也如簫韶九成之成獨言二王後者猶曰虞賓在位我有嘉客蓋尤以是爲盛耳

有瞽一章十三句

猗於宜反與音余漆七余反沮七余反潛有多魚有鱣

張連反有鮪叶于軌反鰷音條鱨音常鰋音偃鯉以享以祀叶逸織反以介景福叶筆力反○賦也猗與歎辭潛槮也蓋積柴養魚使得藏隱避寒因以薄圍取之也或曰藏之深也鰷白鰷也月令季冬命漁師始漁天子親往乃嘗魚先薦寢廟季春薦鮪于寢廟此其樂歌也

潛一章六句

有來雝雝與公叶篇內同至止肅肅相息亮反維辟音壁公天子穆穆賦也雝雝和也肅肅敬也相助祭也辟公

諸侯也穆穆天子之容也○此武王祭文王之詩言諸侯之來皆和且敬以助我之祭事而天子有穆穆之容也

於音烏薦廣牡相同上予肆祀叶養里反假古雅反哉皇考叶音口綏予孝子叶獎履反○於歎辭也廣牡大牡也肆陳假大也皇考文王也綏安也孝子武王自稱也○言此和敬之諸侯薦大牡以助我之祭事而大哉之文王庶其享之以安我孝子之心也

宣哲維人文武維后燕及皇天叶鐵因反克昌厥後宣通哲知燕安也○此美文王

之德宣哲則盡人之道文武則備君之德故能安人以及于天而克昌其後嗣也蘇氏曰周人以諱事神文王名昌而此詩曰克昌厥後何也周之所謂諱不以其名號之耳不遂廢其文也諱其名而廢其文者周禮之末失也綏我眉壽叶殖酉反介以繁祉既右音又烈考叶音亦右文母叶滿彼反右尊也周禮所謂享右祭祀是也烈考猶皇考也文母大姒也○言文王昌厥後而安之以眉壽助之以多福使我得以右于烈考文母也

雝一章十六句周禮大師及徹帥學士而歌徹說者以為即此詩論語亦曰以雍徹然則此蓋徹祭所歌而亦名為徹也

載見賢遍反下同辟音壁王曰求厥章龍旂陽陽和鈴央央於良反鞗音條革有鶬七羊反休有烈光賦也載則也發語辭也章法度也交龍曰旂陽明也軾前曰和旂上曰鈴央央有鶬皆聲和也休美也○此諸侯助祭于武王廟之詩先言其

來朝稟受法度其車服之盛如此率見昭考以孝以享叶虛良反○昭考武王也廟制太祖居中左昭右穆周廟文王當穆武王當昭故書稱穆考文王而此詩及訪落皆謂武王爲昭考此乃言王率諸侯以祭武王廟也以介眉壽永言保之思皇多祜叶音戶思語辭也皇大也又言孝享以介眉壽而受多福是皆諸侯助祭有以致之使我得繼而明之以至于純嘏也蓋歸德于諸侯之辭猶烈文之

烈文辟公綏以多福俾緝熙于純嘏

焉也

載見一章十四句

有客有客亦白其馬叶滿補反有萋有且七序反敦都回反琢其旅賦也客微子也周既滅商封微子於宋以祀其先王而以客禮待之不敢臣也亦語辭也殷尚白修其禮物仍殷之舊也萋且未詳傳曰敬慎貌敦琢選擇也旅其卿大夫從行者也○此微子來見祖廟之詩而此一節言其始至也有客宿宿有客信信言

授之縶陟立反以縶其馬同上○一宿曰宿再宿曰信縶其馬愛之不欲其去也此一節言其將去也薄言追之左右綏之既有淫威降福孔夷追之已去而復還之愛之無已也左右綏之言所以安而留之者無方也淫威未詳舊說淫大也統承先王用天子禮樂所謂淫威也夷易也大也此一節言其將去而留之也

有客一章十二句

於音烏皇武王無競維烈允文文王克開

厥後嗣武受之勝殷遏劉耆定爾功於歎辭皇大遏止劉殺耆致也○周公象武王之功為大武之樂言武王無競之功實文王開之而武王嗣而受之勝殷止殺以致定其功也

武一章七句

春秋傳以此為大武之首章也大武周公象武王武功之舞歌此詩以奏之禮曰朱干玉戚冕而舞大武然傳以此詩為武王所作則篇內已有武王之謚而其說誤矣

臣工之什十篇十章一百六句

周頌閔予小子之什四之三

閔予小子遭家不造[illegible]嬛嬛在疚[illegible]於[illegible]乎皇考[illegible]永世克孝[illegible]

[illegible]

畢思慕言惠天能平也蓋所以就文武之業崇天之本也皇考武王也歎武王之終身能孝也念兹皇祖陟降庭（叶去聲）止維予小子夙夜敬止皇祖文王也承上文言武王之孝思念文王常若見其陟降於庭猶所謂見堯於羹既饒款云三公揖讓登降堂只與此文勢正相似而康衡引此句顏注亦云若神明臨其朝庭是也於乎二字皇王繼序思不忘皇王兼指文武也承上文言我之所

問上以夙夜敬止者思此序而不忘耶

閔予小子一章十一句此成王除喪朝廟所作疑後世遂以爲嗣王朝廟之樂後三篇放此

訪予落止率時昭考於音烏乎音呼悠哉朕未有艾五蓋反將予就之繼猶判渙維予小子未堪家多難乃旦反紹庭上下陟降厥家休矣皇考以保明其身賦也訪問落始悠遠也艾如夜未艾之艾判分渙散保安明顯也○成王既朝于廟因作此詩以道

延訪羣臣之意言我將謀之於始以循我昭考武王之道然而其道遠矣予不能及也將使予勉強以就之而所以繼之者猶恐其判渙而不合也則亦繼其上下於庭陟降於家庶幾賴皇考之休有以保明吾身而已矣

訪落一章十二句 說同上篇

敬之敬之天維顯思 叶新夷反 命不易 以豉反 哉 叶將黎反 無曰高高在上陟降厥士日監在茲 叶津之反 ○賦也顯明也思語辭也士事也○成王受羣臣之戒而

述其言曰敬之哉敬之哉天道甚明其命不易保也無謂其高而不吾察當知其聰明明畏常若陟降於吾之所爲而無日不臨監于此者不可以不敬也

維予小子叶奬履反不聰敬止日就月將學有緝熙于光明叶謨郎反佛符弗反又音弼時仔音茲肩示我顯德行下孟反叶戶郎反○將進也佛弼也仔肩任也

○此乃自為荅之之言曰我不聰而未能敬止然願學焉庶幾日有所就月有所進續而明之以至于光明又賴羣臣輔助我所負荷之任而示我以顯明之

德行則庶乎
其可以御

敬之一章十二句

予其懲（直升反）而毖後患莫予荓（普經反）蜂

自求辛螫（尸赤反）肇允彼桃蟲拚（芳煩反）飛

維鳥未堪家多難（乃旦反）予又集于蓼（音了）

○賦也懲有所傷而知戒也毖慎荓使

也蜂小物而有毒肇始允信也桃蟲鷦

鷯小鳥也拚飛貌鳥大鳥也鷦鷯之雛

化而爲鵰故古語曰鷦鷯生鵰言始小

而終大也蓼辛苦之物也○此亦訪落之意成王自言予何所懲而謹後患乎爲莽蜂而得辛螫信桃蟲而不知其能爲大鳥此其所當懲者蓋指管蔡之事也然我方幼冲未堪多難而又集于蓼苦之地羣臣奈何捨我而弗助我哉

小毖一章八句

蘇氏曰小毖者謹之於小也謹之於小則大患無由至矣

載芟載柞側百反叶疾各反其耕澤澤音釋叶徒洛反

○賦也除草曰芟除木曰柞秋官柞氏掌攻草木是也澤澤解散也一千耦

其耘徂隰徂畛音眞○耘去苗閒草也隰爲田之處也畛田畔也侯主侯伯侯亞侯旅侯彊侯以有嗿它感反其饁于輒反思媚其婦有依其士與以叶有略其耜叶養里反俶載南畝叶滿委反○主家長也伯長子也亞仲叔也旅衆子弟也彊民之有餘力而來助者遂人所謂以彊予任甿者也能左右之曰以太宰所謂閒民轉移執事者若今時傭力之人隨主人所左右者也嗿衆飲食聲也媚順依愛士夫也言餉婦與耕夫相慰勞也

略利俶始載事也播厥百穀實函斯活叶呼酷反○函含活生也既播之其實含氣而生也驛驛其達叶佗悅反有厭其傑驛驛苗生貌達出土也厭受氣足也傑先長者也厭厭其苗緜緜其麃表驕反○緜詳密也麃耘也載穫濟濟子禮反有實其積子賜反叶上聲萬億及秭爲酒爲醴烝畀祖妣以洽百禮濟濟人衆貌實積之實也積露積也有飶蒲即反其香邦家之光叶[illegible]其

馨胡考之寧飶芬香也未詳何物胡壽也以燕享賓客則邦家之所以光也以共養耆老則胡考之所以安也匪且有且匪今斯今[illegible]振古如茲無韻未詳○且此振極也言非獨此時有此豐穰之事非獨今時有今豐年之慶蓋自極古以來已如此矣猶言自古有年也

載芟一章三十一句此詩未詳所用然辭意與豐年相似其用應亦不殊

畟畟楚側反良耜叶養里反俶尺叔反載南畝叶滿[illegible]

委反○賦也[illegible]

畟畟嚴利也播厥百穀實函斯活[illegible]

說見[illegible]或來瞻女載筐及筥其饟[illegible]

[illegible]

伊黍[illegible]其笠伊糾[illegible]

其鎛斯趙以薅荼蓼[illegible]

[illegible]

芟叶□□反止毒草朽則熟而言盛穫之挃挃珍栗反積之栗栗其崇如墉其比毗必反如櫛側瑟反以開百室挃挃穫聲也栗栗積之密也櫛理髮器言密也百室一族之人也五家爲比五比爲閭四閭爲族族人輩作相助故同時入穀也百室盈止婦子寧止盈滿寧安也殺時犉如純反牡有捄音求其角叶盧谷反以似以續續古之人無韻未詳○黃牛黑唇曰犉捄曲貌續謂續先祖以奉祭祀

良耜一章二十三句 或疑思文臣工噫嘻豐年載芟良耜等篇即所謂豳頌者其詳見於豳風及大田篇之末亦未知其是否也

絲衣其紑孚浮反載弁俅俅音求自堂徂基自羊徂牛鼐乃代反鼎及鼒叶津之反兕觥其觩音求旨酒思柔不吳音話不敖音傲胡考之休

賦也絲衣祭服也紑絜貌載戴也弁爵弁也士祭於王之服俅俅恭順貌

祇[illegible]也思詒辭
[illegible]和[illegible]諱[illegible]比[illegible]而[illegible]洲之詩
古此服[illegible]齊[illegible]門[illegible]並[illegible]
遵豆之爵酪作於[illegible]人從牲從
羊言又作[illegible]乃[illegible]祭[illegible]潔禮之
次也又能灌其成[illegible]謹不息數故
能得詩
考之篇

絲衣一章九句此詩或紑俅牛觩柔休並叶基鼒韻或基鼒並叶紑韻

於音烏鑠式灼反王師遵養時晦時純熙矣

是用大介我龍受之蹻蹻居表反 王之造賦也叶徂候反 載用有嗣叶音祠 實維爾公允師也

於歎辭鑠盛遵循熙光介甲也所謂一戎衣也龍寵也蹻蹻武貌造為載則公事允信也○此亦頌武王之功言其初有於鑠之師而不用退自循養與時皆晦既純光矣然後一戎衣而天下大定後人於是寵而受此蹻蹻然王者之功其所以嗣之者亦維武王之事是師爾

酌一章八句

酌即勺也內則十三舞勺即以此詩

綏萬邦婁豐年天命匪解（佳賣）桓武王保有厥士于以四方克定厥家於（音烏）昭于天皇以間之（代也）桓武也綏安也桓桓武貌大軍之後必有凶年而武王克商則除害以安天下故屢獲豐年之祥傳所謂周饑克殷而年豐是也然天命之於周久而不厭也故此桓桓之武王保有其士而用

天

之於四方以定其家其德上昭于天也閒字之義未詳傳曰閒代也言君天下以代商也此亦頌武王之功

桓一章九句

春秋傳以此為大武之六章則今之篇次蓋已失其舊矣又篇內已有武王之謚則其謂武時作者亦誤矣序以為講武類禡之詩豈後世取其義而用之於其類也

文王既勤止我應受之敷時繹思我徂

[illegible]

求定時周之命於繹思

[illegible]

臣也言文王之勤勞天下至矣其子孫受而有之然而不敢專也布此文王功德之在人而可繹思者以賚有功而往求天下之安定又以為凡此皆周之命而非復商之舊矣遂嘆美之而欲諸臣受封賞者繹思文王之德而不志也

賚一章六句

春秋傳以此為大武之三章而序以

爲大封於廟之詩說同上篇

於音烏皇時周陟其高山嶞吐果反山喬嶽允猶翕許及反河敷天之下裒蒲侯反時之對時周之命

賦也高山泛言山耳嶞則其狹而長者喬高也嶽則其高而大者允猶未詳或曰允信也猶與由同翕河河善泛溢今得其性故翕而不爲暴也裒聚也對答也言美哉此周也其巡守而登此山以柴望又道於河以周四嶽凡以敷天之下莫不有望於我故聚而朝之方嶽之下以答其意

般一章七句般義未詳

閔予小子之什十一篇十一章一百三十六句

詩卷第十九

詩卷第二十　朱熹集傳

魯頌四之四

魯少皞之墟在禹貢徐州蒙羽之野成王以封周公長子伯禽今襲慶東平府沂密海等州即其地也成王以周公有大勳勞於天下故賜伯禽以天子之禮樂魯於是乎有頌以爲廟樂其後又自作詩以美其君亦謂之頌舊說皆以爲伯禽十九世孫僖公申之時今無所考獨閟宫一篇爲僖公之詩無疑耳夫以其詩之僭如此然夫子猶録之者蓋其體固列國之風而所歌者乃

當時之事則猶未純於天子之頌若其所歌之事又皆有先王禮樂教化之遺意焉則其文疑若猶可予也況夫子魯人亦安得而削之哉然因其實而著之而其是非得失自有不可揜者亦春秋之法也或曰魯之無風何也先儒以爲時王褒周公之後比於先代故巡守不陳其詩而其篇第不列於大師之職是以宋魯無風其或然歟或謂夫子有所諱而削之則左氏所記當時列國大夫賦詩及吳季子觀周樂皆無曰魯風者其說不得通矣

駉駉古熒反牡馬叶滿補反在坰古熒反之野叶上與反薄言駉者叶章與反有驈戶橘反有皇有驪力知反有黃以車彭彭叶鋪郎反思無疆思馬斯臧

賦也駉駉腹幹肥張貌邑外謂之郊郊外謂之牧牧外謂之野野外謂之林林外謂之坰驪馬白跨曰驈黃白曰皇純黑曰驪黃騂曰黃彭彭盛貌思無疆言其思之深廣無窮也臧善也○此詩言僖公牧馬之盛由其立心之遠故美之曰思無疆則思馬斯臧矣衛文公秉心塞淵而騋牝三千亦此意也

○駉駉牡馬在坰之野薄言駉者有騅音佳有駓符悲反有騂有騏以車伾伾符丕反思無期思馬斯才叶新西反○賦也蒼白雜毛曰騅黃白雜毛曰駓赤黃曰騂青黑曰騏伾伾有力也無期猶無疆也才材力也○駉駉牡馬在坰之野薄言駉者有驒徒河反有駱有駵有雒以車繹繹思無斁思馬斯作賦也青驪驎曰驒色有深淺斑駁如魚鱗今之連錢驄也白馬黑鬣曰駱

黑身白鬣曰雒繹繹不絕貌斁厭也作奮起也○駉駉牡馬在坰之野薄言駉者有駰音因有騢音遐叶洪孤反有驔音簟有魚以車祛祛起居反思無邪叶祥余反思馬斯徂賦也陰白雜毛曰駰陰淺黑色今泥驄也彤白雜毛曰騢豪骭曰驔毫在骭而白也二目白曰魚似魚目也祛祛彊健也徂行也孔子曰詩三百一言以蔽之曰思無邪蓋詩之言美惡不同或勸或懲皆有以使人得其情性之正然其明白簡切通于上下未有若此言者故特稱之以爲可

當三百篇之義以其要爲不過乎此也學者誠能深味其言而審於念慮之閒必使無所思而不出於正則曰用云爲莫非天理之流行矣蘇氏曰昔之爲詩者未必知此也孔子讀詩至此而有合於其心焉是以取之蓋斷章云爾

駉四章章八句

有駜蒲必反有駜駜彼乘黃夙夜在公在公明明叶謨郎反振振鷺鷺于下叶後五反鼓咽咽醉言舞于胥樂兮

興也駜馬肥彊貌明明辨治也振振羣飛貌鷺鷺羽舞者所持或坐或伏如鷺之下也咽咽鼓聲之深長也或曰鷺亦興也胥相也醉而起舞以相樂也此燕飲而頌禱之辭也

○有駜有駜駜彼乘牡夙夜在公在公明明振振鷺鷺于下鼓咽咽醉言舞于胥樂兮

○有駜有駜駜彼乘牡夙夜在公在公飲酒振振鷺鷺于飛鼓咽咽醉言歸于胥樂兮興也鷺于飛舞者振作鷺羽如飛也

○有駜有駜駜彼乘駽呼縣反夙夜在公在公載燕自今以始歲其有叶羽已反君子

有穀詒孫子叶奬履反于胥樂兮興也青驪曰駽今鐵驄也載則也有有年也穀善也或曰祿也詒遺也頌禱之辭也

有駜三章章九句

思樂音洛泮普半反水薄采其芹其斤反魯侯戾止言觀其旂叶其斤反其旂茷茷蒲害反鸞聲噦噦呼會反無小無大從公于邁賦其事以起興也思發語辭也泮水泮宮之水也諸侯之學鄉射之宮謂之泮宮其東西

南方有水形如半璧以其半於辟廱故
曰泮水而宮亦以名也芹水菜也戾至
也茷茷飛揚也噦噦和也此
飲於泮宮而頌禱之辭也○思樂泮
水薄采其藻魯侯戾止其馬蹻蹻居表反
其馬蹻蹻其音昭昭叶之繞反載色載笑匪
怒伊教賦其事以起興也蹻蹻盛貌色和顏色也○思樂泮
水薄采其茆叶謨九反魯侯戾止在泮飲酒
既飲旨酒永錫難老叶魯吼反順彼長道叶徒

吼反屈此羣醜賦其事以起興也茆鳧葵也葉大如手赤圓而滑江南人謂之蓴菜者也長道猶遠也屈服醜衆也此章以下皆頌禱之辭也

○穆穆魯侯敬明其德敬愼威儀維民之則允文允武昭假烈祖靡有不孝自求伊祜音戶五反○則[illegible]明也假與格同烈祖周公也

○明明魯侯克明其德既作泮宮淮夷攸服叶蒲北反矯矯虎臣在泮獻馘古獲反叶況壁

淑問如皋陶[illegible]在泮獻囚賦也矯矯武貌馘所格者之左耳也淑善也問訊囚也囚所虜獲者蓋古者出兵受成於學及其反也釋奠於學而以訊馘告故詩人因魯侯在泮而願其有是功也○

濟濟子禮反多士克廣德心桓桓于征狄他歷反彼東南叶尼心反烝烝皇皇不吳音話不揚不告于訩音凶在泮獻功賦也廣推而大之也德心善意也狄猶遏也東南謂淮夷也烝烝皇皇盛也不吳不揚肅也不告于訩師

克而和不爭功也○角弓其觩音求束矢其搜色留
反戎車孔博徒御無斁叶弋灼反既克淮夷
孔淑不逆叶宜脚反式固爾猶淮夷卒獲叶黄
郭反○賦也觩弓健貌五十矢爲束或曰百矢也搜矢疾聲也博廣大也無斁
言競勸也逆違命也蓋能審固其謀猶則淮夷終無不獲矣○翩彼
飛鴞叶呼驕反集于泮林食我桑黮尸荏反懷
我好音憬九永反彼淮夷來獻其琛敕金反

元龜象齒大賂南金興也鴞惡聲之鳥也黮桑實也憬覺悟也琛寶也元龜尺二寸賂遺也南金荆揚之金也此章前四句興後四句如行葦首章之例

泮水八章章八句

閟筆位反宫有侐況域反實實枚枚赫赫姜嫄音元其德不回上帝是依叶音隈無災無害彌月不遲叶陳回反是生后稷降之百福

叶筆力反黍稷重直龍反穋音六叶六直反稙徵力反穉

菽麥叶訖力反奄有下國叶于逼反俾民稼穡有

稷有黍有稻有秬求許反奄有下土纘禹

之緒象呂反○賦也閟深閉也宮廟

也侐清靜也實實鞏固也枚枚礱

密也時蓋修之故詩人歌咏其事以爲

頌詩之詞而推本后稷之生而下及于

僖公耳回邪也依猶顧也說見生民

篇先種曰稙後種曰穉奄有下國封於

邰也緒業也禹治洪水

既平后稷乃播種百穀○后稷之孫實

維大（音泰）王居岐之陽實始翦（音剪）商至于文武纘大王之緒致天之屆于牧之野（叶上與反）無貳無虞上帝臨女（音汝）敦（都回反）商之旅克咸厥功（叶古） 王曰叔父（扶雨反）建爾元子（叶子古反）俾侯于魯大啓爾宇為周室輔

扶雨反。○賦也。翦，斷也。大王自豳徙居岐陽，四方之民咸歸往之，於是而王迹始著，蓋有翦商之漸矣。屆，極也，猶言窮極也。虞，慮也。無貳無虞，上帝臨女，猶大明云上帝臨女無貳爾心也敦治之也咸同也言輔佐之臣同有其功而周公亦與焉也王成王也叔父周公也元子魯公伯禽也啓開宇居也（）乃命魯公俾侯于東錫之山川土田附庸周公之孫莊公之子叶獎里反 [illegible]龍旂承祀叶[illegible]甲反六轡耳耳春秋匪解音懈叶訖力反享祀不忒叶他得反皇皇后帝皇祖后稷享以騂犧虛宜反是饗是宜叶牛何反降福既多[illegible]

周公皇祖，亦其福女。音汝○賦也。附庸猶屬城也。小國不能自達於天子而附於大國也。上章既告周公以封伯禽之意，此乃言其命魯公而封之也。莊公之子其一閔公，其一僖公。知此是僖公者，閔公在位不久，未有可頌，此必是僖公也。耳耳，柔從也。春秋，錯舉四時也。忒，過差也。成王以周公有大功於王室，故命魯公以夏正孟春郊祀上帝，配以后稷，牲用騂牡。皇祖謂羣公。此章以後皆言僖公致敬郊廟，而神降之福，國人稱願之如此也。○

秋而載嘗，夏而楅衡。叶户郎反白牡騂剛，犧

犧尊將將七羊反毛炰薄交反胾側吏反羹叶盧當反
籩豆大房此下當脫一句如鞉鼓喤喤之類萬舞洋洋
孝孫有慶叶祛羊反俾爾熾而昌俾爾壽而
臧保彼東方魯邦是常不虧不崩不震
不騰三壽作朋如岡如陵賦也嘗秋祭名楅衡施於
牛角所以止觸也周禮曰凡祭飾
其牛牲設其楅衡是也秋將嘗而夏楅
衡其牛言夙戒也白牡周公之牲也騂
剛魯公之牲也白牡殷牲也周公有王

禮故不敢與文武同曾公則無所嫌故
用騂剛犧尊畫牛於尊腹也或曰尊作
牛形鑿其背以受酒也毛炰周禮封人
祭祀有毛炰之豚注云爓去其毛而炰
之也胾切肉也羹大羹鉶羹也大羹太
古之羹湆煑肉汁不和盛之以登貴其
質也鉶羹肉汁之有菜和者也盛之鉶
器故曰鉶羹大房半體之俎足下有跗
如堂房也萬舞名震騰驚動也三壽未
詳鄭氏曰三卿也或曰願公壽與岡陵
等而為三也○公車千乘繩證反叶神陵反朱英綠
縢徒登反二矛重直龍反弓叶姑弘反公徒三萬

貝冑朱綅息廉反叶息稜反烝徒增增戎狄是
膺荊舒是懲則莫我敢承俾爾昌而熾
俾爾壽而富叶方未反黃髮台背叶蒲寐反壽胥
與試俾爾昌而大叶特計反俾爾耆而艾吾蓋
反叶[illegible]萬有千歲眉壽無有害叶暇憩反○賦
也千乘大國之賦也成方十里出革車一
乘甲士三人左持弓右持矛中人御
步卒七十二人將重車者二十五人千
乘之地則三百十六里有奇也朱英所

以飾矛緑縢所以約弓也二矛夷矛酋矛也重弓備折壞也徒步卒也三萬舉成數也車千乘法當用十萬人而爲步卒者七萬二千人然大國之賦適滿千乘苟盡用之是舉國而行也故其用之大國三軍而已三軍爲車三百七十五乘三萬七千五百人其爲步卒不過二萬七千人舉其中而以成數言故曰三萬也貝胄貝飾胄也朱綅所以綴也增增衆也戎西戎狄北狄膺當也荆楚之別號舒其與國也懲艾承禦也僖公嘗從齊桓公伐楚故以此美之而祝其昌大壽考也壽胥與試之義未詳王氏曰壽考者相與爲公用也蘇氏曰願其壽

而相與試其才力以爲用也○泰山巖巖叶魚杴反魯邦所詹奄有龜蒙遂荒大東至于海邦叶卜工反淮夷來同莫不率從魯侯之功賦也泰山魯之望也詹與瞻同龜蒙二山名荒奄也大東極東也海邦近海之國也○保有鳧繹叶弋灼反遂荒徐宅叶達各反至于海邦叶卜工反淮夷蠻貊叶莫博反及彼南夷莫不率從莫敢不諾魯侯是若賦也鳧繹二山名宅居也謂徐國也

誅[illegible]邇家[illegible]人所[illegible]聯鑰可以閟也[illegible]天錫公純嘏叶果五反眉壽保魯居常與許復周公之宇魯侯燕喜令妻壽母叶滿委反宜大夫庶士叶鉏里反邦國是有叶羽己反既多受祉黃髮兒齒賦也常或作嘗在薛之旁許許田也魯朝宿之邑也皆魯之故地見侵於諸侯而未復者故魯人以是願僖公也令妻令善之妻聲姜也壽母壽考之母成風也閔公八歲被弑必是未

娶其母叔姜亦應未老此言令妻壽母又可見公爲僖公無疑也有常有也兒齒齒落更生細者亦壽徵也 ○ 徂來之松新甫之柏叶逋叟反是斷音短是度待各反是尋是尺叶尺約反松桷音角有舄音昔路寢孔碩叶常約反新廟奕奕叶弋灼反奚斯所作孔曼音萬且碩叶上同萬民是若賦也徂來新甫二山名八尺曰尋舄大貌路寢正寢也新廟僖公所修之廟奚斯公子魚也作者教護屬功課章程也曼長碩大也萬民是若

順萬民之望也

閟宫九章五章章十七句内第四章脫一句

二章章八句二章章十句舊説八章二章章十七句一章十二句一章三十八句二章章八句二章章十句多寡不均雜亂無次蓋不知第四章有脫句而然今正其誤

魯頌四篇二十四章二百四十
三句

商頌四之五

契爲舜司徒而封於商傳十四世而湯有天下其後三宗迭興及紂無道爲武王所滅封其庶兄微子啓於宋脩其禮樂以奉商後其地在禹貢徐州泗濱西及豫州盟豬之野其後政衰商之禮樂日以放失七世至戴公時大夫正考甫得商頌十二篇於周太師歸以祀其先王至孔子編詩而又亡其七篇然其存者亦多闕文疑義今不敢

強之也商都亳宋都商丘

皆在今淮大府亳州界

猗於宜反與音余那與置我鞉音桃鼓奏鼓簡簡衎我烈祖賦也猗歎辭那多置陳也簡簡和大也衎樂也烈祖湯也記曰商人尚聲臭味未成滌蕩其聲樂三闋然後出迎牲即此是也舊說以此爲祀成湯之樂也

湯孫奏假音格綏我思成鞉鼓淵淵叶於巾反嘒嘒管聲既和且平依我磬聲於音烏赫湯孫叶思倫反穆穆厥聲湯孫主祀之時王也假與格同言奏

樂以格于祖考也綏安也思成未詳鄭氏曰安我以所思而成之人謂神明來格也禮記曰齊之日思其居處思其笑語思其志意思其所樂思其所嗜齊三日乃見其所爲齊者祭之日入室僾然必有見乎其位周旋出戶肅然必有聞乎其容聲出戶而聽愾然必有聞乎其歎息之聲此之謂思成蘇氏曰其所見聞本非有也生於思耳此二說近是蓋齊而思之祭而如有見聞則成此人矣鄭注頗有誤今正之淵淵深遠也嘒嘒清亮也磬玉磬也堂上升歌之樂非石磬也穆穆美也

庸鼓有斁萬舞有奕我有嘉

亦不夷懌傳[illegible][illegible][illegible][illegible][illegible]也入多[illegible]次序也[illegible][illegible][illegible]鼐諭作於室[illegible]其祭依室上之[illegible]啓祭倫者至於[illegible]則[illegible]獻之後[illegible]鼓[illegible]萬舞陳於庭所祝事畢矣[illegible][illegible]先[illegible]之後來助祭者也夷悅也亦不夷懌乎[illegible][illegible]悅懌也

自古在昔先民有作温恭朝夕執事有恪恪敬也言恭敬之道古人所行之不可忘也閔馬父曰先聖王之傳恭猶不敢專稱曰自古古曰在昔昔曰先民顧予烝嘗湯孫之將將奉也言湯其尚顧我烝嘗哉此湯孫之所奉者致其丁寧之

意庶幾其顧之也

那一章二十二句 閔馬父曰正考父校商之名頌以那爲首其輯之亂曰云云即此詩也

嗟嗟烈祖有秩斯祜 反 笺五 申錫無疆及爾斯所 [illegible]也烈祖湯也秩常申重也爾主祭之君蓋自歌者指之也斯所猶言此處也○此亦祀成湯之樂言嗟嗟烈祖有秩秩無窮之福可以申錫於無疆是以及於爾今王之所而脩其祭祀如下所云也

既載清酤

叶候五反賚我思成叶音常亦有和羹叶音郎既戒既平叶音旁鬷中庸作奏今從之假音格無言叶音昂時靡有爭叶音章綏我眉壽黃耇無疆

酤酒賚與也思成義見上篇和羹味之調節也戒夙戒也平猶和也儀禮於祭祀燕享之始每言羹定蓋以羹熟爲節然後行禮定即戒平之謂也鬷中庸作奏正與上篇義同蓋古聲奏族相近族聲轉平而爲鬷耳無言無爭肅敬而齊一也言其載清酤而既與我以思成矣及進和羹而肅敬之至則又綏我以眉

壽黃耇之福也約軧祈支反錯衡叶戶郎反八鸞鶬鶬

七羊反以假音格以享叶虛良反我受命溥將自

天降康豐年穰穰來假音格來饗叶虛良反降

福無疆約軧錯衡八鸞見采芑篇鶬鶬見載見篇言助祭之諸侯乘是車

以假以享于祖宗之廟也溥將大也穰穰多也言我受命既廣大而天降以

豐年黍稷之多使得以祭也假之而祖[illegible]于祖考來饗則降福無疆

矣顧予烝嘗湯孫之將說見前篇

烈祖一章二十二句

天命玄鳥，降而生商，宅殷土芒芒。古帝命武湯，正域彼四方。賦也。玄鳥，鳦也。春分玄鳥降，高辛氏之妃有娀氏女簡狄祈于郊禖，鳦遺卵，簡狄吞之而生契，其後世遂爲有商氏，以有天下。事見史記。宅，居也。殷，地名。芒芒，大貌。古，猶昔也。帝，上帝也。武湯，以其有武德號之也。正，治也。域，封竟也。○此亦祭祀宗廟之樂，而追叙商人之所由生，以及其有天下之初也。

方命厥后，奄有九有。叶羽已反

商之先后受命不殆叶養里反在武丁孫子叶奬履反○方命厥后四方諸侯無不受命也九有九州也武丁高宗也言商之先后受天命不危殆故今武丁孫子猶賴其福武丁孫子武王靡不勝音升龍旂十乘繩證反大糦尺志反是承武王湯號而其後世亦以自稱也龍旂諸侯所建交龍之旂也大糦黍稷也承奉也○言武丁孫子今襲湯號者其武無所不勝於是諸侯無不奉黍稷以來助祭也邦畿千里維民所止肇域彼

四海叶虎洧反○止居肇開也言王畿之內民之所止不過千里而其封域則極乎四海之廣也四海來假音格下同來假祁祁景員維河殷受命咸宜叶牛何反百祿是何音荷叶如字○假與格同祁祁衆多貌景員維河之義未詳或曰景山名商所都也見殷武卒章春秋傳亦曰商湯有景亳之命是也員與下篇幅隕義同蓋言周也河大河也言景山四周皆大河也何任也春秋傳作荷

玄鳥一章二十二句

濬哲維商長發其祥洪水芒芒禹敷下土方絕句楚辭天問禹降省下土方蓋用此語外大國是疆幅隕音貟既長有娀息容反方將帝立子生商

賦也濬深哲知長久也方四方也外大國遠諸侯也幅猶言邊幅也隕讀作貟謂周也有娀契之母家也將大也○言商世世有濬哲之君其受命之祥發見也久矣方禹治洪水以外大國爲中國之竟而幅貟廣大之時有娀氏始大故帝立其女之子而造商室也蓋契於是時始爲舜司徒掌布五教于四方

而商之受命實基於此○玄王桓撥（叶必烈反）受小國是達（叶他悅反）受大國是達率履不越遂視既發（叶方月反）相（息亮反）土烈烈海外有截（賦也）

玄王契也玄者深微之稱或曰以玄鳥降而生也王者追尊之號桓武撥治達通也受小國大國無所不達言其無所不宜也率循履禮越過發應也言契能循禮不過越遂視其民則既發以應之矣相土契之孫也截整齊也至是而商益大四方諸侯歸之截然整齊矣其後湯以七十里起豈嘗中衰也與○

帝命不違至于湯齊湯降不遲聖敬日躋昭假音格遲遲上帝是祗帝命式于九圍賦也湯齊之義未詳蘇氏曰至湯而王業成與天命會也降猶生也遲遲久也祗敬式法也九圍九州也○商之先祖既有明德天命未嘗去之以至於湯湯之生也應期而降適當其時其聖敬又日躋升以至昭假于天久而不息惟上帝是敬故帝命之使為法於九州也○受小球音求大球為下國綴張衛反旒音流何音賀天之休不競

不絿不剛不柔敷政優優百祿是遒子由反○賦也小球大球之義未詳或曰小國大國所贄之玉也鄭氏曰小球鎮圭尺有二寸大球大圭三尺也皆天子之所執也下國諸侯也綴猶結也旒旗之垂者也言爲天子而爲諸侯所係屬如旗之縿爲旒所綴著也何荷競強絿緩也優優寬裕之意遒聚也○受小共大共音恭叶居勇反爲下國駿音峻厖莫邦反叶莫孔反何天之龍叶丑勇反敷奏其勇不震不動叶德總反不戁奴版反

不竦小勇反百禄是總子孔反○賦也小共大共駿厖之義未詳或曰小國大國所共之貢也鄭氏曰共執也猶小球大球也蘇氏曰共珙通合珙之玉也傳曰駿大也厖厚也董氏曰齊詩作駿駹謂馬也龍寵也敷奏其勇猶言大進其武功也戁竦懼也○武王載旆有虔秉鉞音越如火烈烈則莫我敢曷漢書作遏阿葛反叶阿竭反苞有三蘖五葛反叶牙葛反莫遂莫達叶陀悅反九有有截韋顧既伐叶房越反昆吾夏桀

賦也武王湯也虔敬也言恭行天討也曷遏涌或曰曷誰何也苞本也蘖旁生萌蘖也言一本生三蘖也本則夏桀蘖則韋也顧也昆吾也皆桀之黨也鄭氏曰韋彭姓顧昆吾己姓○言湯既受命載旆秉鉞以征不義桀與三蘖皆不能遂其惡而天下截然歸商矣初伐韋次伐顧次伐昆吾乃伐夏桀當時用師之序如此

○昔在中葉有震且業允也天子降于卿士叶奬履反鉏里反實維阿衡叶戶郎反實左音佐右音又商王

賦也葉世震懼業危也承上文而言昔在則前

平此矣豈謂湯之前世中衰時與允也
天子指湯也降言天賜之也卿士則伊
尹也言至於湯得伊尹而有
天下也阿衡伊尹官號也

長發七章一章八句四章章七
句一章九句一章六句序以此為大禘

之詩蓋祭其祖之所出而以其
祖配也蘇氏曰大禘之祭所及
者遠故其詩歷言商之先君又
及其卿士伊尹蓋與祭於禘者
也商書曰茲予大享于先王爾
祖其從與享之是禮也豈其起

於商之世歟今按大禘不及羣廟之主此宜爲祫祭之詩然經無明文不可考也

撻他達反彼殷武奮伐荆楚罙面規反入其阻裒蒲侯反荆之旅有截其所湯孫之緒象呂反○賦也撻疾貌殷武殷王之武也罙冒裒聚也湯孫謂高宗○舊說以此爲祀高宗之樂蓋自盤庚沒而殷道衰楚人叛之高宗撻然用武以伐其國入其險阻以致其衆盡平其地使截然齊一皆高宗之功也易曰高宗伐鬼方

三年克之蓋謂此歟○維女音汝荆楚居國南鄉音

有成湯自彼氐都啼反羌莫敢不來享叶虛良反

莫敢不來王曰商是常賦也氐羌夷狄國在西方

享獻也世見曰王○蘇氏曰既克之則

告之曰爾雖遠亦居吾國之南耳昔成

湯之世雖氐羌之遠猶莫敢不來朝曰

此商之常禮也況汝荆楚曷敢不至哉

○天命多辟音璧設都于禹之績歲事來

辟勿予禍適直革反稼穡匪解音懈叶訖力反○賦

也多辟諸侯也來辟來王也適讁通○
言天命諸侯各建都邑于禹所治之地
而皆以歲事來至於商以祈王之不譴
曰我之稼穡不敢解也庶可以免咎矣
言荆楚既平而○天命降監下與濫叶下民
諸侯畏服也
有嚴叶五剛反不僭不濫不敢怠遑命于下
國叶越逼反封建厥福叶筆力反○賦也監視嚴威也僭賞之差
也濫刑之過也遑暇封大也○言天命
降監不在乎他皆在民之視聽則下民
亦有嚴矣惟賞不僭刑不濫而不敢怠
遑則天命之以天下而大建其福此高

宗所以受命而中興也○商邑翼翼四方之極赫赫厥聲濯濯厥靈壽考且寧以保我後生叶桑經反○賦也商邑王都也翼翼整勑貌極表也赫赫濯濯光明也言高宗中興之盛如此壽考且寧云者蓋高宗之享國五十有九年我後生謂後嗣子孫也○陟彼景山叶所旃反松柏丸丸叶胡貧反是斷音短是遷方斲陟角反是虔松桷音角有梴丑連反旅楹有閑叶胡田反寢成孔安叶於連反

○賦也景山名商所都也丸丸直也遷徙方正也虔亦截也梴長貌旅衆也閑閑然而大也寢廟中之寢也安所以安高宗之神也此蓋特爲百世不遷之廟不在三昭三穆之數既成始祔而祭之之詩也然此章與閟宮之卒章文意略同未詳何謂

殷武六章三章章六句二章章七句一章五句

商頌五篇十六章一百五十